在 路 上

不 迷 茫

湖南卫视 芒果tv 联合出品

我的青春
在丝路

主　编　张华立

副主编　罗迎春　蔡怀军

　　　　郑华平　傅　卓

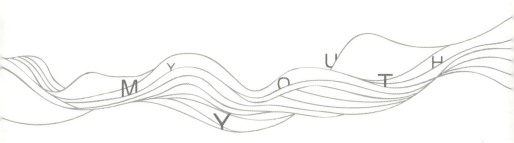

湖南大学出版社·长沙

图书在版编目（CIP）数据

我的青春在丝路 / 张华立主编. —长沙：湖南大学出版社，2021.3
ISBN 978-7-5667-2042-9

Ⅰ.①我⋯　Ⅱ.①张⋯　Ⅲ.①散文集—中国—当代　Ⅳ.①I267

中国版本图书馆CIP数据核字（2020）第192352号

我的青春在丝路

WO DE QINGCHUN ZAI SILU

主　　编：张华立

策　　划：邹　彬

责任编辑：邹　彬　陈建华　饶红霞

印　　装：湖南天闻新华印务有限公司

开　　本：640 mm×930 mm　1/16　　印　张：22.5　　字　数：291千

版　　次：2021年3月第1版　　　　　　印　次：2021年3月第1次印刷

书　　号：ISBN 978-7-5667-2042-9

定　　价：68.00元

出 版 人：李文邦

出版发行：湖南大学出版社

社　　址：湖南·长沙·岳麓山　　　　邮编：410082

电　　话：0731-88822559（营销部）　88820008（编辑部）　88821006（出版部）

传　　真：0731-88822264（总编室）

网　　址：http：//www.hnupress.com

~~~~~~~~

在路上，青春不迷茫

一

　　34 年前，27 岁的青年作家余华发表了短篇小说《十八岁出门远行》。那个年代还不流行"诗与远方"的心灵鸡汤，但主人公——18 岁的"我"，和每一个时代的年轻人一样，笃信着"世界那么大，我想去看看"。

　　"我在这条路上走了整整一天，已经看了很多山和很多云。所有的山所有的云，都让我联想起了熟悉的人。我就朝着它们呼唤他们的绰号，所以尽管走了一天，可我一点也不累。"

　　年轻的生命精力充沛，满怀好奇地向外部世界开疆拓土，迫不及待地对万物加以命名，据为己有。"我"出发时的心情，欢脱愉悦得像一匹初涉草原的小马驹。然而，这趟旅程接下来就充满了荒诞感："我"搭上一辆运苹果的拖拉机准备投宿旅店，却莫名其妙地遭遇了一起哄抢苹果事件，苹果被众人抢走，司机却毫不在意地驾车扬长而去。天开始黑下来，"我"独自坐在地上，又饥又冷，对世界所有不切实际的美好幻想，就像那些"不翼而飞"的苹果那样，被现实洗劫一空。面对世界，面对成长，"我"第一次感到手足无措，茫然若失，仿佛"什么都没有了"。那一刻，"我"感觉到了青春的迷茫。

"谁的青春不迷茫？"有时我们不得不承认，迷茫是青春乃至整个人生的常态。

二

从 2018 年 3 月至 2019 年 4 月，由湖南广播电视台新闻中心和芒果 TV 联合制作的"一带一路"主题系列纪录片《我的青春在丝路》，接连播出三季。节目一集一个国家，一集一个人物，聚焦那些在异国他乡默默无闻、埋头苦干的年轻人，记录他们在当地农业、医疗、考古、体育、交通和电力等基础设施建设领域的奋斗与坚守、快乐与忧愁。节目播出后，好评如潮，反响强烈。节目在湖南卫视和芒果 TV 的收视成绩和点播量都远超同类型纪录片，尤其精准地击中了年轻受众的关切，23 岁以下的观众数量占总收视人群的比例高达 41.2%。一时间，"丝路青春"成为大家讨论的热门话题。这部作品也获得了很多荣誉——被中宣部列为国家"一带一路"整体宣传计划的重点项目，获 2019 年第二十九届中国新闻奖一等奖、中加电视节最佳纪录片奖、2019 年度国家相册"纪录片类"银像奖等诸多奖项。

我进入媒体行业已经有 35 年了，在我的职业生涯中，见证过湖南广电涌现出的一批批爆款作品。过往的经验一次次地印证了我的一个观点：驱动爆款作品的底层逻辑一定是价值观，每一个作品的成功，归根到底都是价值观的胜利。《我的青春在丝路》的价值观，一言蔽之，就是：在路上，不迷茫。

三

这本书与纪录片同名，记录的是同样一群"出门远行"的年轻人，记录的同样是他们远离家园、走出国门，在"一带一路"沿线国家挥洒汗水、奋斗打拼的青春故事。不同的是，这次不是用镜头，而是他们自己讲述自己脚履丝路前前后后的心路历程和成长故事。他们都不是专业的写作者，或许写作技巧不是那么娴熟，文字还不是那么精致，但所写的内容却是那么真实。真实就是一种力量，能给我们以观照、启示。

他们就是我们身边的一群普通人。和前辈们一样，他们有理想，有本领，有担当。同时，他们的身上也折射着时代新人的新气象——自信，开放，锐意进取。他们懂得用欣赏、互鉴、共享的观点看待世界，在不同文化之间，积极地探寻着求同存异、美美与共的交流互鉴之路。每一个故事的内容不一样，写作风格也不尽相同，但他们在年轻追梦的路上，他们在异国他乡的大地上，用普通的生活、用真切的脚步，回答了内心的叩问："什么是青春？""我的青春收获了什么？"

四

青春不是一条鲜花和掌声铺就的路，成长的路途有痛楚、挫败，有时还需要独自去面对未知的世界。但只要青春有方向，有目标，就不会迷茫。习近平总书记说，"青年最富有朝气、最富有梦想"，"中华民族伟大复兴终将在广大青年的接力奋斗中变为现实"。这些将自己的青春献给丝路的青年们，仰望星空，脚踏实地，他们的故事朴实而生动。他们每一个个体虽然普通，却用自己的脚步在蓝天下走出了一条精彩、飞扬的丝路。

和这些丝路建设者一样，湖南广电人也正走在青春的路上。我们历经艰辛、不远万里去拍摄纪录片也好，还是现在以图书出版的形式讲述故事也好，都只为恪守一个国家媒介平台的使命、责任和担当。在路上，我们不迷茫。

现在，《我的青春在丝路》这本书已经摆在了大家面前。湖南大学出版社对这本书的选题策划、编辑加工、审校印发等工作倾注了大量心血，付出了艰辛的劳动。在此书付梓之际，我谨代表湖南广电向湖南大学出版社致以诚挚的感谢，也向至今还在丝路上奋斗的故事的主人公们、编写团队的同事们致以深深的谢意。

奋斗在路上，青春不迷茫。我们的作品交由读者检阅，我们的青春交由时代检阅。

湖南广播影视集团（湖南广播电视台）党委书记、董事长
芒果超媒党委书记、董事长

目 次

~~~~

大时代
小故事

The **Subway Train**
Heading
for **Turkey**

开往土耳其的
地铁

刘海洋 Liu Haiyang

第三方翻译软件成了我们最有效的沟通桥梁，可翻译软件也不是万能的，很多专业性的轨道交通行业术语是翻译不出来的，于是，各种手语、中文、英文以及土耳其语交汇在车间的每一个角落，我们都笑称这是一个学生来自五湖四海的小型国际院校。

一

"老板，麻烦给我来一碗圆粉，红烧牛肉的，再加根油条……"

"叮铃铃"闹铃响了，呀，又是做梦！类似的梦也不知道在土耳其的我做了多少次了，每次都是在甜美中流着口水醒来。时光和青春总是在忙碌的工作中悄然流逝，不知不觉间，我来土耳其子公司制造地铁车辆已经三年有余了。

我是工人家庭出身。爷爷是当地第一代国有企业工人，父亲是大型国企的退休职工，母亲也曾就职于国有企业，到我这里，就是名副其实的"工三代"。2011年大学毕业后，我入职株洲电力机车有限公司（简称"株机公司"）担任城轨车辆电工，成为一名一线工人。或许是从小受工人家庭艰苦奋斗精神的浸染，在工作上我的兢兢业业很快得到公司的肯定，逐渐成长为班组的骨干人员。

2017年5月上旬，在北京出差的我接到公司通知，我通过了公司土耳其项目的技术骨干选拔。由于工期紧急，公司要求我尽快赶赴土耳其子公司。收到这个消息的那一刻，我是喜忧参半。喜的是我终于有机会去看看世界，而且收入也会有大幅提高。忧的是当时我还什么都没有准备，对家人从来没有说起过这件事，对土耳其也没有太多了解，而且在半个月后就要前去报到，太紧急了。

暖阳下等待交付的列车

　　在那半个月里，陪伴家人之余我抓紧一切时间做着出国的准备，也对土耳其进行了系统的了解，才发现原来理想中浪漫的土耳其在现实中却有点残酷。土耳其在 2016 年下半年发生了军事政变，国内政局不太稳定，军事行动还在继续，恐怖袭击时有发生。但调令已经下发，硬着头皮也得上啊！

　　2017 年 5 月底，在家人的千叮咛万嘱咐之中，我人生中第一次坐上了飞往土耳其的国际航班。十个小时的航行，我一直处于激动与彷徨之中，基本上没有怎么合眼。从此，我踏上了属于我的远征之路。

二

　　初到土耳其，还没来得及熟悉陌生的环境，我们便很快投入到工作之中。因土耳其政治因素的影响，当时公司前期的整个安卡拉项目已经停工了好几年，我属于项目重启后前往的第一批新员工。虽然前期做了充分的心理准备，但看到实际数据后才知道任务有多么艰巨，对我而言压力真是山大。

首先是劳动力的问题。整个公司当时四个车间的工人加起来才十来号人，而项目重启后只剩下一年半的工期，须将原项目全员200人配置的余下近三年的任务额度按时完成，所以招工以及新员工技能培训成为我们首先要着手做的事情。其次是生产物料的问题。由于项目合同里的本地化物料供应条约规定，有将近一半的物料须由本地制造提供，而土耳其的工业基础特别是轨道交通行业基础很薄弱，物料的产量和质量都跟不上需求。再次就是沟通交流问题。由于我英语水平不高，土耳其一线员工对英语更是一点也不懂，交流得借助翻译软件或是第三方人员。遇上各种专业词汇经常会造成交流不畅，工作细节或者任务传达也很不到位。刚开始就遇到这么多困难，我的无助感油然而生。本以为会和国内一样，要人有人，要物料有物料，要设备有设备，结果到这里才发现，想象太丰满，现实很骨感。这时，公司领导层开始从上至下带头总结经验和不足，我们在强化自己信念的同时也从各方面去提升自己，想方设法解决困难。

首先，针对人力资源不足的问题，一方面，公司加大招聘力度，另一方面，就我自身而言，我将全身心投入到提高土耳其本地员工的操作技能水平的工作上。土耳其在我们株机公司来投资建厂之前没有任何轨道交通行业，招进来的本地员工的相关操作技能都是从零开始培训。为此我从理论到实际操作分两部分开展全方位培训。理论上，对行业基础和作业标准都耐心地进行讲解和测试，只有理论达标了的员工才能进入下一步的实际操作培训。在实际操作的培训环节，我带领几名中国技术骨干亲身示范，小到每一颗螺丝、每一根线缆都教他们应该怎么操作，怎么检验。就这样，新招进来的九十余名土耳其员工都慢慢走上正轨，开始独立上岗作业。

根据项目合同，项目的本地化物料需求对整个项目的进程有着极大影响，包括对土耳其本地供应商的产能和产品质量都是巨大的考验。由于土耳其的轨道交通行业工业基础非常薄弱，产能跟不上我们的生产进度，质量不合格率也较高，我和我的中国同事们不得不在严寒酷暑的日子里往返于各个供应商之间，帮助他们不断地提升产品生产效能，提高物料的工艺质量水准。

再说沟通问题，由于语言交流障碍，一开始还闹出不少笑话。刚到公司的时候，听到最多的一句话就是"卖得好吗？"我诧异地告诉大家，我不是商贩，我不做生意。后来才知道"merhaba"在土耳其语里是"你好"的意思。第三方翻译软件成了我们最有效的沟通桥梁，可翻译软件也不是万能的，很多专业性的轨道交通行业术语是翻译不出来的，于是，各种手语、中文、英文以及土耳其语交汇在车间的每一个角落，我们都笑称这是一个学生来自五湖四海的小型国际院校。为此，我借着空闲时间学习了土耳其语，强化了英语水平，当然，土耳其员工们也默默学习到了不少中文，现在在非正式场合我们已经可以不借助翻译软件来沟通了。

就这样，在一步一步的改进之中，我们的工作也渐渐步入了正轨。回想起来，路途虽是艰辛的，但人总是在不断地成长，一路上披荆斩棘，终会走出自己的路。

三

2017 年 8 月 1 日，项目重启后的第一列地铁车辆落车了；2018 年下半年，我们将月产能提高到了 2017 年的五倍；到 2018 年底，整个土耳其首都安卡拉市四条地铁线路全部使用上了我们生产的新列车；

刘海洋和电工
大班长卡亚

2019 年初，我们圆满地完成了既定任务，将整个项目如期交付。

在完成此项目一年半的时间里，收获满满的同时，我心里积压已久的巨大压力也都释放了出来。按照公司规定，我们一年有三次回国探亲机会，2017 年由于工作需要，我过了将近九个月才第一次回国休假，创下了公司迄今为止连续未休假的最长纪录。当时我的心里其实特别憋屈，甚至想到过放弃，但想起自己临行前的豪情壮志，又忍了下来。那段时间夜以继日地一心扑在工作上，土耳其员工晚上和周末基本不加班，我和中国同事们为了赶工，只好白天带领土耳其员工工作，晚上我们中国人再加班工作。任务完成的那一刻，合影的那一刻，我终于可以用最豪放的声音来欢庆这种坚持不懈带来的成功与喜悦。也许我在将来的人生道路上还会遇到各种挫折，但我相信经过这一年多的磨砺，我将会用最强大的信念去面对一切。

在土耳其工作期间，我收获了不一样的国际友谊。卡亚是车间里的电工大班长，也是公司第一批元老级员工，我和他现在就以兄弟相称。

项目结束那一天我和他兴奋地相拥在一起。作为一名老员工，他对我工作上的帮助非常大。我和他在工作上也有过分歧，产生了一些不愉快，后来经过不断沟通，终于化干戈为玉帛。当时，由于工作需求，车间的员工越来越多，原来的两个班组不足以管理所有员工，为此，我准备在车间细化新的组织管理机构体系。可能卡亚觉得我这么做削弱了他的权力，那段时间与我处于冷战之中，无论我如何解释，他都对我不理不睬。而且，他的消极情绪蔓延开来，开始影响其他员工。我们的生产进度好不容易正常化，我不能让它停下来。我知道土耳其人都热爱足球运动，便策划组织了一场车间内部的中土足球友谊赛。虽然我球技不如卡亚，但卡亚能参赛，还能在球场上拉起摔倒的我，我知道，我能和他重新沟通了。于是，我趁热打铁邀请卡亚来品尝我的厨艺。我亲手做了一顿中餐，在就餐期间，向他解释了很多。实际上他早就冷静下来了，也认为我的建议是合理的。在隔阂消除之后，我教他使用筷子就餐。在开心的氛围下，卡亚和我的友谊更深了。他会在我回国前给我和我的家人们准备很多小礼物，节日里也会邀请我一同出游。慢慢地，越来越多的土耳其朋友愿意从心底接纳我们，我们也能在真正意义上融入土耳其的工作生活之中。不过这样也给我们带来了一个幸福的小"烦恼"，那就是每次回国行李箱总是不够用，因为要带着装不完的小礼物回家，等再飞往土耳其的时候，又是满满一箱子带给土耳其朋友们的纪念品。

四

"我想要带你去浪漫的土耳其……"这首歌在 2018 年红遍了大江南北。于是我的微信里总有国内的朋友同事们问我，土耳其真的很浪漫吗？以前我都只能挠挠脑袋硬着头皮回答，"可能吧"——由于工作繁忙等各种原因，我一直没有真正去感受过土耳其的浪漫。

八月的土耳其充满了阳光的气息，周传雄曾经唱过一首《蓝色土耳其》，我觉得特别贴切。土耳其横跨亚欧大陆，三面环海，海岸线曲折悠长，是众多游客心仪的度假胜地。2018年的古尔邦节，我趁着难得的假期，避开土耳其东南区域（土耳其东南区域与叙利亚接壤，最近几年军事冲突频发），终于开始了期待已久的土耳其浪漫之旅。

开车途经土耳其的城镇中心区域，会有头顶一大盘甜品、穿着土耳其特色服饰的小哥哥向你问好。而路过乡间小道时，总会看到成群的牛羊在山坡上觅食嬉戏，放牧的大哥大叔在阴凉的树下悠闲地品尝着当地红茶。我坐上了电视节目里才能看到的五彩缤纷的热气球，鸟瞰拥有独特地貌的卡帕多西亚；爬上了世界上独有的钙化堤形成的棉花堡，那白茫茫的一片"雪山"特立独行地沉睡在酷暑之中；开车驶过D400最美沿海公路，到达土耳其的蓝色死海——ölüdeniz（厄吕代尼兹），品尝着土耳其独特的花式冰激凌，漫步在爱琴海白色的沙滩上，倾听着海浪，沐浴着阳光，一切都是那么惬意。土耳其人民大多生活节奏比较慢，家庭氛围也很浓厚，节假日和周末基本都是家庭聚会或是出游。土耳其旅游业特别发达，旅游景点的服务配套设施比较完善，而平时路过的山村乡镇我也总能看到很多家庭扎着帐篷在露营、烧烤。他们热情好客，也很会享受生活，总是流露出对美好未来的憧憬。走在土耳其的大街小巷上，穿过小集市、大商场，我总会不经意间感受到土耳其的浪漫。

离家，总是免不了思亲。每次视频通话家人必不可少地会问我"怎么又瘦了"。看着父母日渐消瘦的脸庞和花白的两鬓，看着日渐长大的孩子，总是想着能在他们身边多陪陪他们就好了。家人们何尝不明了我的想法，总会压抑着内心的思念反过来安慰我要好好工作。每次回国休假，我总是将最爱吃的父亲亲手做的红烧肉吃上好几次，将母亲做的剁辣椒尽可能多地塞进行李箱，然后带着亲人的嘱托，一次又一次义无反顾地踏上飞往土耳其的航班。

在土耳其已经三年多了，味蕾还是接受不了那苦涩的橄榄、咸酸的原味酸奶和超甜的蜂蜜甜点，但是生活把我和同事们都逼成了大厨。我学会了自己动手做几个拿手的家乡菜，在宿舍楼下开荒种上了各种水果蔬菜。由于我们大部分同事都来自湖南，所以土耳其最正宗的湘菜馆就是我们公司宿舍楼的食堂。

生活上的适应，是为了更好地投入工作。安卡拉地铁项目已经圆满结束了，新的项目又已经到来，2019年我们公司获得了中车集团在土耳其最大的一笔订单。这笔订单代表着土耳其国家和人民对我们中国人、对我们公司的信任，作为其中一员，我备感自豪。新项目的开始，意味着我可能还需要在土耳其奋斗第二个三年，或者是第三个、第四个……时光在逝去的同时，我也在成长。我只是希望我在土耳其奋斗一天，就尽自己所能做到最好。如果有一天真的离开了这片承载着我的苦辣酸甜的浪漫土地，我不想等我老了回忆起来，是不足，是遗憾。我希望我的回忆里充满骄傲。

~~~~~~

刘海洋　男，1990年5月生，湖南湘潭人。2011年毕业于湖南铁道职业技术学院电气工程专业。同年入职中车株洲电力机车有限公司，从事轨道交通车辆电联接生产工作。2017年5月外派至土耳其公司至今，主要负责公司安卡拉地铁项目和伊斯坦布尔新机场线车辆项目的生产。

编导手记

~~~~~~~~

谢伦丁

　　去土耳其之前，所有人都跟我说，你一定要去坐一次热气球。因为《带你去旅行》这首歌在抖音上的走红，中国的大街小巷都被"我想要带你去浪漫的土耳其"这句歌词洗脑了，好像土耳其就是一个悬在热气球上的国度。

　　土耳其这一站，我们拍摄的是中车株机设在首都安卡拉的城轨列车生产基地，而热气球，还在四百多公里之外的卡帕多奇亚。放在中国，四百多公里并不是很远的距离，从长沙到广州距离六百多公里，高铁三个半小时左右就能到。可是土耳其没有高铁，如果坐飞机的话，得先从安卡拉飞到另一座城市伊斯坦布尔，然后才能飞往卡帕多奇亚——这下，不浪漫了吧？

　　我们拍摄的主人公，是城轨列车生产基地组装车间的负责人——刘海洋。三年前，他从株洲被紧急召到土耳其，但到我们去拍摄的时候，他还没有坐过一次热气球。用刘海洋自己的话来说，"土耳其的浪漫与我无关"。他好像只是把工作的场所从株洲田心搬到了安卡拉，每天千篇一律地重复着：宿舍楼—车间—宿舍楼，吃饭—睡觉—干活。

　　刘海洋负责的工作，就是为安卡拉地铁组装列车，地铁自然是我们必拍的内容。很不巧，当时土耳其总统大选刚刚结束，新旧两届政府班子还没完全交接好，负责与交通部门协调关系的人反馈消息说，我们的拍摄没有得到批准。

但是，也不能不去拍吧？我们决定冒冒险，摄像老师把拍摄设备都整理进背包里，希望混过检票口，进到地铁里面能拍一点是一点。

我们先是挑了离生产基地最近的一个地铁站，直接"杀"了过去。进到售票大厅，很奇怪，一个人也没有，检票通道也没有设障碍。正当我们一头雾水的时候，从值班室里出来一个工作人员，一边叽里呱啦一边向我们做出请进的手势。

这是什么情况？怎么感觉像是个陷阱？难道是因为周末放假没有人卖票吗？语言不通且心虚的我们，来不及多问，就这样直接进站了。

下到候车站台，也是空荡荡的。很快，来了一趟车，车厢几乎都是空的，也没什么人下车。

这简直像是为我们的拍摄专门清场了。那好吧，我们从背包里翻出设备，开始干活。也正是因为候车站台没有人，两位摄像老师开始各种发挥搞创作，指挥刘海洋在站台边翘首期盼，坐在长椅上无奈等待；车来了之后，走进车厢抓扶手，在车门关闭之前又走下来……正拍得热火朝天的时候，突然，一个穿着制服的安保人员向我们走来。他满脸堆笑，但手势告诉我们：这里，不能拍摄！

我们赶紧一边收机器，一边连连点头，"OK，OK"。

大家收拾东西的时候，我脑子里就在飞速地想，大不了不让我们继续拍了，总不至于要我们删素材吧。

接着，安保人员把我们带到了售票大厅，指着摄像老师手中的机器，说了一长串话，这下我们听懂了：Delete（删除）。结果还是要我们删掉了素材。

我们只好换一个地方，前往下一个地铁站碰运气。

下一站的情况差不多，没什么人，我们赶紧补拍起来。刚拍了不到十分钟，又一个安保人员走过来了，他很严厉地说这里禁止拍摄，再一次把我们带上了进站大厅。刘海洋赶忙跑到值班室，把身上的工装指给地铁工作人员看，解释了半天，最后他们才放行。

过了一天，由于素材不够，我们又开始盘算去拍地铁。这一次我们的目标是市中心最繁华的地铁站——那里人总该多一点吧。

吸取上次的经验教训，这一回，我们特意带上了土耳其员工卡亚，关键时刻，他可以为我们做翻译。到了地铁站口，果然人潮汹涌。大家都很兴奋。下了扶梯后，看到两个安保小哥哥正在值勤，卡亚立马走过去打招呼，开始飙起了土耳其语。我看了心里暗自觉得不妙，不出意外，我们又被拦下来了——拍摄？不行！

还好，卡亚没有放弃，缠着安保人员说了半天，又招来了一位更高阶的管理人员。刘海洋和卡亚指着身上的工装，重新表达拍摄意愿后，这位管理人员终于答应带我们去办公室请示领导。

地铁拍摄现场

我们背着拍摄设备，跟着工作人员小跑了好一阵，到了一间面积很小的办公室门口，卡亚进去一会后，带出来一个好消息，说对方同意我们在地铁进行拍摄了。惊喜来得如此突然，道过谢之后，一位工作人员领着我们，七拐八绕地，居然直接就进到了候车站台。

　　也不知道是因为刘海洋给安卡拉造车，还是因为我们是来自中国的电视台，总之，我们这一次，可以大大方方地拍个够了。

I **Grow Corals** on

Seabed in

Indonesia

我在印尼海底
种珊瑚

罗 杰 Luo Jie

珊瑚死亡后留下的"骨感"的造礁珊瑚群，在海浪的冲刷下变得支离破碎，成了废墟。唯一能证明其曾经辉煌过的，只有依然萦绕在"尸骨"旁的雀鲷鱼群，它们似乎不愿相信自己的家已经被毁灭。

一

　　坐落在滇池湖畔的春城昆明，是我的家乡，城市中的绿意盎然让我从小便对那些大自然中的精灵充满了好奇和热情。母亲出身于绘画世家，外公和母亲的绘画颇好花鸟鱼虫以及自然风光，这也让我从小对生命的认识多了一点国画写意的灵气。而父亲家几代从医，在我成长过程中，对生命科学的耳濡目染又为我对生物的认识增添了几分质感。这些得天独厚的条件让我陷入对生命的浪漫和神秘的探索中而无法自拔，找寻生命真谛的渴望似乎成了指引我前进的巨大动力。在填报高考志愿时，我也终于决定让生命科学成为陪伴我一生的事业。

　　大学毕业后的很长一段时间，我都和大多数分子生物学科研工作者一样，每天的日常就是设计课题、收集数据、撰写论文。虽然这样的生活看上去重复而枯燥，但我却也过得有滋有味，毕竟，儿时的梦想已经实现。可以说，即使接下来我的人生将会如此有条不紊地过完，我也不会有些许意外。从东北林业大学毕业之后，心怀出国留学梦的我回到家乡，来到中国科学院昆明动物研究所。通过实验室的工作，在深入了解了国内科研环境和水平，理性分析了出国留学的价值和意义后，我还是决定成为中国科学院的一名研究生。现在想来，很庆幸当初的这个选择。正是这个选择，让我和珊瑚礁结下了不解的缘分。

在云南，虽然只有一些小小的湖泊，但是我们叫它们洱海、阳宗海、碧塔海……对于海的那一份情怀在很多云南人身上都能读到一二。而我在回望开启海洋生物学研究的契机和整个历程时，不得不提到我的导师——施鹏研究员。有一天，我敲开他办公室的门，向他阐述我希望对小丑鱼展开研究的种种缘由，他仅仅一句"不靠海，不好搞"就让我觉得无法反驳。但是正是高原人对海洋的那一份莫名的热情，让我努力去寻找说服他的方法。我查阅了大量国内外文献，请教了饲养海洋生物的高人，搭建了小丑鱼的饲养平台，模拟起了珊瑚礁的生存环境……如今看来，尽管当时的确有一些冒险，但是施鹏老师对于科研的开放态度和对学生培养的多样化理念最终让小丑鱼的研究成功"转正"了。通过这个契机，我开始接触珊瑚礁这个不可思议的生态系统。几年之后，我们的研究范围从小丑鱼扩大到了整个珊瑚礁生物多样性层面，我与珊瑚礁的那些"纠缠"便就此展开了。基于在人工环境中模拟珊瑚礁生态系统的研究要求，我终于可以走下高原，真正地去触摸珊瑚礁——这个海洋生物的天堂。

二

2016 年，带着小丑鱼野外群体观测以及基因信息采集的任务，我来到了印度尼西亚（简称"印尼"）的巴厘岛。说到巴厘岛，大家都不陌生，蓝色的大海、白色的沙滩、恬静的落日，把人们对大海的向往诠释得淋漓尽致。我们的工作地点位于巴厘岛西北角的西巴厘国家公园，那里有一个重要的珊瑚礁生物多样性保护区，名为鹿岛。由于远离旅游区，再加上有法律的保护，这里成了巴厘岛最为富饶的水下王国。离开首府登巴萨之后，我们一路向北，沿途真正感受到了印尼人民的淳朴和安逸。在这里好像没有那些让人喘不过气来的压力和欲望。结束一天的工作后，当地人会约几个朋友吃吃喝喝，一起看看海，聊聊家常，哪怕是坐在"发呆亭"里放空几个小时，他们也会觉得无比满足。在这样的民风下，这里的珊瑚礁定然要幸福得多，这也使得我对鹿岛珊瑚礁充满了期待。

我们到达鹿岛时是早上7点钟左右，太阳早已高高挂起。开船的小哥和保护区导游听说我们是来开展科学考察的科研工作者，一路上为我们介绍了很多鹿岛的风光和旅游情况，但是谈到珊瑚近况时，他们却欲言又止，这让我对水下的状况多了几分不安。船停稳后，水面很平静，略带些许起伏和碎浪。那天的水下能见度很高，从水面上就能够看到珊瑚礁的大概形貌，甚至可以看到穿梭的鱼群。但令人担心的是，透过玻璃般的水面，浅滩处有大片的白色在阳光照射下显得分外刺眼。穿上沉重的水肺装备，我焦急地跃入水中。从水面上看到的白色区域，正是白化的珊瑚。与那些在水中穿梭的彩色鱼群格格不入的是，眼前大片白化的珊瑚纯白如雪，却不似自然之物。它们显得那么惨白无力，珊瑚本该有的斑斓色彩完全消失不见。我心痛不已，好久才回过神来，却感觉到海水温暖异常：在3米深的水下，潜水电脑表竟提示了惊人的33摄氏度！为了了解整个珊瑚礁的状况，我们继续下潜到了30米深的区域。这里昏暗了许多，海水造成的光谱缺失使得这里成了冷色调的世界。意料之外的是，本应该随着深度增加而感受到的丝丝凉意并未出现，水深处的温度依然在28摄氏度以上。毫无悬念，深水区的珊瑚同样在经历着白化。结束了小丑鱼的科考工作，我们匆匆返回到船上，所有人都一言不发，整个船舱静得似乎连脸上滴下的水珠声都能听见。开船小哥默契地拉响了引擎，刺耳的马达声打破了沉默。就在我们到印尼那年的年初，一场罕见的厄尔尼诺暖流席卷了整个西太平洋热带区域。高温破坏了珊瑚和其体内虫黄藻的共生关系，大堡礁一带的珊瑚出现了大面积的

珊瑚礁——小丑鱼的天堂

白化的珊瑚

白化和死亡现象。海水太热了，设想一下，三到四摄氏度的升温要是发生在人身上会是多么的痛苦，这里的海在"发烧"！鹿岛，这个曾经繁荣无比的海底王国，正在慢慢死去。

三个月后，带着相同的任务，我再一次回到鹿岛。为了方便工作的开展，我们找到了之前的船夫和保护区导游。当地人信奉神明，他们相信大海一定会眷顾虔诚的人，珊瑚礁一定能自己恢复过来。事实上，过去也的确出现过类似的情况。但是这一次，他们的神明却令所有人失望了。三个月的时间里，鹿岛失去了近八成的珊瑚覆盖，珊瑚死亡后留下的"骨感"的造礁珊瑚群，在海浪的冲刷下变得支离破碎，成了废墟。唯一能证明其曾经辉煌过的，只有依然萦绕在"尸骨"旁的雀鲷鱼群，它们似乎不愿相信自己的家已经被毁灭。失去了生命的支撑，"骨架"终将倾覆，届时这些鱼群只能离开，去广阔无边的海洋中寻找新的家园。回程的途中，导游 Gio 对我说，你们是科学家，一定能帮助我们，请救救我们的珊瑚！到现在我依然能清晰地记得他焦虑、悲伤以及期待的神情。是的，作为一名海洋生物学的科研工作者，我们真的可以，也应该去做一些什么。

三

　　回到实验室，两次科考的画面一直萦绕在我的眼前。对于大海的向往和热情，面对珊瑚死亡时的悲凉，还有当地人恳切的眼神，催促着我开始思考珊瑚保育的可能性。由于我们拥有完善的珊瑚饲养平台，我开始尝试寻找修复珊瑚礁的一些方法。在阅读了诸多文献，开展了实地调查后，我知道了珊瑚在面对高温侵袭时，其表现和反应会存在物种和个体之间的差异。如果能利用这个特点，再结合遗传育种的理念和方法，应当能够挑选出一些适应性更强的个体或物种，这对于珊瑚礁的就地修复应当是有帮助的。庆幸的是，这方面也正好是我们研究组所擅长的。从那时起，我便利用科考潜水的机会，收集各种珊瑚的数据，并同步在实验室中开展饲养实验。为了获得充分的自然珊瑚礁资料，很多时候我们需要去到一些潜水条件并不那么友好的地方，那里或是有复杂的水下地形，或是有凶猛的暗流，或是有暴躁的鱼类，有时候还需疲惫不堪地连续潜水。若不是对于专业的那一份自信以及对珊瑚近乎偏执的热爱，这些种种恐怕早已令我望而却步。时光荏苒，最终在各方支持下，我在饲养实验中取得了一些成果。于是，带着希望，我再次回到了巴厘岛。而这时的鹿岛，早已失去了它原有的生命力，尽管温度回落后，部分顽强的珊瑚种类开始有复苏的迹象，但昔日的繁荣景象已一去不复返了。厄尔尼诺现象的频发和影响范围的持续扩大让我感觉到，留给我们的时间或许真的不多了。

要开展珊瑚礁的修复工作，除了需要基础生物学的保障之外，还需要来自包括保护地的社区居民、政府管理部门、社会保护机构等的各方支持。而这些工作的协调和开展似乎并不比实验室中的科学研究要容易多少。要想修复珊瑚礁，我们首先必须解决的就是培育用于野放的珊瑚苗。幸运的是，印度尼西亚拥有成熟的珊瑚贸易产业，仅仅在巴厘岛就能够找到大大小小不少的出口商。珊瑚贸易商通过在海底搭建苗床的方式繁殖珊瑚并用于出口，久而久之，有的地方就形成了规模宏大的珊瑚农场。在多次走访当地珊瑚农场的过程中，对我们的鼓励和赞扬之声不绝于耳，但真正愿意出手援助之人却寥寥无几。功夫不负有心人，在国内朋友的介绍下，我找到了巴厘岛一家名为 Bali Double C 的珊瑚出口商。老板的名字叫 Conrad。在听到我们修复珊瑚礁的想法和计划以及提供珊瑚苗的诉求后，他表现得很兴奋，毅然决定支持我们。Conrad 先生也是一名潜水爱好者，他在从事珊瑚养殖的十多年里，见证了当地珊瑚礁的兴衰，对于大量珊瑚的死亡以及珊瑚礁的退化消失很是痛心。

解决了珊瑚苗的来源，接下来便是寻找合适的野放场所。巴厘岛南部是旅游中心，在这里难以开展野放工作；而东南侧则多为深水区域或是大型码头，也不合适；西南侧虽然有足够多的浅滩，但这边海浪汹涌会阻碍野放的实施。最终，我们把目光放在了远离旅游区的北部海岸线。由于海洋是一个开放的环境，加之当地渔船活动频繁，因此我们需要寻找一些相对封闭并且有人愿意参与管理看护的地方。然而，有限的资金让我实在难以给予当地渔民任何物质上的承诺。反复尝试了多次，结果却一次次让人失望。由于研究所也还有别的科研任务，我们不得不返回国内。之后虽然又前往巴厘岛试了多次，但都无功而返。回望种种，已虚度了近两年光阴。

近几年里，所幸 Conrad 先生也付出了很多努力，在同当地人反复沟通后，我们有了一些新的想法，考虑如何找到一些与珊瑚礁修复更为契合的利益相关群体。在 Conrad 先生的引荐下，我结识了在图兰本经营潜水中心的 David。作为一名资深的环保爱好者，他对珊瑚礁有着独特的情愫，不远万里从比利时来到巴厘岛，只为将他的潜水理念传播给更多的人。在图兰本多年，看到近年来严重的珊瑚白化和死亡现象，David 也萌生了修复珊瑚礁的想法。众所周知，珊瑚的优劣对潜水旅游业影响很大，而潜水旅游收入正是图兰本当地年轻人的一项重要的收入来源，通过修复珊瑚礁可以吸引更多的人前来潜水。基于这样的动机，我们说服了当地很多年轻人无偿来参与我们的珊瑚礁修复项目。对于 David 而言，在开展潜水教学和旅游的同时完成一些珊瑚苗的管理和维护工作也并非难事。至此，经过了两年的努力，集结了多方的力量，我们在巴厘岛的第一次珊瑚野放工作终于开始实施了。2017 年的世界海洋日，在当地海洋相关部门的见证下，Conrad 先生农场的珊瑚苗经过精心挑选后，被投放到图兰本近岸十米深的水下。

野放珊瑚苗之后，David 会不定期地传回珊瑚的存活情况数据。大约在野放珊瑚苗之后的一个月，某天晚上我刚结束小丑鱼的繁殖实验，就收到来自图兰本的消息：我们的珊瑚苗出了一些问题！根据 David 的描述，近期发生的罕见大浪卷走了一些野放区的珊瑚苗；同时，个别珊瑚种类出现了白化死亡的情况；更为无奈的是，有很大一部分珊瑚，成了当地鹦鹉鱼的"点心"。大自然似乎和我们开了一个玩笑！我回想起过去的种种曲折，心情不禁变得异常灰暗，感觉脊背刺痛。不过科研工作本就如此，失败也是家常便饭，多年科研工作锻炼出来的韧性让我重新打起精神。不久后，我再次回到图兰本，希望能够尽快解决这些问题。首先，我们需要重新设计珊瑚苗的固定方法；其次，关于白化的情况，我们需要在实验室中再次模拟图兰本的水下环境，挑选出更为合适的物种；至于被当作"点心"的珊瑚，则需要重新仔细地评估一下当地的生态系统再下定论。在图兰本，生物多样性最明显的地方是"自由号"的沉船残骸，这里也是鹦鹉鱼最为活跃的地方。意料之外的是，这里的珊瑚并非都是鹦鹉鱼的盘中餐，依然有许多物种完好无损。在做环境修复的时候，遵从自然之道往往是最重要的法则，于是，我把"自由号"的馈赠交给了Conrad先生。换上了新的锚定基座，在新的礁盘处，重新筛选过后的珊瑚苗被再次放入海中。经过这次系统而周密的调整，我们的珊瑚礁修复工作取得了良好的成效，野放区的珊瑚苗日渐繁茂起来，在碧蓝的海水里摇曳生姿。现在，每每坐在海边，聆听着海浪的欢愉，和当时一起奋战的朋友们举杯畅饮时，在图兰本一次次尝试后的苦尽甘来依然让人觉得畅快无比。

四

图兰本种植珊瑚的成功，吸引了很多潜水爱好者前来参与。之后的几年中，我在巴厘岛开展了多次珊瑚野放工作，由此结识了很多来自世界各地的环保人士，也认识了像 LINI 这样的珊瑚保护组织以及那里的每一位志愿者。我的足迹也开始在印尼更广阔的海域出现。而这时，我有了一个新的想法，也许我们无力改变整个星球日渐变化的环境，也许我们的研究进展也没办法赶上珊瑚消失的速度，太多生长在海洋深处的珊瑚可能还来不及与我们见上一面就永远消亡了，但或许我们应该尽可能在这些珊瑚消失之前留下一些它们存在过的证据。从那时起，我开始尝试去拍摄每一个我所看到的珊瑚礁，去记录哪怕最微小的生灵以及最短暂的瞬间。2019 年初，在龙目岛东部的一片珊瑚礁群前，我们正在拍摄当地的生物多样性纪录片。引人注意的是，这里的珊瑚礁呈现出明

罗杰在他的珊瑚农场

显的破碎化分布：在水流湍急的地方，珊瑚覆盖率甚至超过90%，而在
一些水流缓慢或是隐蔽的角落，几乎"寸草不生"。而从珊瑚残骸的分
布情况看，这里死亡的珊瑚几乎都成了碎片，没有一片完整的。可以断
定，这并不是自然死亡。

　　回到岸上，我们找到了当地的潜水店老板法国人Jeremie。从他的
口中得知，这里有很多渔民依然在用最暴力的方式捕鱼——自制炸药炸
鱼。不得不承认，这些来自欧美的潜水爱好者都有着强烈的环保意识，
早在几年前，Jeremie就开始尝试通过向海警举报的方式来制止这种炸
鱼的行为。炸鱼在印尼法律中是被禁止的，可是由于海域环境复杂，管
理难以面面俱到。水流湍急的地方不利于炸鱼作业，因此这些区域的珊
瑚礁才得以保存。更让人遗憾的是，这种暴力的炸鱼方式并不是龙目岛
的"专利"，在印度尼西亚的很多地方，依然有不少渔民在帮助捕鱼公
司实施这种破坏性极强的捕鱼行为。在这种情况下，除了科学修复外，
当地居民的配合与共管意义显得更为重大。如果不制止这种捕鱼行为，

那我们的珊瑚礁修复工作在整个珊瑚保护工作中必将是杯水车薪。其实，当地渔民并非不知道炸鱼的危害。在 Jeremie 的帮助下，我们找到了一名曾经从事炸鱼工作的渔民，他曾目睹朋友在一次炸鱼事故中不幸去世，加之当地海警的频繁干预，他最终决定停止这种心惊胆战的生活方式。渔民告诉我们，自从捕鱼公司来到村子并把炸药交给他们后，近年来，他们捕到的鱼越来越少，出海的地方也越来越远。这名渔民小哥知道，珊瑚礁在消失，鱼群在逐渐离开。可是为了维持生计，他们只有继续为不法的捕鱼公司工作，并且默默地承受着来自社会舆论的谴责。渔民小哥还说道，他们一直很羡慕巴厘岛的渔民，旅游业能够带来更多的收入，工作也更加轻松安全，如果有人能够帮助他们发展当地的旅游业，他们愿意积极配合。

为了进一步真正了解炸鱼人的心声，次日，我们在这名渔民的带领下去寻找仍然在偷偷炸鱼的人，希望能够和他们面对面地聊一聊。为了赶上他们作业的时间，我们赶早出海，来到炸鱼人经常作业的海域。这一带的鱼很少，水下似乎异常寂静，映入眼帘的是透明的水面下那些破碎的珊瑚礁。尽管身处大海之上，被阳光照亮的海底景色却依然让人感到无比的苦涩与沉重。船长告诉我们，炸鱼人的船都是改造过的，速度要比寻常船只快得多，就是为了逃避海警的追捕。而且他们都很谨慎，不知道一会儿会不会让我们靠近。船行不久，我们终于在一片红树林的背后看到了炸鱼人。远远看到有船只靠近，他们便停下了手中的活，望向我们。虽然距离很远看不清他们脸上的表情，但是能感觉到气氛开始紧张了起来，没有等我们喊话，他们便发动船只，准备离开。船长继续靠近，这个行为加重了他们的疑心，炸鱼人快速逃离了现场，水面上只留下了大量还没来得及收获的死鱼。一条海鳝正在死鱼堆里大快朵颐，这从天而降的食物馈赠让它兽性大发，甚至不顾人类的靠近。可是谁又知道，它赖以生存的家园何时会消逝，眼前的美餐或许只是灭亡前的安慰罢了。我提议继续追赶炸鱼人，船长拒绝了，对方神色如此慌张，船上又有炸药，我们如果穷追不舍，他们恐怕会铤而走险，伤人伤己。炸鱼人的船很快消失在海面上，他们在害怕，也许是惧怕大自然的报复，也许是惧怕法律的制裁，也许是惧怕生活仅剩的安稳被夺走，也许是惧怕自己会失去对大海最后的热爱和敬畏。

　　珊瑚礁修复的确并非易事，我们原本认为仅仅通过先进的遗传育种技术便能成功，在实际工作中才发现我们把问题想得太简单了。事实上，保护地社区居民的利益达成以及福利保障，是我们亟须翻越的另一座大山。我只能暂时放下手中的珊瑚育种实验，把渔民小哥的故事和诉求告诉更多的当地人，并开始尝试去解决社区居民生活和珊瑚礁保护之间的矛盾。又回到了早些年在巴厘岛走访渔村的日子，不过此时的我更为成熟，信念也更加坚定，面对失败时曾经有过的沮丧和失落早已不见踪影，取而代之的是对未来的期待以及面对困难的冷静。炸鱼终归是一件见不得人的事，每每向当地人提到这个敏感的词语，我们总是会被拒之于门外，甚至几近发生冲突。他们不愿意谈论这个话题，他们对自己的行为也感到害怕，他们也有着许多无可奈何，所以他们开始逃避，拒绝交流。我们的工作再次陷入困境。因常年在封闭的实验室中工作，科研工作者并不擅长和陌生人沟通，于是我找到了 LINI 的理事同时也是海洋保护基金会官员的 Yunaldi，希望他常年从事社区教育的经验能够帮助到我。Yunaldi 告诉我，取得渔民的信任是打开他们心扉的关键，当他们走上炸鱼这条路的时候就已经失去了太多东西，所以他们害怕再失去这个用巨大代价换来的唯一的谋生之路。或许我应该先听听他们的想法和苦衷，这些淳朴的渔民其实并没有太多要求，他们要的只是一份生活的安稳和踏实，他们不应该被过多地责怪，他们需要的是帮助。

历经千百曲折，幸运没有弃我而去。一个名叫 Imam 的年轻人为工作艰难推进带来转机。Imam 来自巴厘岛传统的渔村，村子里很多人都以捕鱼为生。可是对于新事物的好奇心，以及总是渴望学习的个性使得他没有继承捕鱼的传统，而是选择尝试更多的行业，其中包括珊瑚的饲养和种植。更难得的是，Imam 通过自学掌握了用英语交流的能力，我们得以聊得更多。有时我会邀请他和我一起去潜水和进行珊瑚礁考察。时间一长，这个年轻人也开始了解到珊瑚礁生态修复的理念及其重要性。作为外国人，在与当地居民沟通的过程中总会有一条无法逾越的隔阂，而 Imam 的介入使我们成功地突破了这道障碍。之后，他开始帮我们在社区里传播珊瑚保护理念，以及暴力捕鱼的危害。在他的号召下，许多村民参加了我们的环保分享会。在环保分享会上，我向他们展示了在暴力捕鱼后千疮百孔的珊瑚礁画面。他们都沉默着，相信曾经见证过珊瑚礁壮阔与美丽的他们一定会有所触动。当我开玩笑说子孙后代以后恐怕得到地球的另一边才能捕得到鱼的时候，他们被逗笑了，很多人开始频频点头。在夜晚安静的村落里，这笑声传得很远，远到和海浪声融在一起，最后消失在黑夜中。相信大海，也已经听到。之后，我向他们介绍了国际鹤类基金会在中国保护黑颈鹤时通过社区共管、环保创收取得成功的案例，并告诉他们，只有改善珊瑚礁环境才会有人慕名而来，旅游业才有可能为他们带来收入。分享会很快就结束了，他们并没有做出任何承诺，但是我相信，渔民们会开始考虑他们和珊瑚礁的未来。在接下来的一次珊瑚野放活动中，Imam 邀请了很多年轻人来参加，有那名渔民小哥的儿子，也有那个在晚上分享会中笑声最大的小伙子，还有很多陌生的面孔。我们的努力取得了一点成效。我们不奢望他们马上就做出什么大的改变，但是种下的思想种子一定会引导他们去找到属于他们自己的珊瑚，并且爱护它、守护它、依靠它。

印度尼西亚是一个海洋中的国度，这里的人民热爱海洋，敬畏海洋，只是文明的快速发展让一些人迷失了。其实他们从来没有抛弃海洋，而我也并不是那个伟大到可以引导他们找回初心的人。他们的初心一直就在那里，就在那片蔚蓝的深处，我只不过是帮他们驱散了一些挡住视线的烟雾而已，印尼人民刻在骨子里的海洋之心才是他们真正的灯塔。

直到现在，我依然还在坚持着全球珊瑚礁拍摄的计划，也还在继续见证着珊瑚礁背后的一个个故事。图兰本的珊瑚野放工作也还在继续，一个叫作"海洋之心"的国内组织加入进来，听说那些珊瑚宝宝依然健康。不久前，Jeremie 告诉我，在当地海警和政府的帮助下，龙目岛炸鱼的人越来越少了，而他也开始积极地和当地政府探讨在龙目岛建设珊瑚农场的可能性。David 则提出在图兰本创建珊瑚博物馆的想法，在这里可以向世人传播珊瑚的饲养、种植以及修复的知识和方法。而得知了我们的事迹后，菲律宾和泰国的环保组织也向我们抛出了橄榄枝，希望未来能够开展合作，共同修复当地的珊瑚礁。

对生命的尊重，对大自然的敬畏，其实一直引领着人类走在正确的道路上，而这条路正通向生命的繁荣，通向海洋的生生不息。

〰〰〰

罗杰 男，1986 年 8 月生，云南昆明人。2009 年毕业于东北林业大学野生动物与自然保护区管理专业，2019 年于中国科学院昆明动物研究所获得遗传学博士学位。现就职于中国科学院昆明动物研究所，自 2016 年始，多次赴印度尼西亚进行珊瑚礁修复与小丑鱼表型多样性相关研究工作。

鹿島清晨

编导手记

~~~~

谢伦丁

　　印尼拥有世界上种类最多也最漂亮的珊瑚，不过，吸引我去这个国家拍摄的，不是珊瑚，而是那些跟珊瑚有关的人。

　　年轻的中国科学家罗杰，每年定期去巴厘岛，自己掏钱买珊瑚苗，请人种到海里。而距巴厘岛半小时航程的龙目岛，有些渔民仍在使用炸药炸鱼，同时也炸死了水底的珊瑚。我们很想知道，如果中国科学家和渔民面对面，他们会对彼此说些什么？

　　不过，我们首先得找到炸鱼的人——近几年来，龙目岛的警察开始不定期巡逻，渔民则在海上打起了"游击"，要发现他们的行踪不容易，而要拍摄到他们的行动就更难了。

　　通过一位在龙目岛做了多年环保工作的法国人，我们找到一位当地渔民，他之前炸鱼时不小心炸伤了自己的眼睛，现在成了炸鱼反对者。我们提议租用他的船，顺便请他做我们的海上向导。

　　第一天早上我们 7 点钟出发，开船一个小时后，才在一片海域停了下来。这里海岛环绕，渔民的船体偏小，在海岛间穿行和躲避都更加灵活。我们在随波起伏的船舱内等待。让人失望的是，等了大半天，也没看到有人炸鱼，偶有渔船经过，也只是单人撒网的小舟。大家在船上撑到下午 4 点多，虽然肚子饿到不行，但也不敢吃东西，因为在海上颠着晃着，摄制组成员全都晕船了。船主打了一圈电话才了解到，今天可能有警察来这一带巡逻，炸鱼的人听到风声就都收工了。

有了第一天的经验，第二天出海前，大家都吃了晕船药。罗杰还带了潜水装备，趁等待的间隙下水查看了一番。果然，这里的珊瑚很多都被炸成了碎片，没办法再重新长出来。炸鱼的渔民好像知道有人在这里守候似的，整整一天都没有出现。更奇怪的是，晚上回到岛上，船主的态度也发生了出人意料的转变，他不愿意再当向导，也不愿意再出租船只给我们出海。

船主虽然什么都不肯说，但我们知道，蹲守这两天，一定发生了一些事情。最开始牵线的法国人，这时也无计可施，他在龙目岛深耕多年，才刚刚获得了当地人的一点信赖。但现在，渔民开始变得更加警觉，短时间内肯定是拍不到了。

大老远从中国飞来印尼，要是就此放弃也太可惜了。我们决定再试一次，不用原来的渔民当向导，而是另外租了一艘船，清晨5点钟就出发，沿着原来的路线，在海上慢慢开行。果然，应了中国那句古话，"早起的鸟儿有虫吃"，大概6点半，远处海平面上突然传来一声巨响，我们既兴奋又紧张地赶过去，远远便看到了渔民正在捞鱼。蹲守三天的我们，总算追踪上了炸鱼人。

Controlling Desert
in Mauritania

毛里塔尼亚
治沙记

周　娜　Zhou Na

从八年前的邂逅到今天，这片土地已经成为我青春的主战场。我一次又一次踏足这片土地，心中已经没有了初识的激动和兴奋，但是沉淀下来了对这片沙漠的尊重和敬畏。

一

　　作为中国科学院新疆生态与地理研究所（简称"新疆生地所"）治沙团队中一名年轻的 80 后科研工作者，我是幸运的。因为我是站在前人肩膀上奋斗的一代，比起前辈经历的艰辛和付出的汗水，我们现在所尝的苦只是他们的一小部分，现今优越的科研条件是前辈们不断拼搏创造出的丰硕果实。都说我们 80 后是含着金汤匙长大的，作为科研小白，我应该就是含着科研硕果在前行。2009 年攻读硕士研究生，初次加入现在我所在的治沙团队时，我还是一个彻头彻尾的门外汉。作为调剂生，"水土保持与荒漠化防治"并不是我的第一志愿，除了陌生还是陌生，学测绘工程出身的我仅剩的就只有动手能力了。工科生缺乏理论基础，跨专业缺乏专业知识，但幸运的是我遇到了我的导师，也是我的伯乐，导师针对我的专业与知识背景为我"量身定制"了科研方向，为我现在的科研工作打下了很好的基础。

　　新疆生地所的防沙治沙团队自 2012 年开始开展与非洲的国际科技合作，至今已有八年时间。我们有考察及执行项目的非洲国家超过 13 个，毛里塔尼亚就是其中最典型，也是开展合作较久的国家之一。毛里塔尼亚位于西撒哈拉地区，西濒大西洋，东与马里接壤，南与塞内加尔交界，北与摩洛哥、阿尔及利亚相连，是全球最贫困的国家之一，也是非洲最干旱的国家之一。其首都努瓦克肖特是全国最大的城市，同时受到海洋与沙漠的双重威胁。在气候和社会经济因素的共同作用下，该地区的环境出现了一系列严重的问题，其中，沙漠化的危害尤其严重。首都努瓦克肖特面积为 1000 平方公里，约占国土面积的 0.09%，而人口却有将近 200 万，占全国人口的三分之一以上，再加上生活方式单一，多以放牧为主，正面临着巨大的人畜压力，水资源的紧缺也更为严峻，沙漠化的威胁尤为明显，荒漠化的防治工作刻不容缓。中国作为《联合国防治荒漠化公约》的缔约国之一，有义务履约并承担第三世界国家的荒漠化防治工作。

毛里塔尼亚与泛非"绿色长城"秘书处方面都对新疆生地所在中国防沙治沙方面做出的成绩和贡献给予了充分肯定，也希望能够将中国经验和技术带到非洲去为非洲人民造福。所以 2017 年 9 月 UNCCD COP13 会议（《联合国防治荒漠化公约》第十三次缔约方大会）在内蒙古鄂尔多斯召开期间，新疆生地所与泛非"绿色长城"秘书处正式签订合作备忘录，泛非"绿色长城"组织将新疆生地所列为荒漠化防治技术支持单位。自此双方为彼此的合作以及新疆生地所在非洲开展科研工作开启了新的大门。

二

撒哈拉沙漠，对于很多女孩子来说，那就是三毛笔下她与荷西的爱情，是每想念一次就形成一粒沙的浪漫。因为三毛的《撒哈拉的故事》，无数人对撒哈拉沙漠充满向往，当然也包括我。但是我与撒哈拉沙漠的第一次邂逅并不那么浪漫，也与爱情无关。2012 年 9 月由于项目需要，还在读博士一年级的我就跟随项目组的大部队，准备前往毛里塔尼亚首都努瓦克肖特开展基础数据调查和考察工作。这是我第一次踏上非洲大陆，也是第一次出国，我既兴奋又激动，同时还有一丝担心。第一次坐国际航班，第一次在飞机上过夜，第一次踏上异国国土，一切都是崭新的。虽然我在前期已经做好了考察计划和思想准备，对这个国家有了一定的了解，但是当我在飞机上初次看到这个满地黄沙的首都的时候，还是震惊了：在这样的地方真的可以生活吗？为什么一点绿色都看不到？这真的是一个国家的首都吗？若不是工作需要，大概没有多少人会踏足这片土地吧！……飞机落地的瞬间，也把我从各种疑问中拉回了现实。是的，这就是毛里塔尼亚，是我们即将开展工作的国度，我已经站在了这片土地上。一下飞机我就发现，飞机场非常简陋，除了跑道就是一排小平房，和国内一个小火车站站台差不多大：这再一次刷新了我对这个国家的认知。同行的一位老师打趣地说了一句话，让我到现在都记忆犹新。他说："我们应该是到这里来接受爱国主义教育的吧！"这里的落后和贫穷真的超出了我们的想象。

完全没有出国经验的我，跟在翻译和同行老师的后面出了关，提取行李的时候发现自己的行李已经散开，行李箱竟然坏了，好在没丢东西。出了机场，到处都是陌生的黑皮肤，我们一群黄皮肤的中国人格外显眼，不断有人上来问我们是不是要车。翻译在经过一番解释后，我们开始安静地等待当地环保部人员来接机，可是一个多小时过去了还是没有一点动静。由于当时没有互留电话，往来都是靠邮件联系，翻译几经波折才联系到了对接的人。后来才知道之前的沟通出了问题，他们把我们到达的时间搞错了，以为是第二天到达。差点我们就要在机场过夜了，好在联系上了，我们终于在落地两个小时后，等来了接我们的车。

10小时的飞行加7小时的中转等待再加5小时的飞行，北京—巴黎—努瓦克肖特，这便是以后每次要到毛里塔尼亚必经的行程。当然这还不包括从乌鲁木齐到北京 4 小时的航程。作为团队中年青的一代，我每次经历完这一路基本上已经是疲惫不堪了，然而我的老师们，有的接近 60 岁快退休的年纪，仍然不辞辛苦地往返于中国与毛里塔尼亚之间，为当地的防沙治沙事业贡献着自己的一份力量。

让我记忆最深的有两件事。我第二次去毛里塔尼亚，刚到住处，我们每个人都拖着疲惫的身躯回到了房间。很快到了第二天早晨，在我们一起吃早餐的时候，我发现一位老师没有和我们一起用餐。通过聊天才得知，这位老师本来就是带病前来工作。昨夜，由于旅途劳顿，旧病复发，他躺在床上都已经快没有了知觉，缓了好久才勉强能动弹，吃了药才有所好转。据这位老师回忆，他当时连拿手机发个信息的力气都没有了，险些就有生命危险。

还有一次，一位老师由于工作需求，需要连续出国两次，而且这两次行程由于诸多不可抗因素变成了无缝对接。这意味着他刚从国外回到乌鲁木齐便要接着转机去北京再到毛里塔尼亚，旅途上的时间加起来超过了 48 小时。同时因为转机，出关入关还必须一路小跑，否则时间根本不够。二十多个小时的旅程已经是极限，何况 48 小时！这在我看来，就是不可能完成的任务，因为时间真的是太紧张了。当我得知这位老师顺利从国外到达乌鲁木齐并到达北京准备前往毛里塔尼亚的时候，我打心眼里敬佩这位老师。

老师们带病工作成了日常，在他们眼里什么都比不上工作重要。我至今仍然很怀念十几个人围在一个小房间里，一起吃泡面分榨菜的日子。每每回想起那个时候，就觉得自己身处这样一个关系融洽、吃苦耐劳的团队中，真的是我人生路上的一笔财富。老师们经常说，我们治沙人都是属骆驼的，骆驼的特点就是忍饥耐渴，我们治沙人就是需要有沙漠中骆驼的精神，能够适应沙漠极端艰苦的环境才能更好地开展工作。

老一辈治沙人用他们的实际行动为我们做出了表率，他们的吃苦耐劳精神，是我们年轻一辈需要学习和传承下去的。

三

从八年前的邂逅到今天，这片土地已经成为我青春的主战场。我一次又一次踏足这片土地，心中已经没有了初识的激动和兴奋，但是沉淀下来了对这片沙漠的尊重和敬畏。在毛里塔尼亚居住的摩尔人，有着和我们不同的理念。他们热爱沙漠，珍惜并善于利用水资源。每到假期或者闲暇的时候，他们会和家人好友，带着食物和水走进沙漠，享受沙漠中的生活：这也许就是沙漠和人最和谐的写照吧。在防沙治沙的道路上，我们经历了"沙进人退，人进沙退"，也经历过"人进沙进，沙逼人退"，等到"人退沙退"的时候，才是沙漠与人和谐共处的最高境界。虽然这是一种理想状态，但是我们从中也看出了在治沙人治沙的过程中，治沙理念也在不断改变，即从一味地改造自然到尊重自然。对于毛里塔尼亚的人民来说，沙漠是他们赖以生存的家园，若不是生存需求，他们也不愿意过多地改造大自然。在和他们合作相处的这么多年来，他们国家颁布了禁塑令，在防沙治沙材料的选择上，争取选择环保可降解的材料，对防沙植物种类的筛选也是以本土植被为主……这些一直都是他们坚持的治沙理念，未曾改变。

我第一次去非洲是在9月，那时候刚好赶上雨季。由于努瓦克肖特独特的地理位置，当时的气候并不像我想象中的那样干旱燥热，反而是潮湿凉爽的，这对于沙漠国家的人民来说是很难得的。但是如果是在旱季，就能让你领略到什么叫真正的热带沙漠气候，来自撒哈拉沙漠的哈马丹风，会时刻提醒你正身处何地。2013年4月当我们再次来到努瓦克肖特，尽管已经做好了心理准备，但是一出飞机舱门，那46摄氏度的气温还是让我们感到窒息，更别说地面温度，真的是可以烤熟鸡蛋了。我们从上午9点开始工作，一到中午就必须回到住处，以免中暑。最舒服的时候就是晚上，我们完成了一天的工作，三三两两地走在首都的街道上，散散步聊聊工作，享受着沙漠落日后的一抹清凉。当然这时候的清凉只是相对的，因为实际温度仍有32摄氏度。人真是很奇特的动物，适应能力真的很强，我们一个同事当时还打趣着留下了一句很经典的话："32摄氏度有点冷。"确实如此，若是没有到过撒哈拉，可能很难体会这句话的含义。

四

十多年的时间，我从硕士到博士毕业，再到现在成为团队的一员，从懵懂的小年轻蜕变成人妻、人母。这些年来，我一次次来到非洲，一次次来到毛里塔尼亚，从当初怯懦得连一句英文都说不好，到现在能自如地交流，镇定自若地处理突发事件。极端的干旱气候对人的适应能力是一种挑战，可是不管怎样，团队中没有一个成员叫过苦叫过累，有了困难也都是一起解决。当然在国外开展工作并不是一帆风顺的，爆胎、推车是常事，我们与当地人相处也难免会有一些矛盾，毕竟生活在不同的国度有着不同的文化背景。

在非洲，我们的工作除了考察采样，还有架设仪器设备进行观测以搜集第一手的数据资料。这在国内操作起来是非常得心应手的，比如，一个气象站最多几个小时就能架设完毕。可是在毛里塔尼亚，我们却遇到了诸多困难。由于需要架设标准十米气象站，然而十米的横杆是无论如何都不可能空运的，所以我们提前和毛里塔尼亚方面沟通联系，以确

治沙人周娜

认不能携带的部件是否有条件现场制作。虽然我们做了多方确认可以只携带必要的部件和主机，但为防万一，我们还是连太阳能板及蓄电池都打包托运了，因为如果某一部件不合适，就会前功尽弃。到了毛里塔尼亚后，我们遇到的难题是，气象站的横杆要用什么替代呢？我们考虑过用树干，甚至电线杆来替代，但是都放弃了，最后我们通过当地环保部的一名官员阿里找到他的好朋友——一名法国的材料商，才解决了这个问题。就这样阿里成了我们交流的"二传手"，我们将画好的图纸用英语讲解给阿里听，他再翻译成法语传达给他朋友，就这样一遍一遍地解释，我们终于搞定了气象站降尘桶、集沙仪等部件的定制工作。接下来就是要盯着这些材料一个一个地生产出来。由于时间相当紧，接下来的两天，我们的高级工程师王老师一直在材料商那里监工，就怕有半点差错会导致后面的安装不成功。事实证明，功夫不负有心人，十米的气象站终于成功安装并调试完毕，风沙观测场也顺利完成架设，这为我们更进一步了解毛里塔尼亚的风沙灾害及风沙危害状况奠定了基础。

水资源在干旱的沙漠地区是非常珍贵的，毛里塔尼亚人民非常珍惜当地的淡水资源。首都努瓦克肖特，是毛里塔尼亚最大的城市，淡水资源却极度匮乏，可以说基本上没有淡水资源。那他们的生活用水是从哪里来的呢？难道是地下水？后来我们才了解到，由于努瓦克肖特西邻大西洋，海水渗入地下水中，导致地下水的矿化度极高，不但人畜不能饮用，就连大多数植被都没办法生长。那么他们究竟是如何解决日常生活用水的呢？

通过考察我们得知，目前毛里塔尼亚首都的饮用水依靠的是南部塞内加尔河的疏水工程，且一切的食物都来自南部的城市或者从摩洛哥进口。为了节约用水，首都圈内无农田耕地，淡水资源都用于保障人和牲畜的基本用水。由此可见，水对于当地的人民来说真是非常宝贵。然而我也万万没想到我会因为水和他们产生一场小误会。在毛里塔尼亚非洲"绿色长城"计划建设用苗圃园外围有一片新建防护林，都是靠人工浇水。这样不但费事而且不能达到节水的效果，于是我们决定在这片防护林里建一个自压式滴灌系统，这样可以实现自动灌溉和节水的功能。一开始，从设计到布设都很顺利，但是当接水管的时候我们发现水管出现了故障，短时间内不能正常供水，可是补种的苗木已经种下去了，若不能灌溉，苗木就会枯死。在咨询了苗圃的工作人员后，我决定去城内取水点打水。当我赶着两辆水车到了取水点却被当地几个看水井的人拦住了，任我怎么说都不愿意让我接水，我只能无功而返。正当我在苗圃园懊恼和不知所措的时候，苗圃园一个叫谢的工人（他也是我在苗圃园唯一可以用英语交流的人）过来问我怎么回事，于是我把取水的前因后果都告诉他。他想了一会儿告诉我，他可以找人帮我。当我再次来到取水点的时候，那几个人不再阻拦，我终于取到了水。谢告诉我，看井人开始不知道我取水是用来干什么的，若是早知道是为了他们国家防沙治沙，是为了帮助他们，他们肯定不会阻拦。看来这都是沟通不足惹的祸。当看着水注进水桶，滴灌系统开始工作，一滴滴水灌溉着一棵棵苗木的时候，我觉得自己所做的一切都是值得的，不管是汗水还是泪水，在那一刻都有了回报。

五

有一次考察让我记忆犹新。我们同行的有一位翻译、两位植物学家和我，再加上几名当地官员。此次考察的主要目的是了解毛里塔尼亚南部的植被和风沙状况。我们一路驱车向南，沿途需要在不同的地段采集沙土样本和进行植物调查，因此，很难提高前行速度。刚开始我们还有说有笑，但是到了下午五六点以后，也许是旅途劳顿，再加上走走停停，司机和陪同都有了些倦意和不耐烦。因为按照他们平时的工作量，这时候早就在家休息了，而此时的我们还在路上奔波，距离目的地还有三分之一的路程，距离天黑也就不到两个小时。同行的官员告诉我们希望我们能加快进度，否则天黑行车不安全，而且考虑到安全问题，我们只能住宿在目的地基法。然而，对于我们来说，采样和调查的机会实在是难得，我们在争分夺秒，尽量能多采一个样本就多采一个样本。

最终经过沟通，我们决定太阳落山后便不再继续采样，全力赶路，虽然他们很不情愿，毕竟赶夜路很辛苦，但为尽地主之谊还是答应了。最终到达目的地时已经是晚上 10 点多了。在见过当地的政府官员后我们来到了住处，是一座二层小楼，我们住在二楼。二楼基本上没有什么人住，看起来应该是为了我们而专门收拾和打扫的，按照当地的条件我想这已经算是五星级的待遇了。我和同行的翻译小姑娘住在一间房，另外两位老师住在隔壁，这样大家也好相互有个照应。因为房门锁不上，玻璃也是破的，所以我和翻译小姑娘决定轮流守夜，可是疲惫袭来，两个人都没坚持住，醒来已经是第二天清晨。事实证明，我们的担心是多余的，楼下有两名守卫，应该是专门派来保护我们的，瞬间感觉很贴心。吃过简单的早餐后我们便又开始了一天的工作。这里俨然已经是另外一种景象，褪去了沙漠的燥热，呈现的是一片片森林，甚至还有湿地。当地向导介绍，由于沙漠的入侵，这里的森林在减少，湿地也受到了保护。森林和湿地对于一个沙漠国家来说是何等的宝贵，他们提起这些时候的眼神，我至今无法忘记，那是一种期盼和渴望，简单而真实。

返程的路上不太顺利，走到一半，我乘坐的越野车爆胎了，而同行的另一辆车没有发现，还在继续前进。电话联系后，大概过了二十分钟，他们才返回到我们爆胎的位置。换好轮胎后已经是一个小时以后了。此时太阳快落山了。向导告诉我们今晚要赶夜路。也许是他们想尽快结束这三天的行程，所以坚持要赶回去，但是同行的两位老师为了我们的安全考虑，希望能在半路上找地方住下，第二天一早再走。翻译和向导、司机沟通了好久，由于语言不通我们也听不懂他们在说什么，但是感觉他们也很无奈，不过最后还是决定赶到离首都一百多公里远的布提利米特住下。当我们赶到住处时已经是凌晨1点多了。第二天清晨醒来发现住处是一个很有特色的小院，花草茂盛，这在沙漠里是不常见到的。此时的沙漠还没有苏醒，笼罩着温差带来的雾气，湿度极大。闭上眼睛，我有了错觉，仿佛自己并不是身在沙漠而是在原始森林。之后我请教了同行的老师才知道，原来这是凝结水，能给沙漠中植物的成活和生长提供水分。撒哈拉沙漠真的是很神奇！

≈≈≈≈

周娜 女，1984年11月生，新疆维吾尔自治区乌鲁木齐人。2017年毕业于中国科学院大学自然地理学专业，博士研究生，现就职于中国科学院新疆生态与地理研究所，主要从事基于遥感与地理信息系统应用的荒漠化防治相关工作。2012年至今，一直在参与国际合作项目，其中参与非洲荒漠化防治相关工作已有八年。

编导手记

纪录片入口

李 倩

　　毛里塔尼亚位于非洲撒哈拉沙漠西部，西濒大西洋。这里三分之二的地区是沙漠，只有 0.2% 的土地适合耕种。撒哈拉沙漠因为三毛的文笔，在很多人的印象中是柔美浪漫的，但生活在沙漠中的人们却饱受风沙困扰，荒漠化带来了生态灾难和严重饥荒问题。我们此行的任务就是记录中国科学院新疆生态与地理研究所在撒哈拉沙漠地区防沙治沙的故事。

　　很多非洲国家对入境的航拍器管控得非常严，我们在毛里塔尼亚入关的时候，就算有当地环保部的帮助，无人机还是被扣了。等待了五天，经多次协调我们才拿到了无人机。

　　三月的毛里塔尼亚多沙尘天气。我们刚来的前两天，整个首都沙尘

毛里塔尼亚的孩子们

弥漫，能见度低，风大，而我们很多场景又要到沙漠中去拍，所以嘴里眼里经常都是沙。我们所有的拍摄设备也同样经历着考验，摄像老师们一直都在想方设法使机器避免进沙。有一个场景，我们连续去了三天，但无人机三天都没有飞成。并且，人多只能开商务车，车子几乎每天都会陷入沙中，所有人抬车都抬出了经验。三毛笔下浪漫的撒哈拉，在现实中却让人寸步难行。

在毛里塔尼亚待了十二天，我流了十二天鼻血，眼睛因为进了沙子而红肿，摄像覃添因为昼夜温差大加上水土不服而感冒。摄像老师们的手因长时间在阳光下暴晒而变得黝黑。为了达到理想的拍摄效果他们经常需要趴在地上拍，一天下来，全身从里到外都是沙子。毛里塔尼亚是伊斯兰国家，司机、翻译以及周围的很多人每天要做五次礼拜，很多时候我们不得不停下来等他们做完礼拜才能继续拍摄。我们要按照他们的作息时间来安排工作，早上9点后才能开工，午饭晚饭都比国内晚两三个小时，经常会饿到不行。拍摄期间，还要时不时等航拍许可，等路桥许可，留给我们的拍摄时间一再缩短，我们经常是在焦灼中度过一天又一天。

毛里塔尼亚缺水，我们有一场很重要的景是拍摄主人公周娜去打水。在取水点我们机器还没架起来，当地居民看到我们一堆外国人就开始轰我们走，最终找了好几个地方才把打水的场景拍完。当地鱼市有名，我们想去拍空镜头，没拍多久就引来了警察，经多番解释好不容易才得以脱身。

比沙漠更难相处的，或许是住在沙漠里的人。人与人之间的不断融合，人与自然的和平相处，也许才是我们的故事要去寻找的方向。世界上再也没有第二个撒哈拉了，只有对爱她的人，她才会向你展现她的美丽和温柔。很庆幸，在撒哈拉也留下了芒果新闻人的足迹，我们用我们的方式，记录下了撒哈拉的故事。

Metro's
Ready

城铁来了

孔 涛 Kong Tao

几天下来我成了我们这批刚入职的大学生里晒得最黑的。沿线测量放线，烈日当空，在荒郊野岭的地方把全站仪一架，我们拿着手持机就开始工作了，可以说在还没有路的时候我们就用腿走完了铁路全线。

一

　　大学毕业后，我就来到了尼日利亚。刚走出飞机扑面而来的是一股
热浪，感觉是从国内的冬天直接穿越到了炎热的夏天。拉着行李箱来到
我的宿舍，两张床、一张桌子、两个储衣箱、两把凳子，还有与我同一
年毕业参加工作的申慧军同学，唯一熟悉的是我随身携带的笔记本电
脑，感觉又回到了大学宿舍。

　　简单地熟悉了一下新环境和生活区域，便得到通知，所有人员到
会议室参加本周的例会，顺便也算是欢迎我们的到来。吃过晚饭，一
场酣畅淋漓的篮球赛后，新老员工蹲在篮球场抽着烟聊着天。仰头的
那一瞬间，我发现非洲夜空中的繁星仿佛触手可及。这，就是我在非
洲的第一夜。

　　边学习边摸索的我，每天一如既往的三点一线，办公区、工地、食
堂，忙碌而充实，顾不上想家。转眼一个月过去了，项目部采购的捣固
车到港口了，面临着一个谁去500多公里之外的拉各斯港口运过来的问
题。对陌生世界充满好奇的我主动请缨要去干武装押运的活，尽管很多
老员工劝我放弃，但我还是坚持飞去了拉各斯。

　　在出发之前我赶紧恶补了一下功课，捣固车长20多米，高约3.8
米，重约60吨，要开拖车将这么个大家伙拉回来面临一系列问题：沿

线路况差，当地交通事故频发；这么长这么重的捣固车在运输途中一旦发生事故，将很难救援，务必要绑扎牢固并放缓车速；拖车和捣固车的高度加起来将近5米，沿线可能会因为超高遇到桥过不去；沿线治安较差，必须确保有足够的安保力量；当地手机信号差，无法保证通信畅通；部分地段无人居住，将会面临油料、食物、用水等补给不及时的问题。

尽管自己已经预判了很多困难，但各种突发情况依旧不断。飞机在拉各斯落地后我就体验到了什么叫"堵"城，开车要么一动不动，要么就是一脚刹车一脚油门地在车流之中乱挤。正当我感慨司机车技高超的时候，撞车了。生平第一次进了警察局，在半个多小时的交涉后，我才得以离开。

本来以为到港口办完手续就可以提货，结果看到那一眼望不到头的车队后，我知道今天肯定没戏了。由于我们的拖车太长了，还受到了港口的"特殊"照顾，没办法，只能慢慢排队。装车后，我们并没有立即出城，而是出了港口就停在路边，等待夜幕的降临。到第二天凌晨路上没什么车的时候我们才起程。果不其然，由于高度的问题碰到了过不去的桥，幸亏夜间路上几乎没车，我们能不断寻找新路，要是白天，我们这30多米长的拖车一掉头就会把整个道路全部占满，我估计整个拉各斯的交通都会瘫痪。

刚感慨了拉各斯的"堵"，出了拉各斯又开始感慨其他地方的"破"。坑坑洼洼的道路，让我们一次又一次地刷新最慢行驶纪录。最困难的一段，就两公里我们愣是用了三个小时才通过。司机控制着方向盘，我在前面引路指挥方向，机修工在后面操纵着液压装置升降拖车高度。某些路段手机信号果然很差，幸好我带了对讲机，我们就这么用对讲机沟通着，艰难地"爬"出了那段路。在整个运输过程中对讲机还有一个很大的作用就是提神解闷，因为车速很慢，司机驾驶很容易犯困，所以我们前后车之间就靠对讲机不断地聊天，确保司机不犯困并及时了解拖车的状态。

一路上能给我们最多安全感的还是那"六杆枪"——出发前我从警察局聘请了六名警察负责运输过程中的安保工作。途中有时听到枪声，想到有警察在，我内心就平静了许多。晚上能找到一个旅店住宿是我们最开心的事。有一天开车开到晚上 11 点才找到一个旅馆，由于太晚了，厨师早就下班了。那天晚上我第一次吃到了尼日利亚的特色烧烤 suya（苏亚）——在苍蝇蚊虫乱飞的烧烤摊上，把肉烤熟撒上洋葱，用报纸一包。虽说卖相不怎么样，也不怎么卫生，但对于啃了一天饼干的我们，那烤肉吃起来格外香。还好我们的肠胃强大，吃完并没有拉肚子。由于考虑安全问题，我和中国司机王岸英都是住一个房间，互相有个照应。有一天路过一个穆斯林地区，旅馆服务员说两个男人不能睡在一起，让我再开间房。我说我没钱了，他们才罢休。

行驶过程中，我的车先往前开出去几公里去探路，好提前知悉路况。我们也不知道哪里是居民区，所以油桶里的柴油总是加得满满的，后备厢的水和食物也准备得很充分。由于地势高低不平，频繁上坡下坡，车开一会儿就得停下来往刹车片上浇水。听着那"刺啦、刺啦"水变成蒸汽的声音，我估摸着扔块生肉上去都能立刻烤熟了。经过一周蜗牛式的爬行，终于到达了阿布贾。当天晚上我连夜整理出了一份路线图，将沿途询问当地人记录下的地名标注在上面，并附上了自己的一份经验总结。有了这次的经验，之后我们陆续运输各种大型铁路设备就便利多了。

"黑人"孔涛

二

公司有一个制度——导师带徒，是为了让我们这些刚毕业的大学生能很快地适应工作，助力我们成长。一般大家都会认一个导师，而我将所有的能人都当成我的导师。

最初我跟李国华一个办公室，他是测量工程师，专业技术绝对一流，可以说代表着我们单位在整个尼日利亚的最高水平。每天跟着他就是各种"日光浴"，几天下来我成了我们这批刚入职的大学生里晒得最黑的。沿线测量放线，烈日当空，在荒郊野岭的地方把全站仪一架，我们拿着手持机就开始工作了，可以说在还没有路的时候我们就用腿走完了铁路全线。当时我们野外作业都拿着大砍刀，砍刀的作用并非防身，而是用来开路的。沿线全是各种草丛和灌木丛，根本没有路，如果碰到游牧民族，他们的牛羊踩出来的路就是我们最好的路。有一次我们在一个小山包上作业，结果当地人没看到我们，放火烧山，以便种庄稼。我们见火势蔓延开来，赶紧拎起砍刀，砍出一条路才跑了出来。干测量工作吃饭也没个准点，通常我们早晨出门都会带饭。当地遍地都是果树，算是我们的额外福利。我经常吃水果吃到撑，也常带回去和同事分享。

经过一段时间的户外作业，虽然我被晒得越来越黑了，但收获颇多，我已经可以把全线所有的地质地貌、桥涵里程等熟记于心。紧接着便开始了与设计院的对接工作。因为不是学土木工程相关专业出身，刚开始我心里还是很没有底，当时工程部的领导和同事给了我很大的帮助。我还注意到商务部经理殷光祥在技术方面也很在行，以为他是学土木的，结果一问他是学语言的，再加上年龄相差不大，无形之中与他多了很多共同语言。在与设计院对接的过程中，我的主要工作是协调设计院、项目咨询、施工队三方之间的工作。设计院出图给项目咨询，项目咨询审核批复给施工队，施工队按图施工；项目咨询审核未批复，设计院修改直至达成共识；施工队有技术问题，设计院负责答疑；施工队工程质量及工程数量验收则需要项目咨询现场审核；三方都没问题，我才可以汇总资料进行验工计价。而三方之间达成共识的过程却不是那么简单。比如设计与项目咨询，因为项目咨询有欧洲人，另外当地人对"英标"（英国标准技术规范）和"美标"（美国标准技术规范）比较认可，这就给我们"国标"（中国标准技术规范）设计带来了难题，我们需要提供大量的数据去说服他们，有些还需要现场做试验去验证。经过几年的磨合，我跟欧洲咨询人员说，其实这里没有所谓的中国标准和欧洲标准，我们需要做的就是制定出适合尼日利亚的标准。设计院与施工方之间也经常需要我去协调，虽说设计前已经做了地质勘察，但地勘不能代表所有，所以施工过程中会出现与设计不符的情况，这就需要我及时收集工地一线信息提供给设计院进行修改；而设计院有时候出的图是标准图集，不一定适用于现场，所以也需要修改。我当时频繁地穿梭在设计院、项目咨询、施工队之间，在这个过程中，我接触了各个专业、各个工种方方面面的问题，学到了很多，收获颇丰。

对于一个铁路人而言，如果前期只是围绕着土方、桥涵、房建转悠，貌似还缺点什么，那就是轨道。由于尼日利亚方面资金一直滞后，政府换届导致很多铁路专业设备无法采购，于是我跟着李福财体验了一把人工铺轨。我们在现场把混凝土枕摆好，十几个人用大钳子夹着钢轨放到轨枕上，然后用撬棍进行微调。旁边支个大铁锅，什么沙子、硫黄等都放大铁锅里，下面点火烧，现场进行硫黄锚固。在人工铺轨铺了几公里之后，我们开始了铺架基地的建设。从此轨枕开始在厂区锚固，工具轨排也在厂区生产，250 米长钢轨生产线也投产了，铺轨架梁全部实现了现代化作业方式。在基建工作逐渐接近尾声的时候，阿布贾城铁的"四电"工作也开始稳步实施。

在阿卡铁路竣工交验开通运营后，2016 年 11 月，公司对我的工作进行了调整，任命我为阿布贾城铁项目经理。其实当时有很多质疑的声音，比如项目合同金额巨大（有 8 亿多美元），我年纪轻，经验不足，之前没当过项目经理，又不是土木专业出身……但得益于这几年工作中学到的东西，从设计到施工，到验工计价，再到商务管理，我在各种业务方面都得到了充足的锻炼，因此我信心满满地开始了项目经理的工作。在与我的项目团队一起经过 13 个月的努力拼搏后，尼日利亚首都地区部于 2017 年 12 月 15 日签发了竣工证书。

经过半年的运营筹备，2018 年 7 月 12 日，阿布贾城铁正式通车运营。尼日利亚总统布哈里亲临通车运营典礼现场剪彩并试乘。当看到城铁列车发车的那一刻，作为项目经理的我，有一种想哭的冲动——这么多年的付出，值了！

在我师从别人学有所成的时候，我也有幸成为了别人的导师。2016 年 5 月 8 日我迎来了我的第一个徒弟，2015 年入职的大学生王皓，并于当天与之签订了"导师带徒"合同书。看似简简单单一纸协议，承载的是一份责任，一份担当，是师徒二人携手共进、共同成长的见证。我

阿布贾城街景

认为自己给王皓传授的最重要的四门课就是修心（心态好）、做人（做人正）、善学（肯钻研）、做事（做实事）。在带徒满一年后我和王皓被评为 2016 年度"导师带徒"活动"优秀导师"和"优秀学员"。继王皓之后，2017 年 1 月 8 日，我迎来了我的第二个徒弟——羽毛球打遍尼日利亚无敌手的张腾飞。从此，王师兄有了一个张师弟，不再孤单，不过他们一直建议我给他们收个师妹。近几年，身边的年轻人迅速成长，看着他们，我就如同看到了自己的影子。

除了中方徒弟以外，在 2016 年阿卡铁路开通运营前和 2017 年阿布贾城铁开始运营筹备时，我又带领我的团队自编教材，为尼日利亚铁路公司、首都地区部，还有公司招聘的当地运营人员开班授课。经过理论培训、实操培训、跟岗培训，阿卡铁路已开通运营四年，阿布贾城铁已开通运营两年多，均无任何安全事故出现。

知识传播的妙处就在于传承，在于延续。知识传播事业发展得越快，知识传播活动开展得越好，知识的价值实现得就越好。我们的目标是在尼日利亚成就更多的"知识人"。我们甘做基石，不忘初心。即使日月交替、人员更迭，只要能让当地的铁路工作人员掌握必要的知识和技能，培养他们尽职尽责的工作态度，他们就能以实际行动回报国家，让非洲的现代化铁路事业不再是一个遥不可及的梦。

三

最早我是从电视上了解到非洲。印象中的非洲，就是原始森林，或者茫茫的大草原，还有动物大迁徙……自踏上非洲土地的那一刻起，我便开启了对非洲重新认知的旅程。在尼日利亚已经十年了，最好的青春年华都在这里了。这十年里我最重要的收获应该是尼日利亚人民对我的认可和友谊。

其实和当地人建立友谊，得益于日常点滴之间的交往。我喜欢吃芒果。在野外工作的时候，由于不知道哪棵芒果树的芒果甜，我只能先摘下来，咬一口，看甜不甜。甜的就继续吃，不甜就扔了。跟我一起工作的当地雇员看见了，有一天便带了几个芒果给我，说是从他自己家芒果树上摘的，很甜很好吃。我当时接过来皮一剥就吃起来了，他看了很开心。在我当着他的面咬那一口芒果时，彼此之间的友谊就建立起来了。

这十年时间里，我也跟当地人发生过各种分歧，不过不但没有影响彼此之间的关系，反而因为我的真诚让我们的友谊更加深厚。记得2011年的时候，当时项目路基工程寻找取土场，当地葫芦弥村的土样满足各项试验指标。但是当我与葫芦弥村酋长沟通时，他并未同意。他说你取走我那么多土，那块地方岂不是变成了很大一个坑，怎么种庄稼？土地没了，我的村庄怎么办？我解释道，我们会用其他土回填的，保证不会耽误种庄稼，即使这样酋长还是不同意。在我一次一次地找他商量后，他终于同意了我的方案。我们对既有土地的所有农作物进行计量，赔偿其损失，然后将地划分成几块，一次取用一块的土，回填后再去取用另一块的土，确保他的村民不会受到损失。当我们回填土壤之后，酋长发现真的不影响他们种植庄稼和既有地貌，就放心了。

又比如有两个村距离较近，我们在一个村的路口修了一座跨线桥，隔壁村离跨线桥不足 200 米，但他们就要求在他们村口也要修一座，说我们对他们村不好，没把桥修建到他们村里。其实跨线桥的设置都是根据人流数据计算出来的，尽管我知道村民们看不懂图纸，但还是把线路图拿给他们看，告诉他们全线有多少桥和涵洞，都设在哪里，为什么在那些地方设置，并不是针对他们村，对他们不好。尽管我们耐心解释，但其实村民们心里还是不舒服。于是我们在招工的时候在这个抱怨没有桥的村多招了几个工人，平时还开展一些联谊活动，以平衡双方关系。

由于当地政府换届，资金不足，阿布贾城铁项目曾经面临停工困境。我们项目部仅剩 20 来人，虽然编制上还保留了一个队，但这个队实际上是在给别的项目干分包工作。我们也看到项目部附近的派佩村小学教学楼已经成了危房，但当时我们自己都在勉强维持，苦苦坚守，对于小学危房改建心有余而力不足。后来经过努力，在中国优惠贷款的帮助下，项目获得了重启的机会。在项目重启之际，我带着 1 名中国工长苏振坤和 20 名当地工人给派佩村小学建了三间新校舍，确保了村里的孩子能继续上学读书。不仅如此，该小学也成了项目对当地小学生进行铁路安全教育的定点学校。我时常到学校给孩子们授课，从那时起我又多了个"孔校长"的称号。

酋长作为部族的传统领袖，在当地享有较高威望，也受到历任政府的尊重。一般民众谒见酋长时都要顶礼膜拜，政府在对重大问题做出决策前都要听取酋长的意见。由于尼日利亚地方政府以下不设行政机构，酋长制实际上已经成为尼日利亚地方政府行政体系的必要补充，起着联系政府和群众的纽带作用。而在尼日利亚的这十年生活里，我跟各个级别的酋长都有过接触，积累了深厚的友谊。酋长们也看到了铁路沿线自己管辖的小村庄逐渐变成了大村庄，自己的村民有了工作，生活得到了改善，铁路沿线的各种工业区、商业区、住宅区慢慢发展了起来。为表达对我们公司、对中国政府的感谢，首都阿布贾吉瓦地区土皇（地区最高级别酋长）召开了酋长委员会，授予了我"WAKILIN AYYUKA"酋长封号，意思是"工程领袖"。

2018年中非合作论坛期间，尼日利亚总统布哈里表示，正是由于中方的帮助，尼日利亚才拥有了西非第一条城铁——阿布贾城铁，它充分体现了中国技术、中国质量和中国速度。

阿布贾城铁的开通，对于尼日利亚来说，实现了与阿卡铁路和阿布贾航站楼的无缝换乘，打造了首都阿布贾"干线铁路＋城市轻轨＋城市航空＋城市公交"立体、多维联通体系，实现了陆空融合、空地一体，互联互通、高效便捷的目标。对于我来说，就是抵达了人生的一个中间站，实现了一个小目标，它不是终点，它是新的起点。

~~~~~~

孔涛　男，1985年12月生，河南清丰人，北京交通大学硕士研究生毕业。2010年7月入职中国土木工程集团有限公司（简称"中土集团"），2010年12月外派至尼日利亚工作。先后在尼日利亚现代化铁路项目阿布贾至卡杜纳段、中土尼日利亚有限公司四电部、中土尼日利亚有限公司运营部、阿布贾城铁项目部工作。现任中国铁建中土尼日利亚有限公司运营事业部总经理。

编导手记

成 彬

　　七月，正值尼日利亚一年当中最舒服的时候，天气晴好。就在这时，我们乘坐着耗时 18 小时的航班，跋山涉水来到了这个神奇的国度。我们刚来几天，当地就发生了一起火并案，据说死了不少人。大家都有些提心吊胆，所幸我们住在营地内，营地都有士兵驻守。从营地到基地这条固定的路线，我们每天都需要坐车前去，随车都会有保护我们的士兵。这让我们对"祖国"这两个字有了更深层次的认识，祖国为身在他乡的国人提供这么周全的庇护，国家强大了，国人在海外的工作和生活也更加有保障了。

　　尼日利亚是一个热带国家，属于热带草原气候，高温多雨，蚊虫种类多、数量大，蚊虫是疾病的主要传染源，在来之前我们就了解到这里霍乱、脑瘤、黄热病和疟疾多发。前三种疾病还好，有疫苗可以防控，疟疾却没有任何有效的疫苗可以预防，并且容易复发。听说有一个一米九几的中国小伙子，身体健壮，中午吃饭时还好好的，下午就得了疟疾，躺在床上发着高烧，浑身发抖。面对这样恶劣的环境，我们并没有退缩，在来之前，我们每个人都去医院注射了疫苗，并且带足了防蚊、灭蚊工具。每天拍摄结束后已经是晚上八九点了，回到住处后，我们做的第一件事不是脱鞋，而是关窗开空调，给全屋喷花露水。仅仅这样还不够，什么青草膏、电蚊拍、蚊香，只要是市面上出售的有效的防蚊、灭蚊工具，我们都人手一份，每天做好 360 度无死角防护工作。这样坚持的结果是我们每个人都成了"保养"专家，擅长灭蚊。在拍摄过程中，我们也没有一个人生病倒下，顺利地完成了拍摄任务。

这次来尼日利亚拍摄，我感触最深的就是尼日利亚人民对中国的热爱，这里的人都以能去中国学习为梦想。我们拍摄的人物中有一位尼日利亚姑娘，她的中文名字叫白杨。白杨曾经来过中国留学，能说一口流利的汉语，甚至可以用汉语和我们开玩笑。中国人在这个国家，是不孤单的！我们拍摄的主人公孔涛孤身一人在外，帮助尼日利亚国家运营城铁。他虽然远离故土和亲人，却在这个异国他乡收获了更多的兄弟姐妹。我们也希望越来越多的中国年轻人可以走出去，把中国先进的技术带出去，向世界展示中国更多更好的一面。

Flying over

Brazilian

Rainforest

飞越
巴西雨林

卢 军 Lu Jun

临行的时候，母亲在我的行李箱里硬生生地塞进了一条被子，而父亲一再坚持让我带上一捧家乡的泥土。沉甸甸的行李箱中装满了他们的爱与不舍，伴随我踏上了去巴西的路程。

一

　　我工作于中国电力建设集团山东电力建设第一工程公司。2013 年初，我在刚参加工作半年时接到了公司关于"派驻巴西"的意向调查，在公司"国际优先"的发展战略影响下，凭借年轻的冲动，我不假思索地接受了公司的安排。当我将此事告诉父母时，父母支持了我的决定。母亲向来不舍得我离家太远，她的支持倒有点出乎我的意料。临行的时候，母亲在我的行李箱里硬生生地塞进了一条被子，而父亲一再坚持让我带上一捧家乡的泥土。沉甸甸的行李箱中装满了他们的爱与不舍，伴随我踏上了去巴西的路程。我没想到的是，这一时的冲动就带来了至今扎根巴西七年有余的岁月，从此山高路远，对家人的陪伴开始变得遥遥无期。

　　近 2 万公里，是北京到圣保罗的空间距离；48 小时，是家到工作地的时间距离。第一次坐飞机就是两段均大于 10 小时的国际航班，从没坐过飞机的我一次就坐够了。当飞机飞进南美大陆，我对巴西的一切想象都变成了现实。巴西给我的第一印象就是"大"，从机场到项目部，车程足足有两个多小时。这种对于"远"的感受在我往后的工作生活中却不断地被弱化。由于输电线路施工面广，塔位之间间距远，我们平时常常需要驱车三四百公里往返施工现场，偶尔还会跑五六百公里。

所以当我回国后，两百多公里的路程当天往返也觉得稀松平常了。

派驻巴西后，我开始从事输电线路施工管理工作。面对陌生的国度，陌生的语言，陌生的行业，我每天都处在很焦虑的状态中，手忙脚乱却又感觉无从下手，总会有力不从心的感觉。刚到巴西十几天后，我收到母亲的留言："记得今天是自己生日。"我愣了一下，连续的忙碌已经让我忘记了自己的生日——当天我从早上5点半出发赶往两百多公里外的施工现场，到晚上8点半才回到项目部，一刻不停地记录着施工进展、施工难题，忙得甚至没空喝水、没空去洗手间，脑子里一团糟。这是我一生中最难忘的生日！

当时我整个人都处在比较迷茫的状态，整天忙忙碌碌好像又看不到收获，没有成就感，时常怀疑自己在这距离家乡近两万公里的地方能做些什么。领导时常鼓励我：越艰难的地方越能磨炼人，坚持下来会是人生的一笔财富；万事开头难，只要迈出第一步，成功就在眼前。村上春树曾说过，"当你穿过了暴风雨，你就不再是原来那个人"。于是我积极调整自己的心态，将心中的失落感统统塞进每天繁忙的工作中，把这种落差当成锻炼自己的契机，把生活环境上的苦当成是人生的磨砺和财富。

然而起步都是艰难的，证明自己是需要时间的。直到一个个铁塔基础完成，一座座铁塔耸立，一条条导线架设完成，我望着在巴西平原上绵延不断的输电线路，内心的自豪感油然而生。我第一次参与承建的项目——TP（特里斯·皮尔斯项目）一期马托格罗索输变电项目，为2016年里约热内卢奥运会提供电力支持。奥运会用上了"中国电"，马托格罗索输变电项目也评上了"中国电力优质工程奖（境外）"和"国家优质工程金奖"。百般波折终于化作了喜悦和欢乐。每每想到这些，我都会觉得所有的付出都是值得的。

二

　　2014 年春节是我来到巴西后过的第一个春节，每逢传统佳节总是令人"倍思亲"的，不过用这种心情来形容 2014 年的春节却不是那么贴切。2014 年春节前夕，我们马托格罗索项目驻地接到了巴西劳工部将要到现场进行检查的通知，检查时间正好是除夕当天，项目经理王聪对大家说："劳工部春节来检查，需要我们做好准备。"同事们开始议论："他们知不知道我们要过节，不能换个日子吗？"我虽然心里也在犯嘀咕，但还是跟大家一起开始了紧张的迎检准备工作。项目部在巴西当地招聘了四百余名员工，我们需要为当地员工提供符合劳工法标准的食宿，员工宿舍必须配备衣橱、娱乐室等；宿舍的卫生条件必须达标；现场移动厕所、帐篷、板凳、灭火器、垃圾桶、洗手盆、冰水等都必须配备齐全；员工资料必须齐全，如入职资料、体检报告、劳保卡等。巴西有着完善的劳工法律，而且检查非常严格，历史上也曾有三星集团等企业在巴西因为劳工管理不合规范而被处以巨额罚款的案例。我因初到巴西半年，第一次经历劳工部检查，虽然已经按法律规定进行了准备，但还是有点忐忑。

　　春节如期而至，劳工部检查人员也如期而至。早上 7 点，项目部正常工作，项目经理王聪赶赴两百多公里外的项目分区陪同劳工部人员进行检查，而此时正好是国内春晚的开播时间。下午劳工部人员到项目部进行检查。原本我们下午安排休息半天，大家一起包饺子吃团圆饭的，我们就礼节性地邀请劳工部检查人员和我们一起吃中国年夜饭。他们竟然毫不犹豫地答应了。巴西人就是如此热情直爽，不跟人讲客套。不过那天大家为了应对检查累了一天，此时国内已经开始拜年，大家纷纷拿出手机和国内亲人视频聊天，所以这次年夜饭吃得"不欢而散"。

2016 年 3 月，马托格罗索项目完工，不知不觉我在巴西待了近三年。妈妈开始催促："要不回来吧，都 27 了，不小了！"我明白妈妈的意思，这是开始催婚了。我倒没往心里去，27 岁还年轻得很。正好美丽山一期五标段项目经理石鹏向我抛出了邀约："来五标吧，我们一起干！"回国还是继续留在巴西，面对这两个选择，刚刚才熟悉巴西的我还是决定继续留在巴西。没想到我这一留，竟然把老妈担心的问题也解决了。2016 年 5 月，项目物资部调来一个叫侯杰的女孩。人生的每一次邂逅都是一种美好，就像等待一朵花儿的绽放，她变成了那个夏天最美的风景。现在，我们的婚姻进入了第三个年头，我们彼此陪伴，相互激励，有了她，即使身处困境，我也有了坚持的理由。

三

电建单位工作的一大特点就是流动性大。在扎根巴西的七年时间里，我先后参与了巴西 TP 一期马托格罗索输变电、巴西美丽山一期 ±800 千伏高压直流输电、巴西美丽山二期 ±800 千伏高压直流输电等项目的建设，辗转到过四个城市，从南到北，去过广袤的雨林，踏过辽阔的田野……这里是"上帝最眷顾的地方"。置身于这个国度，令人感受最深刻的，还是巴西人民的热情奔放、质朴善良。

在巴西的城市边缘，常常能碰到在路边搭车的人。他们举着写有目的地的纸板，背着大背包，右手竖起大拇指，寻找过路车辆捎带。竖大拇指则是预先对愿意搭载的人表示感谢。我刚听到这个解释时感觉不可思议，这怎么能判断出拦车人的意图？这种行为在中国也算是天方夜谭，更何况是在异国他乡的巴西呢！本着多一事不如少一事的心态，也为了自身安全着想，我们往往不会停车，但是和巴西同事一起外出时，只要顺路，他们都很乐意捎带陌生人一程。而且每当偶遇抛锚的车辆，车主站在路边寻求帮助时，我们也总会看到过路的车辆停车帮忙。这里人与人之间没有设防，大家都乐于助人，这也使我对巴西人的民族特性有了更深的认识。

之后和更多的巴西人接触，我更加感受到了当地人的热情。记得有一次，我前往施工现场。由于施工现场地处偏僻，只有经过农场的乡间小路才能到达，而前一夜的一场强降雨过后，泥质的路面变得松软，低洼路形成积水。清晨出发的施工车辆将路面压得坑坑洼洼，我们乘坐的皮卡车后轮陷入了泥坑中。所有人又急又恼地下车推车，半小时后每个人身上都挂了一层泥浆，车子却纹丝不动。巴西同事随即走去最近的农场寻求帮助。过了半个小时，远处驶来一辆拖拉机，同事高高地坐在拖拉机上，而拖拉机司机正是这片农场的主人。农场主带来了整套的拖车工具，并用他的拖拉机把我们的车子从泥地拉到了路边。当我问费用是多少时，农场主却连连说 No，随手帮忙，不值一提。巴西可以称得上是一个"民族大熔炉"。不同肤色不同种族的人们生活在这片土地上，经过了六百多年的民族同化和融合，他们共处得更和谐了，彼此间也有了更多的宽容与尊重。

来巴西之前，我对巴西了解最多的还是巴西烤肉、巴西足球，到了巴西之后才知道真正的巴西烤肉和国内烤肉完全不同。巴西牧场非常多，在施工现场经常会碰到成群结队的牛。巴西牛肉非常便宜，价格只有国内牛肉的一半。烤肉用到的调料只有粗盐粒，烤炉也只是砖块垒砌的壁炉，并没有什么特别的，但烤出来的肉却是鲜嫩可口，让人难以忘怀。每逢节假日，项目部都会组织团建活动，中巴员工欢聚一堂，大家一起动手烤肉，一起踢足球。巴西足球名不虚传，大部分巴西人都热爱足球。足球场众多，球场里上至五六十岁，下到刚会走路的孩子，各个

中巴员工友谊对抗赛

年龄段的人都有。2016年"五一国际劳动节"时，在巴西人的力邀下，我们中国员工和巴西员工进行了一场6V6友谊对抗赛。我们勉强拼凑了一支队伍，十分钟的比赛以巴中10∶1的成绩结束，我们唯一的进球还是对方"放水"的结果，但是大家都玩得非常开心。

四

经历了马托格罗索项目的磨炼，我被调入美丽山一期五标段项目。此时正值美丽山一期五标开工，工期紧、任务重，压力可想而知。同时美丽山一期项目作为公司第一条自主放线的±800千伏高压直流输电项目，当时大家都没有放线经验，属于摸着石头过河，且大部分设备又是从中国进口，设备装置与巴西的施工习惯有一定差异。我作为工程部主管，每天需要与技术主管、工程师和现场施工主管就施工工艺、队伍组建、施工工器具准备、放线段选择等各个方面进行反复沟通交流。我对施工效率、机械配置等进行了详细周密的计划，并反复论证队伍、设备等资源配置的合理性，施工计划的可行性，工序之间的效率匹配性，不断分析影响流水化作业的各类因素，以期通过周密计划减少施工中出现的问题。在做了大量准备工作后，项目放线程序顺利开始，并创造了单月最高放线60公里的施工记录，我也通过组织放线施工积累了大量现场经验，完成了输电线路全过程工序施工的学习。

值得一提的是，我的葡萄牙语也是在这时候锻炼出来的。巴西的官方语言是葡萄牙语，英语对巴西人来讲也属于外语。平日里我们和巴西同事沟通都要通过翻译员，而项目部的翻译员是按照部门来配备的，每当同事带着工程部翻译员前往施工现场的时候，我们和巴西同事要进行交流就只能借调其他部门的翻译员。然而很多工程专业名词只有常驻现场的工程部翻译员才能很好地进行传达，其他部门的翻译有时讲了半天却发现和本意相去甚远，这就逼着我们自己去学习葡萄牙语。由于处在纯葡语的工作环境中，看葡语报表、葡语图纸，尝试与巴西施工人员进行交流，询问工作进度和施工难题，于是我在很短的时间里就可以脱离翻译员使用一些单词来跟巴西同事进行基本的工作沟通了。

随后，我又参与了美丽山二期九标段的建设。2018年5月，项目开始准备放线工作，筹备放线施工队伍。经过美丽山一期项目的锻炼，我在放线工序的管理上也可以独当一面了。新招聘的放线大工头帕索是一个有着丰富经验的工头，但在实际工作中我们依然遇到了重重困难。比如，因农场低压配电线路移位、业主征地等各种原因，九标段放线施工一直未能实现连续性放线施工，出现多处临锚点，导致现场大量工器具无法拆除；九标段共有三处特高压线路、五处高压线路跨越，但因被跨越单位临时取消跨越施工批准日期，同样导致已安装的工器具无法拆除；因降雨导致低压线路无法按期移除，导致已准备完成的放线段无法施工；因九标段地势以丘陵为主，加上连续降雨导致进场困难，严重影响放线施工效率……出现的这一系列问题打击了帕索的信心，也影响了队伍的稳定。那段时间里，每天下班后，我与帕索都在办公室认真总结当天出现的问题，对各段准备情况、各段存在问题、各段地势及进场路径等进行讨论，以尽可能减少放线施工阻碍，确保放线施工工作有序开展。

这么多年的驻巴西工作经历，使我认识到只有充分尊重和理解才能真正融入到巴西员工中间。"卢军，你又在现场干什么了？"刚回到办公室我就被经理喊去问话，"巴西高管奥杜说你又在现场乱安排！"满脑袋问号的我不知该说什么："嗯……我只是向现场工头提了几点建议，我觉得他的计划安排不合理。""你得指出他哪里不合理，怎么改合适，改了有什么好处，别直接命令他改计划啊！"经理无奈地说。我百口莫辩，我没有命令他啊，但有可能我在不自觉间谈话的方式就变了，变得有些盛气凌人，认为现场人员应该听从我的建议。"邮件怎么还没发出去？！""这个表格怎么还没做完？！""刚刚跟供应商谈好的，怎么又不行了呢？！"平日里在办公室，也能经常听到中方员工用质疑的声音与巴西员工"吵架"。随着对巴西人的逐渐熟悉和了解，我明白了行政命令式的管理在巴西行不通，对巴籍员工进行管理更需要耐心。每当从国内调来新同事，我都会提醒他们遇事多听听巴西人的建议，虽然中方员工处在管理岗位上，但毕竟对巴西当地环境不熟悉，了解不够全面，即使利用自身经验做出了一些决定，但由于不了解当地文化，这些决定往往会有些"水土不服"，执行起来就会碰到很多问题，效果反而更差。而巴西员工几乎每个人在电建行业都有数十年的工作经历，经验丰富，他们的处理方法往往更合适。我们要将巴籍员工当作中方员工一样对待，不要有优越感，询问工作时不要趾高气扬，一定要做到平等沟通，

世界上最宽的瀑布——巴西伊瓜苏大瀑布

那样才能取得好的效果，才能事半功倍。

五

　　南美洲的雨林一向有"生态奇迹"之美誉，雨林中的树木数不胜数，加上亚马孙河众多支流淙淙流淌，孕育出了复杂的生态系统，生长于此的物种多达地表目前已知物种的十分之一。亚马孙热带雨林是世界上最大的雨林，占地约 700 万平方公里，其中约 60% 位于巴西境内，亚马孙热带雨林因此也被人们称为"地球之肺"和"绿色心脏"。中国电建从这片令人神往的土地出发，承建了拉美第一条、世界第四条 800 千伏高压直流输电线路——巴西美丽山输电工程。

　　然而近年来随着巴西经济的发展，热带雨林被破坏速度加快。有数据显示，巴西亚马孙热带雨林每分钟被砍伐面积已超过三个足球场。如果按照这样的趋势持续下去，2030 年超过四分之一的亚马孙热带雨林将会消失。而雨林退化会引起一系列生态问题：动物栖息的范围越来小，许多物种将面临灭绝的威胁；气候调节能力减弱，温室效应加剧；缺少树木植被防风固土，土地将逐渐荒漠化……我们这样的施工企业也将成为名副其实的"光头强"。

但这里也有"熊大和熊二"在保护着这片原始森林。巴西有着全球最严格的环境监管机构IBAMA（巴西环境与可再生自然资源研究所），通过环境政策限制森林砍伐。巴西法律规定，建设项目的环评许可必须得到IBAMA的批准，还需分别获得环评许可证、施工许可证和进行考古调查的资格等，审批程序极其繁杂严格。而一条特高压线路横跨五个州，全长2000多公里，仅环保审批一项就需要整整两年时间。如果在规划线路中调查出珍稀保护物种，则需要改道；对于施工过程中砍伐的树木，首先需要经过IBAMA确认，砍伐时要全程记录，砍掉多少棵树就要在其他地方重新种植多少棵；砍伐过程中需要配置IBAMA推荐的动植物专家，由他们负责驱赶、保护动物和为动物搬家，如果有原始珍稀树种，则需要移植或进行线路改道等。

对巴西而言，尽管严格的环保法律在一定程度上影响了经济的发展，但巴西政府在执行环保政策上坚定不移，拒绝片面追求经济发展。虽然我们成为了亚马孙热带雨林中的"光头强"，但有"熊大和熊二"的保护，我们最大限度地将对环境的影响降到了最低。

六

美丽山二期特高压直流输电项目九标段位于巴西中部的米纳斯吉拉斯州境内，线路长253.78公里。项目部设在阿尔科斯市。阿尔科斯是一个人口不足四万的小城市，总面积510平方公里，坐落在巴西第四大州米纳斯吉拉斯州的中心。阿尔科斯距离最近的机场——州首府贝洛奥里藏特机场有三个半小时的车程，因此，阿尔科斯市虽然地处偏僻，却是重要的交通枢纽。说起阿尔科斯市，就不得不说起巴西的交通。巴西的铁路网并不发达，虽然巴西的机场数量居全球第二，但由于机票昂贵，公路运输依然占据着重要的位置。巴西公路运输量约占全国客运总量的 96% 和货运总量的 62.6%。

在美丽山二期项目施工过程中，我遭遇了巴西近年来最严重的一次罢工。2018 年 5 月 21 日，巴西卡车司机协会为了抗议燃料价格上涨在全国范围内组织了大罢工活动。由于包括巴西总统特梅尔在内的多名政治人物陷入贪污丑闻，卡车司机们的怒火不断高涨，罢工持续了十多天。媒体不断报道协会和政府谈判的最新进展和罢工造成的影响，从肉类企业停产到药品生鲜产品短缺，从加油站排起长队到机场航班取消……以往在阿尔科斯市繁忙的公路上，南来北往的车辆川流不息，长龙般的货运车队穿梭其中；罢工期间马路上却停满了重型车辆，挤满了司机临时组成的罢工队伍。率先参与罢工的卡车司机将车停在路边，在马路中央设置路障拦截过往车辆，宣传呼吁全国罢工。

在运输瘫痪的十多天里，项目部也遭遇了种种麻烦。虽然我们自有的流动加油车在罢工伊始就储满了油，但仅供当前最重要的施工项目使用。由于我们没有配合卡车司机协会罢工，项目部满载塔材的运输卡车在前往施工现场的路上被罢工组织扣留。没有运输机械对于施工作业来说无异于巧妇做饭而无米，而且工程即使只停工一天，因此所造成的损失都无法想象。如果我们强行去索要，未必能达到预期的效果，所以需要用其他方式与罢工组织进行合理沟通。最终项目部想出了一个办法：为罢工组织提供食物和饮品。我们派出"特使"去与罢工组织联络，讲明了意图，用食物换取卡车。由于罢工导致各种生活物资短缺，罢工组织接受了我们的食物，我们也顺利地赎回了卡车。虽然赎回后的卡车只能留在施工现场，加大了管理难度，但在罢工的特殊期间，这样既节省了燃料又避免了被拦截的风险。在材料运输方面，我们重新规划运输线路，绕行各种农场小路，避免与罢工组织起冲突。受罢工堵路的影响，我们采购的各类物资迟迟不能到位，但通过我们的各种努力，维持了施工现场的基本运转，没有耽搁一天的工期。2019年3月10日，美丽山二期项目比合同工期提前两个月竣工，整体工程提前进入调试阶段。

三十岁后，我开始反思，之前一直认为奋斗是过程，舒适是目标，后来才明白原来奋斗才是人生的常态，舒适只是阶段性的调剂。活在当下，珍惜时光，勇敢走出自己的舒适区，努力工作去迎接未来，保持初心，顺其自然。终有一天，你会感谢自己，感谢自己曾经的坚持，感谢自己曾经的付出。巴拉那高原的风吹过红色的土地，转眼间，我已在巴西工作七年有余，度过了四个春节。虽然跟亲人聚少离多，但是我从不后悔来到国外。虽然到现在我依然不确定还要多久会回国，不知道还要在外度过多少个春节，但人生也因此变得更加精彩，在这个未知的过程中收获了很多成就感。保障里约热内卢奥运会的电力供应，架设南美最大的线路工程，参与"一带一路"建设……我是如此幸运地生在了祖国腾飞的时代，我又是如此幸运地参与了这个伟大的征程！伟大的时代给年轻人提供了展现才华的舞台，希望中国的年轻人都奋发有为，青春无悔！

〰〰〰

卢军 男，1989年生，山东潍坊人。2012年毕业于山东建筑大学机械工程与自动化专业。2012年入职山东电建一公司，担任机械工程师。2013年赴巴西工作，目前正在参与巴西特高压输变电线路建设。

编导手记

纪录片入口

李特生

　　说实话，选择去巴西拍摄，我们一开始就明白山迢水远，但心里还是很期待热带雨林的异域风情。我们去的 Minas Gerais（米纳斯·吉拉斯）是巴西高原的边缘，以草地和丘陵居多，雨林稀少。为到达巴西，我们转了三趟航班，飞过亚洲，飞过非洲，飞过大西洋，最终，才到达南美洲的巴西东南部。仅在来回的路上就花了七天时间，这真是一个遥远的目的地。

　　抵达巴西，相隔 11 个小时的时差还没有倒过来，我们就直接到了里约热内卢拍空镜头。当地的华侨给我们的建议是，别到街上拍，但我们没得选择。团队中的赵红兵、彭威、陈文周和我共四个人，基本上是一个人拍，其他的人"眼观八方"，一有情况我们便围成一团，保持警惕。所以，在里约拍摄的几天里，我们基本上比较顺利，除了没有去当地有名的"贫民窟"拍摄，其他标志性的地点都拍了。

　　这次，我们拍摄的主人公是中国公司在巴西铺建高压电线项目的经理助理卢军。

　　在巴西做建设工程，最难的就是当地的基础设施建设落后。首先是交通，当地地广人稀，除了高速公路，基本上再也没有一段硬化的水泥路。路，经常让卢军犯难。项目施工车和皮卡车经常陷入泥泞中，我们每天的行程一两百公里，路上来回需要三四个小时。在当地拍摄的时候正逢雨季，每天都会下几场大雨，再加上所有拍摄的场景都在野外，可以说，卢军遇到的麻烦也是我们的麻烦。

第一次跟他去项目施工地，车就陷入了泥泞中；好不容易挣扎出来，没开多远，又陷入了泥泞中。好在卢军人缘很好，他一下子就召集了很多当地员工过来推车，麻烦很快解决了。

距离此地不远的四公里处，我们要过的桥被前一天的洪水给冲走了，所有的车都不能前行。更让人焦虑的是，这座桥一个星期也修不好，事故频发，我们只能另外找现场。

中国公司在铺设高压电线的同时，也在为当地修路，或者在解决与路有关的问题。巴西的土地都是私有的，卢军的项目工地很多都在农场，遇到的麻烦之多可想而知。

让人欣慰的是，这次巴西之行的食物是最合我们胃口的。巴西烤肉味道不错，他们的许多食物制作方法都有中国菜的影子。

Mysteries
of the Maya
in **Honduras**

洪都拉斯的
玛雅之谜

李默然 Li Moran

科潘镇上历史最悠久的一家旅店就曾接待了来自哈佛大学的第一批考古学家；有一位考古学家在科潘工作时，收养了一名当地女孩，女孩长大后开了一家著名的巧克力屋。

一

　　2015 年，我在网上看到一个消息，中国社会科学院考古研究所招聘从事中美洲考古研究的博士后。那时，我已疲于国内的田野工作，试图换个环境，出于对中美洲尤其是玛雅文明强烈的好奇心，我抱着试一试的心态递交了简历。没想到的是，这决定了我现在甚至将来的工作与生活方向。

　　在侥幸通过面试之后，我和社科院考古研究所李新伟研究员于 2015 年 9 月踏上了前往洪都拉斯的旅程。我一向在生活上比较随意。2013 年去美国匹兹堡大学交流时，行李箱内空空如也，我穿着拖鞋、短裤登上飞机，一路上被冻得瑟瑟发抖。这次去洪都拉斯也是如此。旅途异常漫长，由于没有直飞洪都拉斯的飞机，我们不得不在美国转机。加上因公出国的一些规定，我们只能从北京飞往洛杉矶，从洛杉矶转休斯敦，再从休斯敦飞到洪都拉斯圣佩德罗苏拉（简称"圣佩"），到达圣佩后再开车 4 个小时才能最终抵达考古遗址所在地 Copan Ruinas（科潘墟镇）（简称"科潘镇"）。整个过程耗时约 40 个小时。

　　在我们乘坐的飞机快要降落在洪都拉斯圣佩机场时，我透过舷窗第一次打量这片土地——蜿蜒的苏拉河穿过平原，烈日下的甘蔗林无精打采，远方的城市看起来有些破败。圣佩机场很小，大概只能同时停下四架飞机，机场内设施也比较简陋，但这已是洪都拉斯国内第二大机场。海关手续简单，工作人员用西班牙语问了我几句，那时我对西班牙语一窍不通，完全不知他在说什么。我拿出洪都拉斯人类学与历史研究所所长的邀请信，工作人员看后便直接盖章让我通行了。

走出机场，热浪迎面袭来。圣佩位于大西洋海岸平原，年平均气温约 27 摄氏度。这不禁让我从心里产生一丝畏惧：这种气候条件下怎么进行野外考古？！机场外的停车场站着荷枪实弹的军人，全副武装，神情严肃。经历了长途奔波没有睡过一个好觉，我已经疲惫不堪。出了机场，汽车沿着绕城快速路（没有高速）行驶。道路两旁大多为低矮的房屋，五颜六色的墙面，各式各样的涂鸦：这就是这座城市带给我的最直观的视觉感受。从圣佩驾车到遗址所在的科潘镇需要四个多小时，其中一半为盘山路，经验不丰富的司机容易出事故。我们实在是太累了，无暇欣赏风景，全程都在呼呼大睡。到达我们的驻地已是晚上 6 点多，夜幕笼罩。远眺小镇，内心却并无太多激动。我的同事和做饭的阿姨Blanca 已经等了我们很久，大家简单吃过饭就各自睡觉去了。又困又累，第一晚连时差都没觉察到，我直接一觉睡到天亮。

二

第二天是周六，按照洪都拉斯法律规定不用上班（这与国内考古作息时间不同，国内考古工作是雨天才放假），这也让我可以近距离感受一下科潘镇。科潘镇不大，坐落在半山之腰，以小镇广场为中心向四周蔓延。广场大致为长方形，四周高，中间下凹，由著名考古学家塔蒂安娜设计。广场上玛雅元素相当丰富，比如有雕刻玛雅文字的石碑，有美洲豹和鳄鱼（均是玛雅文化中常见的神圣动物）等造型的喷泉，以及在南部临街位置上修建的玛雅式门洞等。广场上来往的人群中，不乏玛雅人后裔，他们的相貌特征与考古学家发现的石雕或壁画上的祖先别无二致。广场周围是市政活动中心，其西侧分布着镇政府、博物馆和邮局，北侧有一座数字博物馆，东侧是一座年代悠久的天主教堂。镇政府和邮局都非常不起眼，平时人也很少。博物馆里的游客却比较多，时刻提醒着人们这座小镇具有悠久的历史。东侧教堂人气一直很旺。每年的圣周（复活节前后），大量信徒会抬着耶稣受难像涌入教堂。在一系列仪式之后，耶稣"复活"了。一千多年前，玛雅人的祖先也曾经在距此不远的遗址大广场上，头戴羽冠，身披华服，庆祝着玉米神的重生。

广场西侧不远处有一个著名的市场。早上大约 7 点钟开市，下午 4 点钟左右关闭，这里可能是科潘最重要的场所。市场有两层，其中第一层主要是菜市场，里面有猪肉、牛肉、各种蔬菜、香料、烟叶等。在市场入口的墙上，有一幅壁画，画面上一位贵族妇女正将一个大壶递给她的仆人，这幅壁画取材于卡拉克木遗址发现的市场里的壁画。对玛雅人来说，市场是非常重要的，因为这里是交换物资的地方，也是重要的社交场所。看着市场里的各色蔬菜，我不禁慨叹，美洲对于世界餐桌可谓贡献甚多。比如玉米起源于中美洲，如今世界各地都有种植，它和来自南美洲的番薯一起在明清时期拯救了当时中国的大量灾民。还有来自美洲的土豆、西红柿、辣椒，今天已经成为世界饮食结构中重要的组成部分。

科潘以旅游业闻名，镇上有大量的旅店和餐馆。很多旅店或餐馆都与玛雅文化或考古关系密切。科潘镇上历史最悠久的一家旅店就曾接待了来自哈佛大学的第一批考古学家；有一位考古学家在科潘工作时，收养了一名当地女孩，女孩长大后开了一家著名的巧克力屋，宣扬传统文化。可以说，这种考古文化与当地民众的生活息息相关，而且变得越来越密切。

三

公元 426 年，在中美洲当时最大的城市特奥蒂瓦坎城（位于今墨西哥城）内，一位名叫雅什·库克·莫的将军正在太阳金字塔前方的神庙内接受册封。他接过了象征权力的火炬，三天后，他的名号变成了肯尼奇·雅什·库克·莫，意为"伟大的第一·绿咬鹃·金刚鹦鹉"。玛雅国王经常以动物名作为自己名字的组成部分，常用的动物名有美洲豹、鳄鱼、金刚鹦鹉、绿咬鹃等。从接受册封的神庙出发，肯尼奇·雅什·库克·莫历经 152 天的长途跋涉，终于来到科潘，迎娶当地女子并建立了科潘王朝。他死之后被葬在 16 号金字塔下方，以其陵墓为中心，科潘卫城向四周扩展。这似乎暗示了，作为王朝创始人的肯尼奇·雅什·库克·莫始终是政治景观的中心，他的灵魂将滋养着科潘政权。

在王朝末期，当第十六王雅什·帕萨试图通过强调自己与祖先的联系来使政权合法化并重塑王朝的辉煌时，他加高了第一王陵墓（即 16 号神庙）的封土，并在前方放置了 Q 号祭坛。祭坛呈方形，上面雕刻了前述关于科潘建国的历史铭文，祭坛四周是 16 个国王的雕像，其中正面中心就是第一王雅什·库克·莫将火炬交给第十六王雅什·帕萨的图像。Q 号祭坛既是科潘的石质史书，也是第十六王的继位宣言。在第十六王统治时期，王室衰微，贵族甚至与国王共享部分权力。有考古学家通过人骨方面的研究发现，第十六王可能并非前任国王之子。通过雕刻第一王将权力的火炬传给自己，第十六王完成了对自己政权合法性的宣示，也有力地回击了关于自己并非王室血脉的传言。

Q号祭坛至少说明了两个问题：一是崇拜祖先和记录历史是玛雅人热衷的行为。二是历任国王可能都留下了画像，特别是第一王雅什·库克·莫。玛雅人有将国王墓葬置于神庙下的习惯，他们认为就像埋入一粒玉米种子一般，国王也会像玉米一样重生。二十世纪末，考古学家在16号神庙下方发现了一座墓葬，打开以后发现除了大量的陶器、玉器等随葬品以外，在墓主的面部还有一副环形眼罩。这是特奥蒂瓦坎武士的标准装备，而Q号祭坛上的第一王正戴着这样的眼罩。更神奇的是，当体质人类学家仔细研究墓主的骨骼时，他们发现他右手小臂处有应力性骨折，这是长期反复过度使用右小臂的结果。而在Q号祭坛上，第一王正是右手持盾（一名左撇子）！可以推测，他年轻时，在战争中经常以右臂举盾抵挡敌人的攻击，久而久之就形成了应力性骨折。而他在战场上戴着眼罩，右手持盾的形象也被画家绘制下来，成为流传后世的经典图像。

同样令人震撼的，还有著名的文字台阶金字塔。在第十二王死后，他儿子在其墓葬上方修建了金字塔，金字塔台阶上刻满了玛雅文字，讲述着科潘的历史。第十五王又在这基础上加高了建筑，并增补了文字，形成了一部石质的科潘编年史。这篇铭文共1000多个字，是目前世界上发现的最长的玛雅铭文。可惜在十九世纪末，当卡内基研究所的学者来到科潘时，他们发现文字台阶大部分已倒塌，在不具备科学发掘条件的情况下，他们贸然地将文字台阶主观复原，造成了约60%的文字失序。今天，哈佛大学对文字台阶进行了三维扫描，并用石膏制作了小模型，试图对这篇被打乱顺序的铭文进行重新梳理，此项工作恐怕还要持续数十年之久，但其意义非凡。值得注意的是，哈佛大学对文字台阶神庙下的第十二王墓进行了发掘，在墓室的上方边缘处发现了十二个香炉。香炉盖上雕刻着面貌各异的十二个国王像，考古学家一眼就认出了其中一名戴眼罩者正是第一王雅什·库克·莫。

科潘王朝的实力在第十二王、第十三王时期达到顶峰。第十二王活了 83 岁，在位 67 年。在他的经略下，科潘实力强大，控制了周边的基里瓜（另一个城邦），进而控制了玛雅世界最重要的资源——玉。第十二王在科潘谷地周围树立起纪念碑，标记自己的势力范围。继任的第十三王（昵称为"十八兔"）好大喜功，在大广场上到处树立自己的雕像，大幅度加高卫城。但他最终为自己的膨胀和傲慢付出了惨重的代价。公元 738 年，第十三王在与邻国基里瓜的战争中被枭首，科潘从此也一蹶不振。

今天，科潘王宫的神庙区域已展现在游客面前。这些高耸入云的断壁残垣昭示着当年王朝的辉煌。神庙区域的大广场西南角落有一条排水道，当考古学家清理广场时，他们惊讶地发现排水道仍然可以使用。而通过堵塞排水道，就可以在下雨天将广场变为一片汪洋，类似玛雅神话中的冥初之海。广场上的神庙就如同漂浮在海上的神山，而那些矗立在广场上的十六王雕像就是沟通天地的世界树。这种将建筑、自然景观和神话结合起来表达宇宙观的行为是玛雅人的拿手好戏，在雅士奇兰遗址我们也可以看到类似的理念表达方式。

大广场东南侧是著名的大球场。球赛是玛雅人最重要的活动，几乎每个城市都有一个或几个球场。球场一般呈 I 形，两端的区域为得分区，中间的廊道两侧一般为斜坡状，上面偶尔会装饰石环或石雕鹦鹉头。比赛一般为 4~8 人，分为两队，以臀部击球，但不能用手和脚接球，将实心橡胶球送到对面端区的一方就可得分。也有研究者认为将球碰到石雕鹦鹉头或穿过斜坡上的石环还可以加分。科潘大球场两侧的斜坡上，放置了 8 件大鹦鹉的雕刻，威风凛凛，暗示了球场的重要性。而

科潘遗址 8N-11 贵族院落

在大球场下方，掩埋着一座更早期的球场，两侧斜坡上雕刻了口衔人体胳膊的大鹦鹉，表面涂抹石灰。这不禁让人想起玛雅神话《波波乌》中关于大鹦鹉一口咬断英雄双兄弟胳膊的记载。

除了这些以外，王宫区已经发掘的还有东庭（美洲豹广场）、第十六王居住区等，当然，还有大量的遗存尚未发掘。而整个科潘谷地除了王宫区以外，还有其他重要的贵族居住区域，我们中国社会科学院考古研究所工作的拉斯塞布勒图拉斯就是其中之一。

四

2015 年 7 月，中国社会科学院考古研究所对洪都拉斯科潘遗址8N-11 贵族院落的发掘正式拉开帷幕。这是中国考古学家走出国门，第一次深入其他文明腹地进行考古研究，距离美国考古机构最早在科潘的工作已经过去了一百多年。科潘遗址，是世界上进驻考古工作组最丰富的地区之一，如今对于各国考古学家来说，更像是一个兼具交流和竞争功能的舞台。我们中国考古队，从一开始就做好了充分的准备。

由于地处热带雨林地区，大多数玛雅遗址都淹没于丛林之中，所以砍树是进行考古发掘的第一步。将树木砍掉后，遗址露出了它的真容。一般而言，高出地表的土墩都是遗址中的建筑，上面随处可见散落的石块。考古工作者用全站仪等设备对遗址进行测量，详细记录遗址的地理位置和特征等。然后对发掘区域进行布方。探方发掘的优势在于可以控制层位，并方便记录。科潘遗址的探方发掘沿用了 2 米 ×2 米的惯例。下一步就是正式发掘。按照土壤的质地和颜色，从上至下逐层清理，在清理过程中做好各种记录，包括每块切割石的坐标等信息。发掘过程中清理出来的遗物要及时照相记录并移入室内，有的需要马上进行保护处理。由于玛雅建筑是长时间积累形成的，晚期建筑叠压在早期建筑之上，形成类似俄罗斯套娃一样的结构，在表层建筑清理完成后，需要通过打隧道的方式发掘下方的早期遗址，直到完全清理至生土层（无人类活动的面）为止。在田野发掘完成后，需要及时对建筑进行复原修复。复原修复的原则是不超过建筑原来残留的高度，采用现代玛雅人后裔的建筑配方制作黏合料。如果建筑的表面还残留有石灰面或其他原始遗迹，这就需要搭棚子来保护。在发掘和修复的同时，一些室内整理的工作也会展开，比如陶土的浮选和分析，残留物的分析，陶片清洗、复原和保护，人骨的清理和样本提取，等等。田野工作结束后，全面的报告整理需要立即进行，最后在多学科的合作下，出版详细的发掘报告。再加上遗址后期的保护、展示和利用，整个考古工作流程大致如此。

客观地说，石质建筑型遗址的发掘难度并不高。特别是，如果仅仅是为了揭示表层（最晚）建筑的话，只需要记录倒塌后散落的石块和清理掉覆盖其上的泥土即可。但是，对于我们的考古工作来说，有两个问题会影响我们最后的结果。

首先是记录的效率影响发掘进度。由于我们发掘的贵族院落属于石质建筑，严格地说，石质建筑垮塌后残留的每个石块均属于遗物，它们的信息均应当被采集，但这个工作量太过庞大，特别是一些不规则的墙体填充石历史信息并不丰富。因此，我们只能记录一些规则的墙体切割石或雕刻的信息。但即使是这样，信息量依然庞大。以一个2米×2米的探方为例，每揭开一层，就要对露出的石块进行照相、绘图和记录地理坐标。一层的石块数量少则二三十块，多则上百块，每块绘图后还需用全站仪测量其坐标，然后才能进一步往下清理，而一个探方往往需要以类似的工作程序向下清理十几层。科潘的技术工人仍然采用传统的手工绘图方法，以基线、皮尺和钢卷尺等工具进行绘制，有时候还需要助手帮忙。这种方法，一般一天能绘完一个探方的一层石头就算高效了。考古队中仅有四名绘图人员，而且有时候还需要专人绘制剖面图。在庞大的工作量和较低的绘图效率下，考古工作进度的缓慢可想而知。有时发掘工人在清理完一个探方后，需要等上数小时甚至一天的时间，才能进行下一项发掘，这极大地浪费了时间和人力。我们与洪都拉斯人类学与历史研究所签订的协议是五年，如果按照这样的发掘速度进行下去，五年能否完成田野工作都是未知数，何况还有后续的室内整理工作。而且，由于中洪两国并未建交，发掘资金的筹措也是一个很大的问题。假如最后这个项目"烂尾"，中国考古学界在国际上的声誉将会严重受损。

发掘开始的前几个月，我们确实有些担忧。后来我们发现，采用国内常用的三维建模方法可以很好地解决这个问题。这种方法很简单，也易操作。首先在探方的四角或三个角上放置一些控制点，然后对探方进行多角度拍照，接着用全站仪测绘控制点坐标，最后将照片导入软件中，输入控制点坐标即可得到带坐标的三维模型。有了这样的模型，所有石块的地理坐标和空间位置就都一目了然了。这种三维模型还可以导出正视图，选取一定的比例尺就可以进行平面绘图了。用这种方法绘制一个探方的一个平面只需半小时左右，关键在于拍照完成后就可以进行下一层发掘工作。这极大地解放了绘图人员，也让发掘工人效率更高。不过，由于这是中洪合作项目，发掘对象为洪都拉斯的遗址，这种方法的应用自然需要得到洪都拉斯考古学家和文物管理机构的认可。

科潘项目的洪方领队名叫 Jorge Ramos（荷西·拉莫斯），洪都拉斯人，曾受美国考古学家资助在加州大学河滨分校读博，师从中美洲著名考古图像学家 Karl Taube（卡尔·陶布）并获得博士学位。他工作经验丰富，在科潘发掘十几年，曾跟随哈佛大学威廉·费什等在科潘 Rastrojon（拉斯特洪）遗址参与了全程的发掘和整理工作。同任何合作项目一样，一开始双方并不默契，彼此之间有较多的隔阂，不管是在工作方法还是在理念上。荷西和其他洪都拉斯考古学家一样，深受美国哈佛大学影响，工作方法也是沿用哈佛的各种规程。在我们提出以新方法进行绘图后，他首先表示了否定，认为没有必要。这是可以理解的，毕竟我们作为一支外来的考古队，工作刚开始就试图改变一些工作方法，当然不会那么顺利。但在我们反复地交流沟通下，他表示可以试一试，但必须要通过验证，而且要经过洪都拉斯文物管理机构的认可。我们当然很高兴，因为我们对这种方法有绝对的自信。终于，在洪都拉斯文物管理人员的见证下，我们对新方法进行了试验，结果表明绘图速度更快，也更精确。洪方看到这样的结果，也欣喜地同意了新方法的使用。如今，这种新方法已经成为科潘考古的标杆。后来，我曾经不止一次看见其他考古学家使用同样的方法进行绘图和对建筑的复原、展示等。这只是双方经过争执、协商后达成一致的一个例子，类似的事情还有很多，我们彼此在这个过程中都能学习到新的知识，这正是合作的意义所在。

李默然（前排右二）和他的同事们

　　其次，发掘目的影响过程。我们发掘的 8N-11 贵族院落是一座基本上呈南北走向的方形庭院，共有 5 组建筑（南部 2 组），考古学家以前就曾对该院落做过发掘工作，最早是墨西哥考古学家在 1983 年进行的试掘。1990 年，宾夕法尼亚大学的 David Webster（大卫·韦伯斯特）对院落的东部建筑（66 号）进行了发掘。但他们只对表层建筑进行了揭露和复原，此外还在建筑中向下打了两个探坑以了解是否有早期的堆积。整个发掘过程仅持续了大约三个月，但非常幸运的是，他们发现了大量精美的雕刻，其中就包括著名的月神怀抱兔子的石雕。这对于在同一院落中工作的中国考古队来说，既有压力，也有益处。压力在于我们很难发现超过其精美程度的雕刻，益处是我们可以揭示院落的整体布局，及其在历时性上的变化，而这正是中国考古学家擅长的事情。所以，我们不厌其烦地打隧道发掘，目的就在于揭示建筑的演变过程。这在贵族居住遗址的发掘中是前所未见的。当然，从目前的发掘结果来看，这算是一个比较成功的贵族区发掘案例。现在我们已经知道，这个贵族院落一开始并不是封闭的，而是逐渐形成四合院式的布局。并且，早期和晚期的建筑方法差异甚大。早期台基内部一般为夯土，晚期则用泥土和片石填充台基。此外，一个意外的收获是，我们发现了大量的墓葬以及特别的埋葬模式。在对北部建筑进行隧道发掘时，我们在建筑的中心和台阶下方正中发现了大墓，而在台基中部则发现了大量的小墓，从形制和随葬品上来看后者应当具有奠基的性质。因此，我们推断玛雅贵族一般会将祖先的坟茔（一般为石室券顶大墓）放置在建筑的中心、四角或台阶下方，这对于之后的隧道发掘工作是重要的启示。

发掘过程中有争吵，有欢笑，尽管大家语言不同，文化有差异，但我们总是心怀同一个目标，那就是把这个考古合作项目尽量做到最好。当然，在这个过程中，那种润物无声式的文化交流是一直存在的，尤其是我们考古学家对异乡文化总是怀有一种谦逊的学习态度，对于那些有益的未知知识总是希望吸收得越多越好。

五

小镇生活简单，我们的日常除了考古工作外都很"无聊"。洪都拉斯严格遵守一周五天工作制，这与国内考古"非下雨不休息"不同。工作日里唯一的消遣活动就是晚饭后沿着小镇散步一圈。在圣佩这样的大城市，晚上是绝对不敢出门的，但在科潘，即使在晚上也可以出门活动，完全不用担心安全问题。我们在这里生活了四年，仅听到过一两次枪声。镇上居民晚上喜欢到广场小憩，或者三三两两坐在自家门前聊天。不管地位高低、财富多少，享受夜晚的惬意是一样的。镇上首富威尔切斯先生坐拥科潘镇最好的酒店和咖啡馆，有上万亩的咖啡种植园，生意远达欧美，但他特别喜欢穿着随意的 T 恤，傍晚坐在家对面和邻居聊天。这里贫富差距非常悬殊，但富人和穷人之间似乎并没有那么对立。一个显著的观念是富人不能事事亲为，最好雇用一些穷人，这样才能体现出相互的"帮助"。这可能是殖民时代遗留的观念，直到今天还深入人心。

到了周末，我们自己买菜做饭。对于平时经常吃玉米饼的我们来说，正好换一换口味。但中餐的调料在当地却很难找，往往需要从国内带过去，并且市场上蔬菜的种类相对单一，最多的是土豆、西红柿、青椒和各种南瓜，绿叶蔬菜几乎见不着。有一次做饭的阿姨不知从哪里弄来了一些绿叶蔬菜，剁碎以后煮熟，颜色暗黄，味道苦涩。市场上有两家卖鲜肉的，通常只卖鸡肉、猪肉和牛肉，很少有羊肉。前一天晚上宰杀好，第二天上午就卖完了。做饭阿姨的舅舅是一名牧师，德高望重。他自己养羊，每年过生日都会邀请我们参加，主菜就是羊肉。有一次我们在超市看见无人购买的老抽酱油，如获至宝，凭借那一大壶老抽，至少在颜色上找到了一些中国菜的感觉。当然也有改善伙食的时候。有一位老师擅长烹饪，从国内带来了丰富的调料，那三个月我一反平日减重的状态，毅然增重 5 斤以示对这位老师厨艺的尊重。更妙的是，这位老师的烹饪技艺墙外开花，做饭阿姨以记笔记的方式学习了大量中国菜的烹饪方法，为中洪厨艺交流写下了灿烂的一页。

另外，我们每周一、三、五还学习西班牙语。西班牙语老师胡丽娅五十岁左右，非常和蔼乐观，每次上课总是热衷于拿我开玩笑。洪都拉斯就业形势严峻，她儿子高中一毕业就失业。她屡次表达希望我们能够在考古工地上为她儿子谋一份工作，并且说她儿子什么工作都能干。除了这些以外，生活实在乏味，最多偶尔去喝杯咖啡或可可调剂一下。咖啡原产于东非，被西班牙人带到了中美洲，由于此地山地众多，土壤、气候适宜，咖啡种植在此竟然大放异彩。著名的蓝山咖啡即产自中美洲。洪都拉斯面积不大，却是世界第七大咖啡产地，其中科潘就是著名产区。这里的咖啡几乎全为阿拉比卡，口感清新微甜，深受欧美市场的喜爱。可可，巧克力的原料，原产于中南美洲，在玛雅时代就是贵族才能喝到的饮料，非常珍贵。玛雅贵族墓葬中流行随葬一种大口的陶杯，上面一般有彩绘或雕刻，陶杯的口沿处，一般会以玛雅文字写上一句话，大意为"这是用来喝新鲜可可的杯子，属于某某所有"。直到阿兹特克时期，仍有记录表明，可可豆是非常珍贵的物品，甚至可以作为货币用来交换其他物品。

科潘四年，是开启征程的四年，是虚心学习的四年，是相互交流的四年，也是春华秋实的四年。中国考古队一开始就做好了充足的准备和长远的规划，在工作中始终以学习的姿态，同国外考古学家等工作者为了同一个目标而不断努力。在这个有共同目标的文化交流过程中，中洪之间的互动以润物细无声的方式不断进行，这种互动和交流所产生的情感往往是更易于接受和铭记的。时至今日，我们可以自信地认为，科潘项目完成了中外考古合作项目所期冀的绝大部分目标，这种文化交流模式带来的效果会日益凸显它的价值。

李默然　男，1987 年 11 月生，重庆江津人。2010 年本科毕业于武汉大学考古系，2017 年获武汉大学考古学博士学位。同年入职中国社会科学院考古研究所，目前在洪都拉斯科潘遗址工作，参与 8N-11 贵族院落项目的发掘和研究。

编导手记

李特生

纪录片入口

中国社会科学院考古研究所于 2014 年 7 月与洪都拉斯人类学和历史研究所签订合作协议，开始了在玛雅名城科潘的考古工作。这是中国在中美洲的第一个考古项目，也是中国考古学家首次在世界其他主要文明的核心地区主持考古项目。

前往洪都拉斯拍摄，一波三折——先被扣留在巴拿马机场。洪都拉斯刚颁布了一项新规定：要想过关，必须拿出注射疫苗的证明，否则就不放人。打疫苗需要十天时间，巴拿马方不愿意给我们注射，我们也不放心在海外注射。三天时间里，我们不停地和巴拿马海关及洪都拉斯海关沟通，后来才前往圣佩德罗苏拉机场。在圣佩德罗苏拉机场又经过反复沟通，再借由国内的帮助，终于被放行。

摄制组的队员们以前都没有接触过考古文化，这也是大家第一次看到真实的墓穴考古现场。高睿老师以前看《盗墓笔记》时，就一直想看看墓穴是否真的那么玄乎、古怪，所以大家都对摄制考古现场充满了期待。本次项目挖掘的墓穴在一个隧道里面，非常窄，只能容一人进出；洪都拉斯位于赤道附近，天气炎热，洞内十分闷热，摄制的几位老师常常拍摄一会儿就已满头大汗，衣服都湿透了。洞穴不高，只有一米左右，几位大个头老师，只能爬着进入洞穴进行拍摄。周围墙体上布满蜘蛛和蛐蛐，但是大家也无暇顾及了。在洞穴里待久了，还会有缺氧的感觉。虽然拍摄不易，但是当石棺抬出来的时候，大家都很兴奋。打开棺盖的时候，发现里面竟然有锡箔纸和棉花。摄制组和考古队的队员都大吃一惊，难道墓穴已经被盗了？经过一番研究，才确认原来是老鼠跑进墓穴里给自己搭了一个窝，大家这才松了一口气。

为保证片子顺利播出，摄制组需要围绕主人公李默然进行一次航拍，结果航拍器突然和大家开了个大玩笑，挂在了二三十米高的树上，就是不肯下来。当日的考古工作已经结束，但是考古工作人员还是留下来帮我们的忙。他们把绳子绑在树上，然后不停地摇晃树，费了好大力气，航拍器这才跌跌撞撞、不情不愿地从树上飞了下来。考古队的工作人员和摄制组的队员们开玩笑，说在玛雅文化里祭品是一个核心点，航拍器就是这次为了保证片子顺利播出献出的祭品。

洪都拉斯位于中美洲，当地人不怎么会说英语，比较广泛使用的是西班牙语。摄制组在当地点菜，因为看不懂菜单上的西班牙文，便想了一个方法：四个人一人点一个菜，如果这个菜好吃就记下，如果不好吃就否决掉。下一次吃饭又一人点一个菜，直到最后评选出最好吃的菜，这个菜就会成为餐桌上的"常客"。

这次去摄制，我们了解到我们的考古队员，他们也都是第一次接触玛雅文明，但是在短短两三年间就对玛雅文化有了比较专业的了解。同时中国考古队也给科潘古城的考古研究带去了新的技术。比如用全站仪进行测量定点，可以精确到每一块石头的坐标，然后再复制还原这个遗迹。通过此项技术建立模型、绘图，是极为精确和迅速的，在这之前当地人都是用手和尺子画图。现在借助全站仪画出三维立体模型，一个小时就可以完成别人一年的工作量。

Bridge
Builders
in Bangladesh

孟加拉国的
筑桥者

潘 洁 Pan Jie

舒缓的时光，总在不经意间流走。到了该回孟加拉国的时候，我带着被母亲塞得满满的行李箱，由朋友们送至机场，像一个疯狂的赌徒盯着旋转的骰子一般，贪婪地盯着车窗外的风景，想把这一切都装进心里带走。

新秋既往，仲月徐来。千里之外的蜀中故土，橘子树上点缀了大大小小的灯笼吧？天高云淡的祖国大地，秋风阵阵给苍茫原野也披上黄金衣了吧？我站在恒河之畔，雨滴滑过脸颊，神思回转，孟加拉国（下文简称"孟加拉"）没有秋天的童话，此时，正值洗净风尘的雨季。

自 2013 年来孟加拉，至今已六年有余，此时，我不禁慨叹时节不居，岁月如流。2012 年中铁大桥局在学校招聘学生开办海外班，很幸运我成为了第一期海外班学员，就此与海外建设结下了不解之缘。

恒河发源于喜马拉雅山南麓，流经印度后，进入孟加拉，改称帕德玛河。帕德玛河在下游与来源于雅鲁藏布江的贾木纳河汇合，一起奔向孟加拉湾。帕德玛河和贾木纳河丰富的水资源，在恒河绿洲上孕育了朴实的孟加拉人民。这里是全世界人口密度最高的地方。帕德玛河也将孟加拉南部 21 个区与北部首都达卡分割开来，多年来两岸人民隔河相望，往来靠船只摆渡。在汽渡码头，每天约有数千辆汽车借助驳船穿梭于南北两岸，在帕德玛河上南来北往。每逢佳节，孟加拉境内的轮渡也如印度的火车一般，顶上坐满了归家的旅人。多少相思的泪水，多少不眠的等待，多少重逢的喜悦，在日升月落的帕德玛河上深情演绎。帕德玛的轮渡昼夜不息，满载一船船归人摆渡到梦想的彼岸。他们何曾不想能有一座梦想之桥飞架南北，天堑变通途。

作为世界上河流最稠密的国家之一，孟加拉被称为"水泽之乡"

和"河塘之国"，孟加拉政府自 2000 年以来，就开始筹备帕德玛大桥的建设。特别是每年的雨季（7~10 月），河水上涨，帕德玛大桥的建设将面临高温、暴雨、狂风、大雾、洪水、雷击、流沙等严苛的自然环境，这使得大桥设计要求高、资金需求高、建设难度高，这"三高"让众多国际桥梁建设企业望而生畏。当 2013 年帕德玛大桥项目公开招标时，中国、日本、韩国的三家企业参与竞标，最终仅中铁大桥局投递标书。2014 年 6 月 2 日孟加拉政府桥梁管理局向中铁大桥局颁发中标通知书。帕德玛大桥合同额为 15.49 亿美元，是中国公司在境外中标的最大单体桥梁项目。

帕德玛大桥位于 Mawa（玛娃）小镇，桥位处原为汽渡码头，距离孟加拉首都达卡西南约 40 公里，距印度洋入海口直线距离约 150 公里。大桥为公路、铁路两用桥，采用双层钢桁梁结构，上层为双向四车道公路，下层为单线铁路。主桥全长 6.15 公里，下部结构有 42 个桥墩，由 40 个水中墩和 2 个岸边过渡墩组成。帕德玛大桥被孟加拉人民誉为"梦想之桥"。建成之后，它不仅结束了孟加拉南部 21 个区与首都达卡隔河相望的历史，成为连接中国与东南亚"泛亚铁路"的重要通道之一，也是中国"一带一路"倡议上的重要交通支点工程。

2014 年 9 月帕德玛大桥项目开工伊始，恰好我参与的孟加拉 Tongi-Bhairab Bazar（栋吉—派罗布·巴扎尔）增建二线工程项目接近尾声，我遂随师傅一起赴恒河之畔。第一次站在恒河之滨，烟波浩渺，汽渡和轮渡交错其间，劈波斩浪到达彼岸，这就是梦想之桥开始的地方，也是我理想的起点。

初到 Mawa 小镇，首先是建立我们的后方——营地。我和我的同事兼室友邓鹏举、涂师傅一起开始了在帕德玛大桥项目最初的岁月。邓鹏举来自酒香四溢的泸州，2012 年初到孟加拉，与他共事使我受益良多；涂师傅来自仗义热情的山城重庆，2000 年就在孟加拉修建过帕克西大桥，是名副其实的老桥工，他待邓鹏举和我如父辈一般；我来自蜜饯甘甜的内江，2013 年到孟加拉。异国遇乡音，大家欣喜异常。我们每天 6 点半起床，7 点出发到营地。千里之行始于足下，首先要做的就是铺设进场道路，修建我们生活的大院子。邓鹏举带我从道路铺砖、围墙水沟、房屋基础一路检查，丈量尺寸；涂师傅则主要负责搅拌站的拼装。时值孟加拉雨季，太阳火辣、雨水任性，生于天府之国、曾混迹于山城火炉的我都有点不适应。每天烈日当空，温度迅速飙升至 30 摄氏度以上，安全帽檐在额头上留下了一串白色的印记，像是挂在脸上的珍珠，在黝黑的脸上显得分外明亮。那时最开心的就是涂师傅在电话里喊：小邓、小潘到搅拌站来开个"小会"。我们项目部旁边有个小店，说是小店，其实不过是在几根竹子上铺上木板、再蒙上铁皮的小棚子，里面售有香烟、面包，还有孟加拉人钟爱的咖啡，以及一年四季都只卖四毛钱一根的香蕉。自从我们来了之后，越来越多的人来到了附近，小店的小买卖也跟着火爆起来。火辣辣的太阳给孟加拉人民注入了天然的热情，小店老板每天总是笑意浓浓地和我们打招呼。涂师傅扎根孟加拉十几年，带着重庆人与生俱来的豪爽，操着一口流利的孟加拉语很快就和小店老板熟稔起来。涂师傅很照顾邓鹏举和我，常常买来冰激凌，三个人就坐在砖头上，一边吃一边商量道路铺砖、围墙水沟、搅拌站等工点的情况。在草色弥漫的空旷场地上，头上是炎炎烈日，眼前的几株芦苇兀自没精打采地立着。太阳离我那么远，它的热浪却把我包裹得严严实实。工地就在眼前，学生时代想象中的指点江山，一桥飞架南北的场景此时却离我十万八千里。我还没来得及收起曾经繁花似锦、书生意气的宏图大梦，几朵乌云飘忽而至，大雨以迅雷不及掩耳之势袭来。雨季的雨，来得快去得也快，像

年轻的筑桥者潘洁

琢磨不透的少女心思，突然狂风暴雨，很快又雨过天晴，淋湿的衣服被酷日蒸干，紧接着又被汗水湿透。

　　场地建设初具规模时，荷载试桩开始施工。邓鹏举和涂师傅相继踏上班船，在帕德玛宽阔的河面上揳入一根根钢桩。如旗帜一般的钢桩，开启了梦想之桥建设的征途，而后场的琐事均压在了我的肩上。我每天背着水准仪出门，在钢桩生产车间长达一公里的场地上测量标高、丈量尺寸、检查模板……从太阳初升到烈日当空，从28摄氏度到38摄氏度，待走完一公里长的车间，已是落日熔金，暮云四合；场地内挖沙、敲打模板、绑扎钢筋、浇筑砼的声音全部静了下来。我拖着沉重的步伐，望着长河落日，一切都不那么真实，但脖子被灼伤的疼痛却那般真真切切。我总是要拧开水龙头，让温水浇遍全身才能恢复力气。最后把自己扔到床上，待清真寺的祷告声响起之后睁开眼睛，再重复前一天的工作。

那真是一段工作中充满阳光，但内心却无比迷茫的日子。那些我曾心向往之的山水，行走其中却感觉身心俱疲，时常会有一种不顾一切逃回家的冲动。好不容易熬了半年，终于可以回国休假一个月。在去往达卡机场的路上，即使坐在疾驰的车里，亦觉得如蜗牛前行一般。飞机起飞时，心跳与飞机的轰鸣融为一体。走下飞机的一刹那，急不可耐的心才平静下来，然后我大口大口地呼吸着湿润的空气，心中在忍不住地呐喊：我终于回来啦！我又回到了轻风细雨的温婉长街，麻辣飘香的不眠夜市……舒缓的时光，总在不经意间流走。到了该回孟加拉国的时候，我带着被母亲塞得满满的行李箱，由朋友们送至机场，像一个疯狂的赌徒盯着旋转的骰子一般，贪婪地盯着车窗外的风景，想把这一切都装进心里带走。

　　回首一望，风沙迷了眼，似水流年中，意气风发的样子被搁浅在岁月的长河上。但我不会逃离孟加拉这片热土。从莲花湾村到重庆交通大学，再到孟加拉，全家人倾尽全力付出。上学时家人为我保驾护航，工作了我也要为家人撑起一片天地。钢筋混凝土的工地，虽没有诗情画意，但是我不曾忘记色彩缤纷的青春梦想。有时候，涂师傅也开导我：你是经过大学培养的，只要努力很快就能拥有自己的一片天空，现在的风风雨雨，在以后看来都会变得微不足道。

　　最终，我又回到了灼灼日光照耀下的帕德玛大桥。夏天充足的阳光使得孟加拉的阔叶植物枝繁叶茂，一片生机勃勃，正如诗人泰戈尔笔下所描绘的，"生如夏花之绚烂"，青春岂不正当时？夏季是工程施工的黄金季节，没有突然的风雨，波涛汹涌的帕德玛河也温柔平静了下来。虽然室外气温最高能达到 45 摄氏度，但在两岸宽阔的画卷上，中国人和孟加拉人宛如那点滴水墨，在一望无垠的画卷上勾勒着梦想之桥的轮廓。把直径 3 米、壁厚 60 毫米、斜度 1：6、重达 520 吨的钢桩打入河床以下 100 米，如此大直径的钢斜桩插打工程在孟加拉史无前例，用于钢斜桩插打的导向架是帕德玛全桥施工最高的地方——39.4 米。我们组织了两台 1000 吨级浮吊，汇聚了德国、荷兰最强大的液压打桩锤 MHU-3500S、IHC-S3000，采用了美国最先进的 PDA（大应变桩基检测）测试元件，经历过唐三藏西天取经般的磨难，最终形成了一套行之有效的工艺流程，并取得了与超长大直径钢斜桩相关的一系列专利。有时我站在帕德玛大桥的最高点，眺望远方，往昔多少个日夜星辰在眼前起起落落，如今 MHU-3500S 千锤，为梦想之桥点亮了 262 个支撑梦想的钢桩。如黎明咬破黑夜的唇，在追求梦想的路上，晨曦的阳光终于穿过稠密的枝叶，把追求者的脚印填满金光。孟加拉

宽广的帕德玛河

的阳光在我身上留下了不可磨灭的印记，这是在这里战斗过的勋章；孟加拉的雨水也曾湿透我的衣裳，这是为了洗净风尘轻装前行。

在前辈师傅的照顾下，在项目部的信任下，2018 年我担任工程部部长一职，跟随帕德玛大桥一起成长，梦想渐渐照进现实，我也成为工程部一帮 90 后技术员的哥哥。当一批批帅小伙来到我曾经出发的原点，我还是当年的心态，要为弟弟们做好表率。每当他们从一片艳阳中向我迎面走来时，他们的青春年华散发着万丈光芒，总使我心潮澎湃。有时我会严苛激进，好在小伙伴们不计较，他们在青春之路上成长，也带着我在追逐梦想的路上成熟；我好胜心强，他们也会懂我，因为认真、完美是我们共同的信念。

孟加拉是热带水果的天堂，西瓜、荔枝、芒果、菠萝蜜等水果排着队上市。炎炎夏日，结束一天激情似火的工程建设，咬一口肉脆汁多的西瓜，瞬间心扉清凉。在异国他乡，一群人，趁风华正茂，一起为梦想而努力，任风吹雨打，仍走得坚定不移。因为我曾经迷茫，所以愿做一座引航的灯塔，和大家一起走出成长的烦恼；因为我们有共同的梦想，所以我愿用我有温度的灵魂，带着感动和大家一起在这里奋斗；因为我们有共同的名字，所以我愿留下一个有担当的背影，和大家一起在"一带一路"的建设中挥洒我们的青春。

和小伙伴们坚守在孟加拉的六年岁月里，帕德玛大桥从无到有，由点到线，至如今的长桥卧波。蓦然回首，这么多年的努力不也正是在修建我心中的"梦想之桥"吗？！六年了，我会在工作中遇到千辛万苦，会对家乡无比眷恋，也会对祖国难舍难分。六个春秋，我不曾腾云驾雾，但我看到了一条条船只劈波斩浪。当风携浪花涌过船头，下一个瞬间，船头穿过浪潮，浪花飞溅到眼角，我体会到了飞翔的感觉；两千一百多个日夜，我远离了故土味道，但我体会到了天堂之河的风情，夜风拂船，把一袭月华弥散在恒河，朗月送我千里远，依旧乡关旧时月；三百多万次分秒移动，我遗忘了太多太多，可是当帕德玛的风吹进我的胸膛，我的心是热的，纵有浮世万千，也曾经历过时光风华、岁月美好，也曾感动得热泪盈眶。

我一直追求的青春是什么？不是鲜衣怒马年少轻狂，不是无所事事虚度光阴，不是随心所欲恣意妄为。是肩负责任，为家庭撑起一片天空；是坚持追梦，让梦想照进现实；是辛勤耕耘，为脚下的大地带来希望。我在孟加拉，一直不曾离开，和那么多走出国门的中国人一样，用青春的热血和汗水，书写着各自的故事。我相信多年以后，我们还是会为我们当初的选择而骄傲。

〰〰〰

潘洁　男，1990年2月生，四川内江人。2013年毕业于重庆交通大学土木工程专业，同年入职中铁大桥局。2014年9月至今，一直在中铁大桥局四公司孟加拉国帕德玛大桥项目部工作。

编导手记

纪录片入口

杨旺文

　　对帕德玛大桥这样的大工程进行拍摄我并不熟悉，拍摄之前对于如何才能把画面表现好，心里有些打鼓。到现场一看，果然傻了眼。帕德玛河面十分宽阔，而大桥的建设又只进行到了修建桥墩这一步，目之所及，是遥遥无际的河面上散落着一个个不怎么有美感的桥墩子。天公也不作美，一直灰蒙蒙的。怎么拍效果才好，成了一直困扰我们的一个问题。好在落日时分偶尔会有晚霞，遇到这种好时候，大家都会立马拿起机器开拍，生怕错过。

　　航拍是表现这种大场面的最佳方式，但河面太宽，想拍全景，无人机必须飞得够高。帕德玛河上的大风却屡屡作梗，无人机时不时地失联一下也让我们体验了心跳的感觉。凭着航拍师胡昌健和唐凯精湛的操作技术，无人机最终飞到 500 米的极限高度，总算拍到了令人满意的画面。

　　6 月底的孟加拉太阳毒辣，拍摄地点又很少有什么遮挡，我们只有把自己包裹严实了以防止晒伤。我们每天坐着船在各个施工点间穿梭，还得穿上救生衣、戴上安全帽，再加上背着各种设备，一整天下来，身体的水分都被蒸干了。上了施工点，基本就是一整天拍完了再回去，忍渴挨饿是常态，但最熬人的事还是等待。有一次为了拍摄一个延时画面，我们在烈日下等了四个小时，才捕捉到合适的画面。好在晚上收工回到住处，还能有一大碗糟辣椒拌饭下肚，用熟悉的味道勾回白天被晒离的灵魂。

我们采访的主人公潘洁是一个醉心于工作的人，对于其他外在之事并不那么放在心上，即便顶着一头在孟加拉小理发店里剪出的"锅盖头"也丝毫不影响他的工作热情。到拍摄采访的时候，我们觉得主人公这样上镜还是应该稍做造型，然而我们一群糙汉子又有谁管过造型的事！一阵手忙脚乱后有人不知从哪里借来了一瓶摩丝。这下造型工具算是有了，但造型师却难找。无奈，我只能自己上阵。打上摩丝三抓两抓，还挺像那么回事。虽说简单了些，但兼职造型师的活从那天起算是接下了。

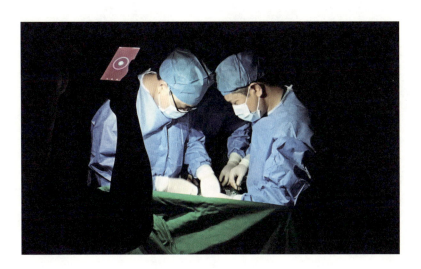

Chinese **Medicine**

in Sierra Leone

塞拉利昂
中医情

谢伟彬　Xie Weibin

四周之后，当 Fofana 先生颤颤巍巍地从轮椅上站起来时，他的助手震惊了，连声高呼"Incredible, this is magic（简直不敢相信，太神奇了）"。

　　"那是一片神奇的土地"，回忆起过去十三个月的援非生活，我不觉莞尔。刚到塞拉利昂（简称"塞拉"），由于中医在当地不知名，出诊第一周门可罗雀。我心想这可不是个办法，于是就开始在导诊处分诊的护士身上动起了"歪脑筋"，隔三差五地去导诊处和几位分诊的护士聊天，开门见山地告诉她们我是一个 TCM Doctor（中医）。但是效果不明显，她们几乎没人听说过中医是什么。后来，好不容易"忽悠"了一个护士去诊室尝试下针灸，结果她一看到明晃晃的针灸器具吓得转身就跑了。挨到第三周，每天去门诊都郁闷地"打着酱油"，我心想这回完不成之前在卫健委领导面前立下的大力推广中医的军令状了。接着继续去导诊处聊天。还真是皇天不负有心人！导诊处的 Amie 护士本来有腰疼的老毛病，结果前几天因为去打水点提水又把腰肌扭伤了，疼得好几天没睡好觉。我眼前一亮，左一个"useful（有用的）"右一个"free（免费）"，跟她讲了半个小时，总算"忽悠"Amie 躺到了中医诊室的治疗床上。接下来，我真是使出了浑身解数，由轻到重，先从腰部推拿开始，再上针刺艾灸足足搞了四十多分钟，那是一个满头大汗。眼瞅着 Amie 熬过了最开始的进针就尖叫，到最后被艾烟熏得眼红泪直流。最后，总算让她坚持了下来。惴惴不安地送这位塞拉小妹出门，临了还颇不自信地加上一句："If you feel better, just come back to me again."

弗里敦市区密密麻麻的铁皮房子

（如果你觉得好一些了，可以再来找我。）第二天本来不是我门诊，但我还是兴冲冲地跑过来想听听她的反馈，结果被告知 Amie 因为有事来不了了。我心想，这塞拉百姓的穴位不会和我们中国人的不一样吧，手指同身寸是不是比的位置不对，给人家治病治得更严重了？苦于没留人家手机号码不好致电询问，心中无数个疑问只好留待明天。

　　第三天刚上门诊，诊室来了个护士，哎，不是 Amie。她站在门口犹犹豫豫不肯进来，我问她 "Can I help you（需要帮忙吗）？"，问了三遍她才回答我，说是 Amie 介绍她来的。她因为长期用头顶重物，脖子有些不舒服，听说我这里有些 "natural therapy（自然疗法）"而且 "free"，所以来问问，还转达了 Amie 的谢意，因为 Amie 今天在住院部轮班所以暂时不能来当面致谢。至此，我心里的大石头总算是放下来了：看样子，我在这里已经打响第一炮了。果不其然，接下来，在 Amie 和她的姐妹们的分诊下，中医科的门诊量每周都在增加中，我 "Dr.Duke（杜克医生）"也算是分诊台有名了，人送外号 "Pain Killer（疼痛杀手）"。

二

经过全队不懈的努力，中塞友好医院的门诊量与日俱增，大家更忙了，我的中医门诊量也"水涨船高"。"十一"过后，因为麻醉科刘伯强副教授的加入，我所在的门诊扩大为"中医＋疼痛"门诊，门诊量稳中有升。在相继治好了塞方军方医院总护士长的右踝关节创伤性关节炎和塞拉最大电视台一名男性主持人的腱鞘炎后，越来越多的人慕中国医疗队的名而来，有些甚至驱车五六个小时从塞拉南部的 Kenema（凯内马）和西部的 Kono（科诺）远道而来。

有一天我刚看完上午的门诊，脱了白大褂准备去吃午饭，正要关门时，斜刺里冲进来一位华人青年一把抓住我的手，焦急地问道："请问你是医疗队谢医师吗？""嗯，我是，请问有什么事吗？"看着眼前陌生的面孔，我满心疑惑。"那就行，等一下，有个病人找你。"他说完朝医院大门口跑去。我只好回过头，再次穿上白大褂。不一会儿，只见这位华人同胞带着一位黑人推着一辆轮椅进来，轮椅上坐着一位器宇轩昂却眉头紧锁的老者。还没等我开口询问，华人青年自顾自地介绍起来："我公司里的财务大姐上个月找你看过病，所以我们知道这里能做中医治疗。这位是塞拉最大的钻石矿区 Kono 其中的一位酋长 Fofana，因为饱受双膝骨性关节炎的痛苦，曾四处求医，现在每天必须依靠止痛药才能入眠，前一阵子才去英国问过换膝手术的事情。我们公司和这位酋长有业务往来，所以建议他来试试。今天早上 6 点我们就从 Kono 开车赶过来了，也算是病急乱投医吧！"听到那句"病急乱投医"，我是哭笑不得，但看着病人那肿胀明显的膝盖和疼痛难忍的表情，我正色起来，开始向病人询问起病史。在细致的体格检查后，我请来队里梁队长、医疗组杨宁组长、骨科和影像科的队友一起来会诊。大家一致的结论是，这是个棘手的病例，病人的双膝基本上可以说是残废了，需要做双膝关节置换术，才有再次站起来的可能。与病人沟通后进一步发现病人基础疾病多，且对再次出国自费就医比较抗拒，我也只好硬着头皮帮他做治疗。……（过程省略一万字）四周之后，当 Fofana 先生颤颤巍巍地从轮椅上站起来时，他的助手震惊了，连声高呼"Incredible, this is magic（简直不敢相信，太神奇了）"。为了表示感谢，他盛情邀请我们医疗队去他的家乡做客，还说最好我们能在他管辖的范围内进行一次义诊。后来 Fofana 酋长为我们医疗队的多次义诊提供了便利，甚至在塞拉新总统上台后主动表示要介绍给我们认识。

三

在塞拉的工作打开局面后，友好医院的塞方医护人员对中医愈发感兴趣，很多人会在工作间隙跑到我的诊室看我用针灸给人治病，甚至有时候会好奇地上去摸摸摆放在我办公桌上的针灸模型，但是几乎没人愿意坚持来跟门诊学习中医。我曾经也物色过几位护士，想要发展她们成为中医爱好者，但很显然她们对来我诊室蹭免费治疗的兴趣更大。2018年11月末的一天，我没门诊，去药房帮了会儿忙就回宿舍准备睡午觉。我刚躺下就接到一个陌生电话："Hello, Are you Dr.Duke？（你好，请问是杜克医生吗？）"沟通后才知道，原来是中国驻塞拉大使馆经商处保安队队长的儿子小 Aziz。老 Aziz 看我经常去经商处给参赞看病，还治好了给他发工资的经商处财务科负责人的右手腱鞘炎，由此对中医大感兴趣，于是磨着参赞请他介绍自己儿子小 Aziz 来我这里学习中医。

我从拼音开始，一方面教他基本的中文词汇，另一方面用英语给中

徒弟给师傅扎针

文注音，要他死记硬背中医尤其是针灸口诀。遇到有合适的病友，我甚至让他先从拔罐开始练习。第一个月摔碎了我三个玻璃火罐，慢慢地，他总算上了路，虽说针灸穴位总是今天背了明天忘，但拔罐艾灸基本能自己单独操作了。在亲眼看见中医确实治好了不少病友的疾病后，新年过后我们再见面时，他语气坚定地和我说："Dr.Duke, I want to be the first TCM doctor in Sierra Leone.（杜克医生，我想成为塞拉利昂的第一位中医。）""好！"我等的就是这样一句话。在后来的日子里，我对他学习中文的要求更为具体，还出面从塞拉利昂大学孔子学院请来中文老师为他讲授中文课。在我离开的日子里，希望他能抓紧时间学习，早日得到来中国进修学习的机会。

谢伟彬　男，1982年5月生，湖南娄底人，博士，湖南省肿瘤医院副主任医师。2013年毕业于湖南中医药大学中医英语专业。2017年1月—2018年7月，参加中国第19批援塞拉利昂医疗队，执行援非医疗任务。

编导手记

牟鹏民

　　塞拉利昂的首都叫弗里敦，英文是 Freetown，意思是自由之城。二百多年前，一位废奴主义者在这里的一棵大树下让数百名黑人奴隶重获自由。不过，即便是在这座当地最大最繁华的"自由之城"里，绝大多数老百姓也难以保证一日三餐都有饭吃。

　　在弗里敦，到处都是铁皮房子，一家十几口人挤在十平方米左右的铁皮房子里，是这里的生活常态。塞拉利昂少见高楼大厦，最高的一栋建筑是 20 世纪 70 年代中国援建的一座友谊大厦，只有九层高，是当地政府的办公楼。全国只有两个红绿灯，几乎每一辆汽车都是从一些发达国家淘汰下来的二手货。

　　弗里敦市是全塞拉利昂最发达的城市了，到了乡下，贫困更加严重。我们前往采访的一个叫作罗格博的小部落，全部落加起来的财产只有九间茅草屋，全部落 80 多口人就挤在几间茅草屋里，没有床，厨房、卧室和餐厅也都是三合一的。部落里的生产还处在刀耕火种阶段。就是用刀在热带丛林里砍出一块空地，然后放把火把地上的杂草树根烧掉，有什么种子就撒上什么种子，能长多少就长多少，一年劳动下来，全部收成还不够让全部落里的人每天吃上一顿饭。

　　在这样一个贫穷的国度，当一名医生，是一种怎样的体验？这是我们在当地采访过程中最想了解的问题，也是我们试图通过镜头告知观众的核心信息。塞拉利昂的医疗条件十分落后，全国只有十几家医院，100多位注册医生。埃博拉在这里肆虐的时候，因为缺乏相应的防护设施，60多位医护人员付出了生命的代价，使当地医疗资源更加紧张。自1973年起，中国已经陆续派遣了20多批医疗队，到塞拉利昂进行医疗援助工作。这些医生全部都是从湖南省的几家医院里抽调的精干力量，他们所工作的中塞友好医院也因为一批批中国专家和援助物资、设备的到来，而成为当地最好的医院。即便如此，哪怕是和国内的县级医院相比，这里的医疗设备和相关条件仍然显得捉襟见肘。如，外科手术用的消毒棉要靠医生手搓；放射科的片子想要冲洗出来，得先自配药水；化验用的试管，要冲洗干净、消毒之后反复使用；给骨折孩子固定用的夹板，要靠儿科医生用硬纸板和剪刀自行制作……

最让我们震惊的是，在拍摄医疗队为一位高危产妇做剖宫产的时候，整个医院突然停电。当时手术正处在将胎儿取出的关键时刻，产妇处于麻醉状态，主要靠一台家用制氧机来为其供氧。停电不仅意味着产妇面临缺氧的危险，在胎儿和母体分离的过程中也极易发生窒息、大出血等危险情况。手术过程中停电，这在国内几乎是闻所未闻的情况，但是当时在现场，只见几位医护人员迅速拿出手机，用手电筒为主刀医生打光，主刀医生也几乎没有什么情绪波动，继续镇定地为患者进行手术。后来听医生说，这种手术中停电的情况，他们早就习惯了，最多的一次是在手术过程中停了八次电，难怪他们面对这种突发状况也能够那么镇定自若了。

当然，采访中也有一些令我们非常感动的细节。我们拍摄的主人公是一对中医师徒。老师是一位只有36岁的年轻中医，徒弟是塞拉利昂当地一个22岁的小伙子。虽然小伙子家里十分贫困，且只有高中学历，但他对中医特别感兴趣，立志要成为全塞拉利昂第一位中医。而要成为真正的中医，就必须拿到中医医师资格证，这就意味着他必须争取来中国留学并且拿到本科文凭。而这对于一没钱、二不懂中医技术、三不会中文的徒弟来说，难度之大可想而知，几乎就是个不可能完成的任务。但是，被徒弟的梦想打动的年轻老师却管不了那么多，因为他自己就是从农村家庭走出来，并靠着奋斗成为一位中医的，所以他下决心要排除万难帮助徒弟实现梦想。为了帮助徒弟练好针灸技术，他不惜让徒弟在自己身上试针，一边龇牙咧嘴疼到不行，另一边还要耐着性子帮徒弟分析扎针手法的问题，指导徒弟进一步改进。那一刻，我们很容易就能感受到这才叫作真正的友谊。

在塞拉利昂期间，我们还对新任塞拉利昂总统比奥先生进行了专访。这也是比奥总统自 2018 年 4 月就职以来首次接受中国媒体采访。对于比奥总统首次接受中国电视媒体的采访，塞方总统府及中国驻塞拉利昂大使馆皆高度重视。其中比奥总统谈及的一些对华合作的项目意愿，已经被大使馆记录，并作为两国合作谈判的重要参考资料。

转眼，我们已经从塞拉利昂回国有一段时间了，我们节目的后期制作已经完成。每次在众多素材中寻找合适的画面和实况的时候，我都会想起那片遥远的土地，想起那些身处穷困却同样心怀梦想的黑人兄弟。

The Ivory Tower

over

an Artillery Crater

弹坑上的
象牙塔

李沛龙　Li Peilong

初到喀布尔大学时，校园里的大树上、灯杆上到处是密密麻麻的枪眼，可以想象当时这里的战斗是多么激烈。2012 年，在喀布尔大学中文系教学楼地基开挖时，挖掘机就挖出了一枚未爆炸的地雷，所幸未触碰到引爆装置，但是工程不得不先停下来，重新排雷。

一

　　作为一名"西部铁军"战士，我深刻领悟到"一天也不耽误，一天
也不懈怠"的中冶精神的分量及其所蕴含的意义。怀揣对未来的无限憧
憬，迈向多数人望而却步的阿富汗，三次入阿，十年精耕，面对常人难
以想象的危险和考验，以习惯性的微笑淡然处之。"士不可以不弘毅，
任重而道远。"阿富汗不愧为勇者之境，目光所及之处无不千疮百孔。
"一定要为这片土地做点什么"，这是我最初踏上这片土地时的念头。
这个念头，一直陪伴了我十年。响彻天际的炮火声成了习以为常的"鼓
点"，偶尔划过的流弹竟也成了茶余饭后的谈资，紧张的工作节奏甚至
让我们忘记了自己正深处险境。素有"东方文化明珠"美誉的喀布尔大
学是矗立在弹坑上的象牙塔，而我，见证了它再一次的光辉。

　　2009 年 3 月，毕业季，同学们都在努力找工作，我也不例外。

　　一天，我突然接到年级辅导员张老师电话："李沛龙，你的工作落
实没有？明天中冶集团成都一个分公司要到学校招聘两个建筑方面的英
文翻译，需要出国，请问你有兴趣参加一下吗？"

　　"张老师，这不是为我量身定做的吗？！学语言不到国外看看，那
有啥意思啊？而且公司还在成都，我肯定要参加。"

　　第二天早上 10 点，我准时到了办公室，与我一起参加面试的还有
几个同学。面试官收集了我们的简历，介绍了公司在阿富汗的一个项

目，说需要招聘两位英语翻译人员，然后简单问了一些个人问题就结束了。整个过程轻松愉快，有说有笑。

两周后，中国十九冶集团国际工程部会议室里，参加面试的还是那几个同学，但是面试官增加到了六个，其中有项目经理、公司人力资源部负责人和其他部门领导。明显一个个都是经验丰富的老手，整个过程紧凑、高效。这一次就没有上一次轻松了，整个面试的气氛也比较紧张。

常规面试如英文自我介绍、建筑英语测试之后，突然有个面试官问我们对阿富汗项目的理解，觉得自己能为项目做一些什么。

在面试的同学中，我的成绩不是最好的，但我认为公司选择的不一定是成绩最好的同学，去阿富汗工作最看重的应该是勇气，是得到家人的支持。

"我从小比较独立，从初中后都是一个人在外面读书。我来自农村，能吃苦耐劳，可以做别人做不了的事情。阿富汗虽然是一个战乱国家，但我相信公司对安全也有周全的考虑。我愿意去阿富汗工作，我也已经说服了父母，他们同意我去阿富汗。我相信我也有能力将公司分配的任务做好，为公司创造效益。"我说道。

5月份的一天，早上8点半，我突然接到电话："小李你好，我是中国十九冶的汤老师，请问你愿意到我公司工作吗？"

"愿意，当然愿意，感谢汤总给我这个宝贵的机会。"

"好，那你尽快到公司签订三方协议。"

就这样我进入了中国十九冶集团有限公司。

二

十九世纪三四十年代英国是世界上最强大的国家，当时英国出兵阿富汗，几乎全军覆没，后又两次出兵阿富汗，也均以失败告终。1979年，

勇敢者的国度

苏联出兵阿富汗，投入百万军队，耗费巨资，却遭受了巨大的损失，不得不撤出阿富汗。"9·11"事件后，美国发动了阿富汗战争，也是深陷泥潭。因此阿富汗被形象地称为"Graveyard of the Empire（帝国的坟场）"。

2009年7月，我前往阿富汗。

刚下飞机，一幅醒目的大型海报跃入眼帘，上面写着"Welcome to the Land of Brave（欢迎来到勇敢者的国度）"。虽然有了思想准备，但我还是被眼前的情况吓了一跳：到处是荷枪实弹的军警；路边是半米厚的钢筋混凝土高墙；墙上装满了倒刺林立的钢丝网；装甲车在街道上呼啸而过……与战争大片中的情景如出一辙。据说有人下飞机后在机场附近遇到枪战，当即就买机票回国了。

第二天公司安排我们上现场，现场距离阿富汗首都喀布尔市有几十公里。早晨8点，车队准时出发，前面两辆警车开道，后面两辆警车断后，皮卡车上架设有机枪，机枪手身上挂了好几圈子弹，还有两个警察手持火箭弹，其余人员人手一把AK47（突击步枪），可以说是武装到了牙齿。安保人员要求我们穿上防弹衣，戴上防弹头盔。本来较为轻松的心情，一下子变得紧张起来。8点20左右，车突然停了下来。一看原来前方有两个阿富汗人在打架，其中一人手持砖块，另一人用枪指着对方的头，两人互不相让，僵持了近一分钟。当时我脑子里闪过无数个疑问：是不是恐怖分子故意拦下我们的车队，借机发动袭击呢？是不是就是一场简单的打架呢？警察去哪儿了呢？阿富汗是不是人人都有枪？……最后还是护送我们的警察将他们强行分开后我们才继续上路，路上时不时可以遇见美军装甲车队。

2013 年 9 月 11 日晚上 7 时许，员工们吃完晚饭，正围在一起聊天。突然，枪声四起。大家赶紧回屋子。但这次的枪声不一样，不像打仗时那么急促，跟平时家里面放鞭炮倒有几分相似。天逐渐黑了，枪声并没有停止，大家还能够清晰地看到一发发火红色的弹炮划破夜晚的天空。微信群里先热闹开了。哪里又受到袭击了？怎么打这么久？你们那怎么样？怎么全城都有枪战？要说全城都打仗也没可能性啊，打仗的话黑烟早冒起来了……最后还是消息灵通的使馆出来答疑。原来是阿富汗国家男足 2 ∶ 0 击败了印度队，取得了该赛事的冠军，这也是阿富汗历史上首个足球国际比赛的冠军。枪声一直持续到深夜。这恐怕也是喀布尔市第一次因为非战争原因响起持久性枪声。

第二天阿富汗球员回国受到了英雄般的接待，大批市民手持国旗在大街上庆祝，还有许多球迷坐在汽车顶上，或将半个身子探出车窗，摇旗呐喊。万余名球迷自发来到喀布尔市球场，见证他们心中的英雄的回家时刻。

2019 年 5 月 30 日晚上 9 点多，我突然被急促的枪声惊醒。听声音，离我们很近，可能就在校园内。难道学校被袭击了？我习惯性打开当地新闻，阿富汗板球国家队击败巴基斯坦队的信息已经刷屏，整个喀布尔都在鸣枪庆祝。这不是六年前的情景再现吗？跟同事们做完解释之后，我继续睡觉。枪声中，我居然睡得很沉。

三

喀布尔大学是阿富汗最高学府，成立于 1932 年，在国际上享有一定知名度。但是由于多年战乱，大学一度关闭，于 2002 年才重新开始办学。

喀布尔大学是阿富汗第一所开设中文系的大学。中文系开设之初，没有固定的教室，只能借用其他院系的教室作为教学的地方。当时就连教师的办公室也不够，教师们只能轮流使用办公室。中国派驻的教师只能住在十几公里外的中国饭店，每天需要冒着风险花大量时间上下班。但是这几年阿富汗学习汉语的学生却越来越多。

援建阿富汗喀布尔大学中文系教学楼和招待所项目的正式移交将彻底解决这些问题。

移交仪式一定是礼炮齐鸣、锣鼓震天，喜气洋洋？那大家就想错了。一个月前，项目部与校方反复商量移交仪式的准备工作后，给出了一个八字方针：简短隆重、周到安全。我负责对外交流，与喀布尔大学沟通移交仪式的任务就落在我的头上，我每天的任务就是跟喀布尔大学指定的仪式负责人敲定各个细节。

2014 年 12 月 24 日移交仪式正式开始。安全是头等大事。当我们到现场准备工作时，几十个全副武装的警察已经开始安检。警察带着警犬将整个场地仔细检查了一遍，对所有进入现场的人员均要搜身，周围200 米内可以说连苍蝇也飞不进去。

在刚刚落成的古香古色、具有浓郁中国风格的中文系教学楼里，音乐欢快，气氛融洽，"感谢"之声不绝于耳。出席仪式的中阿双方人员笑脸盈盈，热情地回应彼此的问候和祝福。致辞、剪彩、参观，同一套流程在相隔 800 米的教学楼和招待所相继进行。交接仪式比预想中的要

喀布尔大学项目的
建设者们

简洁、快速，不到两个小时，就宣告结束。

移交仪式很顺利，令我意外的是，喀布尔大学专门增加了感谢仪式，向大使、经商参赞及包括我在内的施工企业代表颁发了感谢证书。

最高兴的还要数喀布尔大学中文系的师生们，学生们再也不用担心自己没有地方上课，老师们再也不用担心没有办公室了，中国老师也住上了功能完善的招待所。

2017年我再回到喀布尔大学时，中文系已经有了很大的发展。学生从原来的几十人增加到两百多人，中国老师也从原来的一位增加到现在的五位了，中文系培养出来的本土老师，已经开始陆续走上岗位。

四

在近几十年里，阿富汗饱受战争之苦，这也使得阿富汗成为世界上最大的雷区。仅仅在2018年，阿富汗政府在坎大哈省就排出了三千多枚地雷，阿富汗最不缺生意的就是排雷公司。

记得初到喀布尔大学时，校园里的大树上、灯杆上到处是密密麻麻的枪眼，可以想象当时这里的战斗是多么激烈。2012 年，在喀布尔大学中文系教学楼地基开挖时，挖掘机就挖出了一枚未爆炸的地雷，所幸未触碰到引爆装置，但是工程不得不先停下来，重新排雷。

2017 年 6 月，公司再次中标援建阿富汗喀布尔大学综合教学楼和礼堂项目。2017 年 7 月初，我作为先遣组成员第一批到达，与校方联系施工准备事宜。

有了上一次的经验，排雷就是我坚持要做的第一件最重要的事情。起初学校不是很愿意，他们认为当地施工企业并没有提出这一要求，如果要排雷将有一系列的程序要走，而且喀布尔大学属于非营利性机构，资金来源全部靠政府拨款，走起程序来比较麻烦。

阿富汗属于高原气候，进入冬天后气温急剧下降，混凝土等湿作业工程就不能施工。而根据施工安排，12 月份必须完成基础施工及土方回填，以保证混凝土施工质量。

排雷工作不仅要做，而且要尽快完成。经过多次协调，喀布尔大学终于同意对工地进行排雷，并安排专人与项目部对接。排雷公司顺利进场，三辆排雷车同时开工，但是进展一直很慢。排雷公司的工作人员在附近搭起桌子，泡上茶，摆上小饼干，开始吃起来，一副悠闲的样子。眼看就要到穆斯林古尔邦节，又得放假一周，这样的进度让人心焦。无奈之下，项目部再一次找到学校，和排雷公司召开三方会议。项目部重申了当年完成基础工作的重要性，要求排雷公司克服困难，加快进度，大家携手完成好政府的援外项目，早日将项目交到喀布尔大学手中。在我们的努力下，排雷进度明显快了起来，最终在三方确定的时间内完成了排雷工作。

2017 年 11 月 2 日晚上 9 点，我突然接到使馆电话，告知近期有恐怖分子盯上公司，正策划袭击活动，信息中对方对项目的名称、地址、公司名称、有多少中国人均十分了解，要求项目组做好安全防范，不能让恐怖分子有机可乘。这个消息对我来说，简直是晴天霹雳。如果发生恐怖袭击，不仅公司会受到影响，可能连项目也会终止，还可能发生外交事件。第二天一大早，使馆经商处领导就携警务官亲自到现场，仔细检查公司的安全措施，对项目安全措施进行评估，并对安全薄弱环节给出了详细的建议。当天，经商处田光磊参赞还亲自带着项目部主要管理成员，与喀布尔大学校长 Hamidullah Farooqi 沟通了安全事宜，要求学校全力保障中方企业的生命和财产安全。校长当场表态，他们出问题没关系，但中国朋友们不能出事，学校将加强对中国朋友们的安保力量，全力保障中国朋友们的安全。

当时，阿富汗安全形势十分严峻，学校安保力量本就有限，但是学校仍旧把大量的安保人员部署在项目工地和营地附近，当地警察局长也亲自带领警察值班、巡逻，保障大家的安全。学校及警察局的处理方式着实让我们感动了一把，也更坚定了大家要把项目干好的决心。

学校的支持，对项目度过安全预警期十分必要，但我们也得把自身的安全防范工作做好。设置营地缓冲区，切断营地附近的校园道路，加高加厚营地围墙，围墙间养上狼狗，安装视频监控系统，雇用保安，加强人员培训，开展应急演练，调查所有当地员工背景等工作如火如荼展开。同时，警察局也对项目部的当地员工进行突击检查，结果发现有四名当地员工不知所踪。警方决定重点调查这四名员工的去向及其家庭背景。两天后，警察局传来消息，这四名当地员工家庭背景没有问题，只是因家里经济困难，急需用钱，发工资后就回家送钱去了，所以至今未归。其中，Shir Ahammad 家里面有十口人，上有老，下有小，全家只有他一个人在工作，母亲还生着病。

项目部决定到 Shir Ahammad 家去慰问。这在以前是不可想象的。在阿富汗多年，当地朋友也多次邀请我们到家中做客或者出席婚礼，但是考虑到安全因素我们都不敢贸然前往。当防弹车停在 Shir Ahammad 家门口时，他吃了一惊，然后招呼孩子们把家里最好的核桃和蛋糕拿出来招待客人，看得出来他很感动。

在大家的共同努力下，项目部顺利度过了安全预警期。

五

开工前的准备会议在喀布尔大学会议室举行。

"喀布尔大学有工程系，有很多优秀的工程师，我们建议喀布尔大学定时或者不定时安排工程师到施工现场对工程进行监督。"

"会的，我们会派五位工程师到现场，他们可能随时会到现场。"

"我们随时欢迎！把五位工程师的名单给我们，他们随时可以到现场，门卫间有安全帽，随时进去就是了，不用提前跟我们打招呼。"

当场大学校长就给我们竖起大拇指："多次听 Merwais（校长秘书）和大学其他同事说 MCC19（中国十九冶集团）是一个负责任的企业，你们修建的中文系教学楼和招待所项目就是一个很好的例子。你们敢这样说，在阿富汗我还是第一次听到，我们非常信任你们。"

大学工程师们来了几次，他们核对图纸，检查材料、实验报告等后，对我们连声称赞："你们的管理严谨，工程质量让人放心！"

本项目有两台发电机和一台电梯，根据设计要求，我们应该从国内采购，出口到阿富汗，但是我们还是建议校方在阿富汗当地进行采购。

"能告诉我们原因吗？"校长不解地问道。

"我们把项目交给喀布尔大学后，学校要负责这些设备设施的维护，而电梯和发电机需要日常维护，如果从中国采购，后期在喀布尔市场上找不到相关的配件，又得从中国进口，维护成本会很高。有时还不一定能买到。"

如果按照图纸施工的话，有四棵大树要被砍掉。这四棵树的直径在60厘米到80厘米不等，砍了的话太可惜。我们向校方提出的解决方案是，将道路往西边移23米，这样的话不仅这几棵大树可以保住，而且道路功能也不受影响。

校方欣然接受了我们的这些建议。我们的专业和善意感动了喀布尔大学的校领导。

这样的事情还有很多。就是这一件件看似不起眼的事情，让公司在喀布尔大学乃至阿富汗慢慢积累起了良好声誉。

男儿立志出乡关，未报国家岂肯还。埋骨何须桑梓地，人生到处有青山。我在施工日志扉页上记录着：与阿富汗结缘是我的幸运，我应该做一名合格的排头兵，推动"一带一路"共建走深走实，造福沿线国家和人民。坚守在阿富汗的所有中华儿女，用行动诠释了何谓勇者之境的守护人，砥砺前行在属于勇敢者的广袤天地！

∿∿∿

李沛龙　1985年2月生，男，四川冕宁人。2009年毕业于四川外国语大学成都学院英语专业。同年入职中国十九冶集团有限公司，先后参与阿富汗艾娜克铜矿项目、孟加拉国电炉炼钢项目、援阿富汗喀布尔大学项目的建设。目前任职中国十九冶集团国际工程分公司，主管公司在阿富汗及周边国家的业务。

编导手记

纪录片入口

胡顺江

2019 年 1 月上旬抵达阿富汗首都喀布尔时，正是当地最寒冷干燥的时节。我遭遇水土不服，全身过敏，在当地医院就诊。阿富汗医疗条件极其有限，医务人员匮乏，医生通常在第一次打针后给病人留下滞留针，病人需开药回家自行打针。摄制组拍摄期间，喀布尔下起了大雪，气温一直徘徊在零下 10 摄氏度左右。

"铸剑为犁，化枪为笔" ——喀布尔大学校园围墙上的画

阿富汗是全球最危险的地区之一，3000 万人口有 1 亿支枪。在拍摄期间，摄制组的"长枪短炮"每每需要近距离对准当地警察和武装人员的真刀真枪。

　　阿富汗是全球地雷最多的国家，平均每一平方公里土地下埋有 15 枚地雷。喀布尔大学曾经是塔利班武装与政府军反复争夺的战场，如今学校虽然已经恢复办学，但周边仍有许多区域需要全面排雷。为安全起见，摄制组启用无人机进行拍摄。

　　长期战乱和局势动荡，使得阿富汗经济衰退，民生凋敝，排雷公司反倒生意兴隆。项目部的排雷工作甚至需要提前一个多月预约。

　　结束了白天的拍摄，摄制组成员晚上回到大使馆宿舍后，还要整理素材，开会讨论拍摄得失，商议第二天的拍摄计划。在摄制组抵达喀布尔的第六天，距离大使馆不到 10 公里的一处居住区发生了一起汽车炸弹爆炸事故，上百人伤亡。

　　铸剑为犁，化枪为笔，描绘出生机勃勃的春天——喀布尔大学校园围墙上的这幅画，蕴含着阿富汗人对和平的渴求，也寄托着亚洲的这所著名学府对恢复昔日荣光、用知识改变国家前途和命运的向往。

My **Poaching Wars**
in **Zimbabwe**

我在津巴布韦
反盗猎

张广瑞 Zhang Guangrui

每日狮子、大象、斑鬣狗游弋周边。特别是晚上，大象、河马在周围吃草，斑鬣狗整夜嘶鸣，每一位志愿者都要学会适应这种与动物为伴的环境。而且，雨季的保护区内蚊虫、蚂蚁肆虐，锥虫病、疟疾等传染病也严重威胁着我们的生命安全。

一

也许是巧合，父亲给我取名"广瑞"。"广"是按家族辈分排下来的，而"瑞"正是宝玉发出的祥瑞之光。就这样我慢慢长大，对璀璨的宝石玉器越发着迷，大学读的就是中国地质大学宝石学专业。

大学生活非常充实。除学习之外，我考了各种资质认证书，开店，然后又爱上舞台表演，后来又东跑西颠采集矿物标本。

2008 年汶川地震发生后，凭着年轻人的一腔热血，我愣是冲到了汶川汉旺镇。5 月 14 日晚上的汉旺武都小学，是我经历的第一个灾难现场，至今每一个细节都印在脑子里。就连夜里废墟上有多少小动物眼睛射出的光，现在我都能数出来。可就是这样一个现场，我发觉仅凭着满身力气着实干不了什么，我给不了他们任何帮助甚至都不知道该和他们说什么。我和废墟上那些失去孩子的家长们一样，无助、无奈……

就是这样的无奈和愧疚，转化成了我前行的动力。从汶川回来，我把武汉的生意做了个了结，回到了父母身边。在家做了一年多宅男，每天基本上就是在找跟救援相关的各种资料、书籍。有这样一粒种子，遒劲而坚定地埋在了我的心里，到现在已经成长了十二年。

这十二年间，我从汶川到玉树、雅安、彝良、鲁甸、岷县、天水，再到缅甸、尼泊尔、泰国、柬埔寨等地，大大小小经历了几十个灾难现场。当年的热血早已退去，留下的只有宿命与责任。

想想自己这么多年经历过的救援现场，从缅甸原始密林里的交战区，到满目疮痍的地震现场；从蒙俄边境的凛冽寒风，到孟加拉湾的滔天洪水。唯独在这个津巴布韦丛林里，一个名字叫 Mana Pools National Park（马纳普斯国家公园，Mana Pools 是"四个水塘"的意思）的地方，就像拳拳打到棉花上，我既有使不上劲的无奈，又有憋着一股希望能打出一记重拳的暗劲。

二

2015 年，由于我长期在野外从事应急救援工作，加上也做过一些野生动物保护的工作，一天，我的朋友王珂找到我，问我想不想去非洲做志愿者，反盗猎。当时我脑子里就浮现出了一派丛林里热血厮杀的场景。等到做了才知道，我想得太简单了……

从准备物资、装备行李，到订机票、办签证，都和以前每次出国际任务一样紧张而有序。第一次去津巴布韦时，我心情很复杂，脑子里有一长串的疑问：反盗猎工作到底是怎么开展的？象牙贸易是怎么回事？大象没有了牙齿能活多久？……就这样我带着一脑袋问号，踏上了南部非洲这片陌生的土地。

津巴布韦贫穷又富有、暴戾又温和、散漫又井然有序……

说它贫穷，是指津巴布韦 20 世纪 80 年代后期因为政治等多方面问题，经济发展每况愈下，通货膨胀曾使这个国家发行过世界上最大面值——100 万亿元的纸币。很多人可能对一百万亿没有概念，那就是 1 后面加十几个 0。当时人们拿着纸币出去还换不回相等重量的玉米粉。

说它富有，因为在这 39 万平方公里的土地上，铬矿储量占世界储

在野生动物保护区巡逻

量的百分之十几。锂矿、金矿、金刚石矿、铂矿、铜矿等矿物的储量，也都排在世界前列。20 世纪 80 年代以前，它还被称为"非洲粮仓"，提供了南部非洲大部分的粮食作物。几百万人口的国家，大大小小的私人机场就有两三百个。

说它暴戾，津巴布韦历史上，从种族间的相互杀戮到殖民时代，再到 20 世纪 80 年代的民族独立运动，这一个个时代都是用鲜血来记录的。

说它温和，由于受英国殖民的影响，津巴布韦民众受教育程度很高，民众的基础素质也高，谦逊而温和在他们的价值观里有着很大的影响。我在津巴布韦五年，从没在大街上看到过一次打架。

散漫而自由，是非洲兄弟的鲜明特征，这并无好坏之分。这是非洲这片大陆物产丰饶、人类生存没有紧迫感的累积体现。我甚至有点羡慕他们的生活态度。在津巴布韦大家的幸福指数都很高，无论你是住在乡间别墅，还是城郊的贫民窟。

说它有序，津巴布韦很多法律法规都沿用了殖民时期的英国法律。它在很多方面的规定都细致入微，如，细化到我们的船只在什么流域里使用、使用的目的、操作者的资质，乃至于境外资质在津巴布韦的交叉认证，等等。就这样，我们签了一个生死都与津巴布韦 Mana Pools 无关的免责声明后，走进了 Mana Pools 保护区。到保护区时，我们只剩下一个月的时间了，别说保护动物，就连我们自己能不能活下来都是个问题。

三

Mana Pools 保护区是津巴布韦乃至整个南部非洲最原生态的野生动物保护区，也是非洲象赖以生存的栖息地。每年旱季的时候对游客开放，雨季的时候因为交通以及气候等种种原因，处于完全封闭的状态。而雨季封闭时也正是盗猎的高发期。我们到达 Mana Pools 第一天的晚上就依稀听到了枪声。而当时，我们团队三个人正在研究怎么才能把帐篷封得更严实，因为枪声远没有当时帐篷外的狮吼声来得更真切……

接下来，适应环境成了我们首先要面对的问题。衣食住行是最大的难题。团队安扎于一片开放性的营地中，每日狮子、大象、斑鬣狗游弋周边。特别是晚上，大象、河马在周围吃草，斑鬣狗整夜嘶鸣，每一位志愿者都要学会适应这种与动物为伴的环境。而且，雨季的保护区内蚊虫、蚂蚁肆虐，锥虫病、疟疾等传染病也严重威胁着我们的生命安全，这对于每一个人来说都是极大的考验。晚上被蝎子、蚂蚁咬醒，是我们团队的每一个人都经历过的。

在城里得了疟疾能很快地接受治疗，但在城外就不一定了。记得我第一次感染疟疾时，正值雨季。保护区里的路面交通几近瘫痪，从决定回城治疗到抵达城区，用了二十几个小时。快到城里时不知道是高烧出现的幻听还是怎的，我的耳边一直响着非洲那充满奇幻而富有张力的音乐，美妙得我自己都不敢相信。

因为雨季交通状况极差，志愿者的营地又位于保护区腹地，所以雨季物资补给是一个非常棘手的问题。原来一个月补给一次的物资往往会拖到一个半月或者两个月，再加上雨季连续的阴雨天气，太阳能电力系统也会随时崩溃。肉类根本无法储藏，吃腐肉自此成了志愿者们的笑谈，蔬菜更是变得尤为珍贵。

白天帐篷里温度高达 50 摄氏度，在没有任务的白天，志愿者们也只能选择在树荫下乘凉，但因身处野外，每个人都须时刻保持警惕，以防野生动物的突然袭击。就这样，几个来自中国的"菜鸟"全方位感受着非洲丛林的"爱"。适应了几日后，我们找到当地有经验的意大利向导，向他请教我们现在能做什么。他戏谑着说道："先不要想做什么，你们要先活下来，什么时候能独自在荒野中活下来了，再考虑能给卫队做点什么。他们其实不需要你们的人员参与巡逻，他们能喝河里的水，而你们却要背着十几升水走到荒野里。甚至说他们牺牲了，是他们的归宿，而你们如果牺牲了，可能会给他们带来更大的麻烦。其实你们可以做个服务员，想想看能做些什么。"

四

说者无心，听者有意。既然在人员力量方面我们并无优势，那我们就在技术方面予以支持，先做一个技术服务员。

可丰满的理想总是会被骨感的现实击碎。当我们跟保护区卫队提出进一步沟通行动计划，以便找到我们能切入的技术点时，他们明确告诉我们，虽然卫队在设备、人员、技术等方面都存在困难，但这样的类军事行动的时间点、空间分布以及路线、枪械装备等信息都事关整个行动的成败，以及每一位队员的安全，他们不可能就这样轻易相信几个志愿者。面对这样的回答，我们满怀委屈和无奈在保护区里度过了第一期剩下的时间。同时我们也在观察和分析卫队所面临的问题。

雨季是保护区盗猎活动的高发季节，也是巡逻难度最大的时期。抛开潮湿的空气、四五十摄氏度的高温不说，由于雨水冲刷和季节河的影响，保护区内的道路系统几近瘫痪。因此，很多路线的巡逻只能靠徒步去完成，如果有声音疑似枪响（荒野中有些树木的突然倒塌，其声音和枪响非常像），要排查疑似点，可能需要十几个人走几天才能解决。人力成本高不说，也大大增加了护林员们的风险。

针对这些问题，我们采购了动力三角翼和充气的IRB（充气救援船）。动力三角翼让以前需要耗时一周的步行巡逻缩短成了现在的两三个小时，IRB则解决了赞比西河支流水位较浅，普通船只容易搁浅的问题，大大增加了巡逻队伍的机动性，降低了风险和卫队的体能消耗。保护区卫队被我们的诚意打动了，他们答应给我们机会让我们试一下，于是我们就满怀期待地等着。

这一等，就等到了我们第一期任务的最后一天，第二天我们将由津巴布韦飞往北京，所以要提前一天回到首都哈拉雷。从营地到城里顺利的话，要七八个小时，所以我们离开的那天起得很早。当我们收拾完行李准备出发时，护林员的车开了过来。车还没停稳，护林员就大喊发现很多秃鹫（大量秃鹫的出现是一个重要的信息，因为只有像河马、大象这种大型动物的死亡才会引来大量秃鹫），希望我们用动力三角翼排查一下情况。当时我看了一眼飞行员胡教练，胡教练笑着说："别看了，走吧！"

就这样，我们几个人拖着行李来到保护区的野外机场，开始了我们反盗猎项目的第一次真正意义上的行动。从起飞到排查完情况降落，总共不到两个小时。飞机下来后，卫队队长不停地向我们了解飞行器的安全情况、保养等问题。当我们把设备收好，准备上车的时候，队长憨笑着说，非常感谢你们今天的帮助，让我们少走了很多路，希望以后还能

动力三角翼排查保护区情况

利用这个设备。

回城的卡车上，我们几个人都没有太多话，也许因为车开得太快，风声很大。胡教练突然跟我说："如果还能再飞几次，地形会更熟悉，能做得更好。"

是啊，每次离开 Mana Pools，能让我们再回来的原因，就是下次我们能做得更好。

五

由于上次的"破冰"任务，动力三角翼的飞行巡逻任务越来越多，这正是我们一直期待的。因为飞行频次高，保护区特批了一条距离我们营地更近的野外跑道。与其说是跑道倒不如说是一块空地，每次飞行前我们都要用铁锹整理一遍，保证起降线上没有大坑，从而保障飞行安全。

一天我们几个人和往常一样正在维护跑道，快走到跑道尽头时，小强突然紧张地喊我："哥，你看灌木丛里是狮子吗？"我顺着他的视线望去，灌木丛里隐约能看到四五头狮子（狮子如果很刻意地隐藏自己的身体，说明它有攻击意图）。我当时下意识地看了一眼风向，狮子的位置正好是在我们的下风口（说明狮子不想暴露自己的行踪）。而这时，距离狮群最近的胡教练和狮子的距离不到 30 米，我马上示意胡教练不要转身，放慢动作来减轻或者解除狮群的压力。目前看来，人和动物之间的伤害绝大多数来源于行为误读：要么，动物把你误会成猎物；要么，你的行动让它感受到了威胁。所以如果胡教练转身，狮群会本能地认为这是猎物，就会下意识地追击逃跑的目标。这次遭遇狮群的主要问题是我们没有及时发现狮群的存在，当发现时已经突破了与狮群的安全距离，它们才会表现出攻击的意图。这时候最聪明有效的做法就是放慢动作，最好慢慢退到安全距离之外，从而缓解狮群的压力。我一边叮嘱胡教练慢慢退出来，一边拉着新来的志愿者，叫他不要转身、不要跑！

在保护区，除了来自野生动物的威胁，我们还要面对盗猎者的骚扰。营地位置是固定的，而盗猎者却在暗处，危机四伏。团队就曾遇到早上醒来时发现巡逻车上的无线电设备被拆走的情况，值得庆幸的是当时盗猎者没有采取其他行动。其实，对比怎样才能更有效率、有意义地参与到反盗猎行动之中，自然环境和盗猎者对我们的威胁都是微不足道的。取得当地保护区卫队的信任问题，我们选择用时间来解决。志愿者们跟卫队成员同吃同住，近五年来，我每年大约有半年时间驻扎在保护区内。大家从开始时的陌生人，到客人，再到现在成为相互依靠、同生共死的兄弟，时间解决了所有问题。

　　每次巡逻扎营，卫队巡护队员都会把我的帐篷安排到最内侧，如果有意外，我可以有更长的反应时间。每次巡逻回来，晚上住到卫队的营地，他们都会各家凑一些做熟了的牛肉、牛肚送到我的屋子里来。我内心的感动难以言表，这是汉子间赤膊相望击剑而歌的豪情，是血脉袍泽相互依偎的手足情深，更是用汗水和时间浇灌出的赤诚友谊。

　　其实我更想让外界了解卫队的生活，作为每年只在保护区待半年的志愿者，我们仅仅是参与者而已，而对卫队来说，保护区的工作却是责任，是生活。那些在我们看来，只有在电影里才有的枪林弹雨以及考验人性的抉择，是他们每天都要去面对的事情。也许你有激情，有热血，也有拿着枪在丛林里与盗猎者生死绞杀的勇气，但是当这一切都变成了你的日常，严酷与危险的环境消磨着你的意志，你的热血和激情又能支撑多久呢？

　　转眼间我来非洲已五载，当初的兴奋、紧张早已退去。静思走过的足迹，有蹒跚的尴尬，有无奈的委屈，有酸楚的泪水，有甜美的微笑，有温暖的回忆，有向上的力量，有坚毅的笃定，更有对前方的期待，而这一切，变成了一生的纠葛与羁绊。

~~~~~~~~

张广瑞　男，1984 年 7 月生，天津人，珠宝鉴定师、钻石分级师，2006 年毕业于中国地质大学（武汉）珠宝学院宝石及材料工艺学专业。多次参与汶川地震、雅安地震、天水泥石流、缅甸洪水、蒙古国乌苏古尔山失联人员搜救等国内外救援工作。2015—2019 年，赴津巴布韦参加反盗猎项目。

编导手记

纪录片入口

谭 柯

Mana Pools 国家公园是津巴布韦北部最大的自然保护区，6000 多平方公里的无人区，却是动物们繁衍栖息的天堂。

在无人区，人类生存是最大的难题。我们住在园区一处固定营地里。这里基本上一整年都处于荒废状态，设备上全是厚厚的一层灰；说是营地，其实就是几间用木头和茅草搭起来的小屋，没有门，没有窗，几乎就是裸露在荒野中。

每天，除了拍摄，吃饭是大家第一件要操心的事情：我们从首都哈拉雷随车带过来的物资不足，营地原有的储备物资全部过期，再要调物资，至少需要三天时间。抵达营地的第一夜，摄制组和志愿者八个人只能凑合着吃四碗方便面和几个鸡蛋，调料还都是过期的。没有厨师和服务人员，一日三餐全靠自己做。摄像师成了大厨，尽管拿出了十八般武艺，可巧妇难为无米之炊，早餐，每个人只能吃一片干面包一个鸡蛋。为了保持身体水分和充足的体力，过期的饮料、食材，大家只能闭上眼就喝，硬着头皮就吃。十天的拍摄下来，我们都不知道吃了多少过期食品。

在无人区，没有任何防护，我们与野生动物混居在同一片天空下。世界上绝大部分的野生动物保护区，都不允许外来者下车，但是，为了拍摄到最鲜活的现场、最真实的故事，我们必须徒步穿梭在丛林间，与野生动物近距离接触。丛林生存法则，如不能深入密林，不能在林间奔跑，不能说话，保持绝对安静……我们几乎违反了个遍，没办法，要完成拍摄，这些关乎生死的禁忌，我们只能一一打破。

拍摄时，野生动物常常就在我们背后出没：这只动物叫疣猪，长着长长的獠牙，全力冲撞可以撞死狮子，可全神贯注于工作的摄制组全员，对此却一点反应都没有。志愿者开玩笑说，如果没有卫队持枪保护，提前勘测路线，你们一个小时内就被狮子吃掉了。

我们住的小木屋，用木头悬空搭起，为的就是尽可能不让野生动物爬上来，可每天晚上，巨型蜥蜴、鳄鱼就在脚底下爬来爬去。屋外就是丛林，一扇小小的木门，当地人声称可以阻挡狮子进来，但我们怎么看都安不下心。一到夜晚，在没有任何人类活动的丛林里，各种凶猛的野生动物发出的声响，就像是一首狂野的交响曲：狮子的低吼、河马的嘶鸣、豹子的咆哮、斑鬣狗的嗷叫，搭配着漆黑得无一丝光线的暗夜，分外恐怖。

然而，就是在这样的环境中，我们依然要摸黑行动。几场夜间拍摄，我们不得不远离营地，到河滩上扎营。在黑暗中，毫无防护的人类，更容易受到野生动物的袭击。在拍摄中，一场意外还是发生了：一群狮子突然到来，开始捕猎，斑羚狂奔逃窜，大象惊恐长啸……但是在夜色中，人眼什么也看不见，我们只能强忍住惊慌，保持安静，以免受到袭击。最后，还是司机及时赶来，驾车驱离野兽，我们才脱离险境。

Mana Pools 国家公园是一个巨型盆地，盆地，意味着极度的高温。拍摄期间，这里日均气温44摄氏度，从早晨9点直到晚上7点，毒辣的阳光透过林子照在皮肤上，十分钟就能把人晒伤。

我们的拍摄经常要在旷野中完成，没有树木遮挡，只要站几分钟，就汗如雨下，浑身透湿，体力消耗极大。尽管大家已经擦了防晒霜，外加全副武装，可晒伤还是无法避免，志愿者已经完全被晒成了非洲原住民，摄制组每个人也都黑了好多。摄像师李银、李建平还患上了日照性皮炎，皮肤上起疹子溃烂。

越是暴晒，各种昆虫越是无孔不入，纷纷袭来，叮咬吸血。我们最害怕的，是一种名为采采蝇的苍蝇，它们个头巨大，行动却极其迅捷，大群大群劈头盖脸而来，能够透过两层衣服咬破人的皮肤。什么防蚊药物都没有用，只能不停驱赶，一刻也不能停歇。被采采蝇咬一口，先是剧痛，然后肿起一个好大的包，瘙痒能持续一个月。更可怕的是，采采蝇传播的冈比锥体虫会引发致命的昏睡病，若不及时治疗，会导致脑炎并发症，致人死亡。尽管再三防范，我们每个人还是被咬了一身包，总算运气好，没人感染上这种恶疾。

Hydroelectric
Workers
in **Kaghan Valley**

喀汗河谷
点灯人

邓思文 Deng Siwen

每天早晨7点半吃过早餐后，他包里装上水瓶、饼干、贾巴蒂（当地的一种面食），牵着一头毛驴载着辅助设备，就出发去征服一座座山。

一

初次听到《十年》这首歌时，脑海里想到的是十年多么漫长，而不知不觉中，我在巴基斯坦已有 12 年了。回首初次踏上这片陌生的土地时，有新鲜感、陌生感及怀揣着的水电梦。十多年过去了，这片土地对我来说已不再新鲜和陌生，我内心更多的是对"一带一路"建设义不容辞的责任和对巴基斯坦的深厚情怀。

2016 年，我在公司承包建设的尼鲁姆杰卢姆水电站从事商务管理工作已经整整八年，我向公司提出了调回国内工作的申请，等到的却是前往开伯尔—普什图省昆哈河，负责苏基克纳里水电站（简称"SK 水电站"）建设的新任务。这个项目是中巴经济走廊第一批优先项目清单中的重点项目，备受中巴两国政府以及社会各界的关注。我深感此项任务责任重大，将要面临无数的挑战和困难，而水电人的使命和担当使我义无反顾地服从了安排。

从事水电施工行业的人都知道，水电站项目大多都建在深山大江中，SK 水电站也不例外。要在异国他乡安心工作，首先要解决的问题是吃和住。2016 年，我们在距离施工地 10 公里外的村里租了一栋民宅，两层建筑，共有 12 间卧房，一间会客厅、一间厨房。会客厅作为会议室和餐厅两用，除了两对年轻夫妻住单间外，其他六人一间。就这样，为之后 72 个月的施工期按下了启动键。

在巴基斯坦的岁月里，有很多让我记忆深刻的人和事。老罗，是一起在巴基斯坦工作多年的老同事老大哥，四十多岁，负责行政后勤工作。性格开朗，乐于助人，嗓门大。平时会用简单的英语、当地语（乌尔都语）及手脚并用的比画，为大家采购食材，解决生活用水用电问题，管理司机和保安，是我们的"大管家"。有一天，驻地军队SSD（负责中巴经济走廊项目的特殊安保军队）少校找到我说："军人在巴基斯坦是最值得尊敬的人，可是老罗当众骂了我的士兵，请遣送他回中国。"考虑到SK水电站项目的重要性，巴基斯坦政府安排特殊军队负责所有中国人的安全，安保措施十分严格。这些军人大多数说的是旁遮普省（与项目所在地不属于一个省）的当地方言，极少有人会说英语，由于沟通不畅平时也曾引起过不少误会，但也不至于发生这样的矛盾。我立马找来老罗了解情况，老罗很委屈，坚决表示没有骂人，主要因为当时军人阻止采购的食堂物资进入营地大门，又快到午饭时间了，所以有些着急，嗓门不由自主地有些高。巴基斯坦人善良淳朴，因笃信伊斯兰教，见面时握手拥抱是必要礼节，很少会在公共场合吵架。而老罗的"大嗓门"让驻地军人误以为是在骂人。这样的误会是文化差异引起的，一定要想办法消除。

沟通是拉近人与人之间距离的桥梁，我经常在晚饭后请少校过来喝中国绿茶，探讨了很多话题，包括中国文化、葛洲坝历史、中国人的性格特点、两国经济发展等，更重要的是可以通过愉快的聊天化解工作中发生的误会。这天晚饭过后，我又一次邀请了少校来喝茶聊天，并专门就白天老罗的问题向少校做了解释，很快取得了他的谅解。现在，驻地军人和当地员工都亲切地称呼老罗为"Luoluo"。

老陈，高级工程师，从事水电行业二十多年，是我最敬仰的老前辈。他带着技术部和测量队的同事们翻遍了施工区域内大大小小的山，直线距离长达25公里，步行距离上百公里。每天早晨7点半吃过早餐后，他包里装上水瓶、饼干、贾巴蒂（当地的一种面食），牵着一头毛

喀汗河谷

驴载着辅助设备，就出发去征服一座座山。确定钻孔点、测出征地范围、规划隧洞开口处等，为项目的顺利开工和建设奠定了坚实的设计技术基础。有一次开会时，我发现老陈总是用右手撑着腰部，身体倾斜着，询问后才知道他在爬山中扭了腰，且疼痛感越来越严重。我们大家建议他赶快回国治疗，他却坚持完成了施工区域内全部山体的勘测工作后才回国就诊。也许是因为延误了最佳治疗期，后来虽然采取了各种治疗方式，但效果一直不理想。直到今天，我们看到忙碌在施工现场的老陈，仍然绑着白色腰带、用手叉着腰。

二

2017 年的冬天下了一场又一场的大雪，清晨起床后时常发现大门被厚厚的雪堵住了。当地人说，今年是个寒冬，大多数当地居民都搬迁至昆哈河下游地带过冬了。这样的寒冬不仅导致招工难，施工也是难上加难。

为了尽快开始修建昆哈河右岸的主要临建设施，老刘带着几名同事克服人员少、时间紧、任务重、安装设施不全等困难，顶着高原地区强烈的紫外线，历时 20 天终于完成了第一座贝雷桥的搭建。这座桥是连接生活区域和河流对岸主要施工区域的唯一跨河通道，对项目进展至关重要。为了建这座桥，老刘的鼻梁被紫外线晒褪了皮。每当看到他，通红的鼻梁首先映入眼帘，正如他的担当精神和奉献精神一样成了他的"显著特色"。后来他带领着团队再次冒着雨雪穿越保护林区、高山、峡谷、滑坡带、居民区，顺利实现 11 千伏和 33 千伏输电线路全线通电，为项目施工提供了稳定的供电保障。

2018 年巴基斯坦政府大选期间，一辆辆装着扩音器的车辆热闹非凡地从营地前驶过，各派政党代表在村镇、市区组织集会、发表演讲来拉选票，新闻里也经常报道恐怖袭击的爆炸事件。面对复杂的外围局势，项目部全面加强营地和施工现场的安全防控措施，尽量减少中方人员外出次数，如有外出须由军人和保安陪同。

意料之外的是，这次大选影响到了我们项目的正常运转。有几名号召力强的当地员工以涨工资为由组织大规模罢工，甚至包括厨师都不按时上班。据我们平时了解，无论是当地员工或是外地员工均表示满意工资待遇。项目部一直严格执行当地法律法规，创新了传统的工资组成方式，有基本工资、交通补贴、餐饮补贴、通信补贴、冬季取暖费、夏季防暑降温费，薪资待遇远远超过当地平均工资水平，并且还新建了两处营地，租赁了十几处独院保障当地员工的住宿条件，不应该在没有任何征兆的情况下发生如此严峻的罢工。正当我们着急上火时，几名当地员工红肿着脸到了营地办公室，从他们那里我们才得知他们被威胁不许来上班，如果不听安排就会被打。

现场停工一天，后期施工强度就会增加一分。事不宜迟，我们立马前往 Balakot（巴拉克特）镇向镇长汇报本次罢工的严重性和复杂性，希望政府出面协调。镇长先生答应想办法协调，但等了一天没有任何进展，我们猜想情况有可能更复杂。于是又到Manshra（曼瑟拉）县寻求县长的帮助。三天后曼瑟拉县的县长先生安排了双方协调会。经过长达六个小时的谈判后，项目员工这次罢工的真正目的浮出水面。原来是当地大地主想趁此次政党纷争，寻求与项目部进行商务合作，涉及工程分包、材料供应、设备租赁等大型项目。但是他们一没有公司资质，二没有货物来源，如果直接拒绝，局势将无法控制；如果合作，质量又无法保障。

进退两难之时，我想到了公司"五个一"的经营理念。"五个一"指的是干一项工程、树一座丰碑、交一批朋友、拓一片市场、育一批人才。为了使项目部与当地地主代表沟通顺畅，小张（在巴基斯坦从事人事管理工作七年）带着见面礼去拜访了当地知名的地主。最后，项目部聘请他们为项目协调员，参与到项目建设中。而且我们保证当项目部有紧急招聘特殊员工、食堂物资供应、房屋车辆租赁等需求时，首先请他们参与投标。后来又在双方的友好协商中，一起组织了"爱心义诊""贫困户帮扶""植树造林"等公益活动。我们积极地履行着央企的社会责任，得到了当地政府和百姓的一致认可。

人事管理部门的小张的办公室里总是熙熙攘攘，经常是当地人满脸着急地进去，步伐轻盈地离开。在小张的努力下，巴铁越来越"铁"了。

三

六年工期的项目建设对年轻人来说是枯燥难熬的，越来越多的年轻人对工程建筑行业望而却步。我心中一直想要将SK项目打造为"新国际"水电工程，以改变大家对施工企业生活环境"苦"的观念。2018年，技术负责人山哥（在巴基斯坦从事技术工作十年）牵头修建我们的永久营地。他带领团队克服施工面积小、场坪台阶多、回填难度大等困难完成了所有的基础建设。在距离工期节点只有一个月的某次工作推进会上，材料供应

邓思文和异国同事的家人

商老徐明确表示："部分材料在海运期间和海关处耽误的时间无法确定，不能保证按计划到达。"山哥顿时感觉压力增大，大伙儿都等着住进去庆祝中国传统新年，如果不能按时完成，为巴基斯坦项目群筹备的春节联欢晚会也将无法如期举行。第二天早晨，山哥满眼红血丝地来找我协商："昨晚我想了一宿，一大早和供应商在国内的负责人确定了运输中材料的种类及预计抵达时间，现在唯一的办法是先保证满足承包商营地办公区域和住宿区域的居住条件。但我们需要征求业主同意，保证业主年后一个月可实现营地入住条件。"经过与业主反复沟通，他们最终同意了此方案。

山哥和他的团队加班加点地开展工作，历经七个月最终完成建筑面积 13000 平方米的营地建设。我们如期搬进了永久营地，住上了标准间，还配备了书吧、健身房、卡拉 OK 室、体育馆、桌球室、乒乓球室、理发店、中国商店等基础设施，极大地丰富了员工的业余文化生活。同时，项目部如期举办了巴基斯坦项目群第一届春节联欢晚会，借此机会还邀请了军队代表、政府机构代表及当地地主代表一起体验了中国传统新年的习俗文化，加深了彼此的友谊。之后，项目部定期举办了各项文体活动，例如球类比赛、知识竞赛、包饺子活动等。中秋佳节之际，《央视新闻＋》节目组走进项目部，直播全体员工热热闹闹欢度佳节，让身处异国他乡的我们感受到了家的温暖和组织的关怀。2019年，SK营地获评"中国海外工程杰出营地"，从此有了"塞外布达拉宫"之美誉。

这时，项目部中方员工和巴基斯坦籍员工人数分别达到了500人和3000人，正处于项目"高峰期"。与此同时，我们也面临着层出不穷的问题，在解决问题的过程中，工程一步一步向前推进。从2016年12月30日开工，我们按计划系统推进项目建设，提前136天完成了电缆洞开挖施工工程，提前12天实现了尾部砂石系统运行，节约25%的时间完成了主厂房岩锚梁施工，单月掘进230米创造了引水隧洞月施工速度新"高地"，如期实现大坝截流。接下来，我们要攻克诸多世界级难题，126米的大坝防渗墙是工程建设以来面临的最大难题，在国内只有西藏的旁多水电站打过超120米的防渗墙；642.61米世界上最深压力竖井群是建设施工难度最大、技术要求最高的关键项目之一，将打破厄瓜多尔科卡科多—辛克雷水电站544米压力竖井的世界最深纪录。

我最喜欢的电视剧《士兵突击》中有一句名言"不抛弃不放弃"，我们这支队伍也是一支"钢七连"，没有完成不了的任务、战胜不了的困难。我坚信这支有意志、有担当、有活力的团队，在国家的支持下，在公司的指引下，在全体员工的共同努力下，一定能攻克各种艰难险阻，一定能如期完成项目建设，一定能为中巴经济走廊建设做出更多的贡献，让葛洲坝金字招牌屹立在"一带一路"上！

〜〜〜〜〜

邓思文　男，1984年2月生，湖北仙桃人，2006年6月毕业于三峡大学工程管理专业。同年入职中国葛洲坝集团股份有限公司葛洲坝新疆工程局（有限公司）。2008年赴巴基斯坦，就职于巴基斯坦NJ项目部。现任中国能建葛洲坝集团海外投资有限公司副总经理、巴基斯坦SK水电私营有限公司董事长、CEO。

编导手记

纪录片入口

胡顺江

　　巴基斯坦是一个多民族伊斯兰国家，这里 95% 以上的居民信奉伊斯兰教。我们拍摄的时候刚好赶上了当地开斋节，这是巴基斯坦最为重要的节日，相当于中国的春节，举国上下都放假四天，大家一起狂欢。放假了开心的是巴基斯坦人，对于我们的拍摄来说却是大大的不便。因为举国欢庆，所有的巴基斯坦人都走出家门，出外旅游，偏巧我们拍摄的地点就在旅游景区旁边，人山人海，交通不便，我们经常被堵在路上。除了对拍摄行程有影响以外，放假对工期也有很大影响。我们拍摄的项目此时正在赶工期，又刚好遇上放假，这可急坏了拍摄的主人公——SK 项目的负责人邓思文。隧道不能停工一日，水泥更不可能停下不搅拌，在这种紧张的情况下，邓思文日夜加班，为工人举办活动，开动员大会，经过一番努力，终于保证了项目在节假日期间也能顺利进行。

　　来到巴基斯坦后，我们就住进了由军队驻守的全封闭式营地。这个营地日夜都有人巡逻站岗，进出营地都需要经过审批，中国人出行则会有士兵跟随保护。这既是当地特殊的地理位置所致——营地靠近巴基斯坦和阿富汗的交界处，当年本·拉登就曾藏匿于此，也是巴基斯坦政府对于中国人的重视，为了保护来巴基斯坦工作的中国人民。有了安全保障固然好，但是也在很大程度上限制了拍摄的自由。由于营地驻守的士兵人数有限，我们必须提前预约才可以出行，这给我们的拍摄带来了一定的难度。但是经过几天与士兵们的相处，我们发现最辛苦的其实还是他们。巴基斯坦是一个伊斯兰国家，这里有斋月的传统。在斋月里，除非太阳落山，不然信徒们是不被允许进食的，甚至喝水也不可以。陪伴我们出行的士兵们，每天既要跟随保护我们，承担高负荷的护卫工作，又不能进食饮水，在体感温度40多摄氏度的情况下还要穿着厚重的作战服，实在是辛苦。但是就算是这样，他们也没有破戒，主要的休息方式就是用冷水洗脸。

巴基斯坦是一个保守的国家，这一点我们在来之前就有了一定的心理准备，但是直到我们亲自踏上了这片国土，才了解了他们对信仰的诚挚。在这个国家，虔诚的穆斯林一天需要做五次礼拜，每次礼拜时长为半个小时。在工地上工作的穆斯林们条件有限，项目负责人邓思文也充分考虑到了巴基斯坦工人们信仰的需要，每天中午留出半个小时让工人们做礼拜。除了每天必要的礼拜之外，当地传统习俗是妇女不能被拍摄，这对我们来说也确实是一大挑战。因为走街串巷，镜头所至不可能全部都是男人，所以在拍摄过程中，我们只能尽量挑选镜头，在尊重当地传统风俗的同时完成拍摄。街拍倒还好办，真正艰难的是航拍。当地人对航拍有些抵触，不仅因为涉及隐私，更因为航拍镜头不好把控，不能精心挑选角度，妇女很有可能入镜。在这种情况下，我们与当地人几番协商后才最终完成了航拍。美中不足的是，没有拍摄到传统巴基斯坦人完整的家庭生活画面，因为家家都有妇女亲人，我们也只能带着遗憾返回了。

来工地之前，我们对在巴基斯坦工作的中国人有很多想象，认为异国他乡，肯定是陋室糙食，孤单异常。但是来了以后，我们才发现，其实在这里工作的年轻人和我们想象的并不一样。300多位中国员工，平均年龄才 30 出头，他们虽在异国他乡，却过得快乐无比，并不苦闷。通过采访得知，他们中很多人都抱着"年轻的时候要浪一下"的想法来异国闯荡，希望见见世面，也顺便攒钱躲催婚。而他们在巴基斯坦的生活环境也不像我们预想的那么艰苦。我们了解到其中有一个男生宿舍，他们利用从工地上捡回来的材料制作烧烤架、烤炉，每天买点小酒小菜，自己开火，美其名曰"深夜食堂"。

Secrets of the Civet
the Civet

麝香猫的
秘密

李满雄 Li Manxiong

在检测咖啡豆水分的时候，我发现一个不起眼的老头儿拿来的豆子里会有小结块……询问他的时候他很慌张，后来终于说出一个秘密：这种小结块是猫大便。原来，老头儿把一截一截的猫大便搓碎了掺在咖啡豆里卖给我们。

一

2005 年，我第一次迈出国门，来到了这个南半球岛国——东帝汶。这一年我与咖啡结下了不解之缘，这一年我 24 岁。

2005 年 12 月 8 日，从昆明出发经过繁华整洁的花园城市新加坡和充满异国风情的旅游胜地巴厘岛——两次中转后，我们来到了东帝汶。飞机着陆前，整个首都帝力便映入眼帘。帝力市区由东向西沿着海岸线长七八公里，宽一公里左右，离海边不远的山上全是树皮发白的桉树，上面挂着几片发黄的叶子，树下全是干枯的茅草。城市没有新加坡那样的高楼大厦，房屋也没有巴厘岛那么密集。机场没有航站楼，从机舱出来，顶着烈日行走在滚烫的飞机跑道上，感觉鞋底都快要融化了。东帝汶好热！过边检，等行李，人工开箱检查，速度很慢，而且全程没空调，大家都是满头大汗。出了机场大概 10 分钟的车程就到了我们的驻地，一个不大的院子，大门朝着大海，大门到海滩只隔了一条公路。安顿下来之后我得知现在是东帝汶的旱季，好几个月没下雨了。

到了夜晚，没有大城市里的喧嚣，没有霓虹闪烁，很安静的马路上偶尔有一两辆汽车经过。从住所出大门穿过马路走 20 米就到了海边。这时我们摆脱了白天的炎热，吹着夜里凉爽的海风，听着浪花阵阵拍打礁石的声音，真真切切地感受到了身处异国他乡的滋味。这让我有了离家的惆怅，但更多的还是兴奋和激动，以及对明天的憧憬与期待。

东帝汶当时刚刚结束战乱，整个首都就只有三家小超市，不是你想买什么就能买到什么，只能有什么买什么，价格还非常高，每天下午5点超市准时关门。进去买东西的基本都是外国人。超市门口经常会聚集一大群小孩。我们一进去他们就开始议论，看他们一眼他们就笑了，一笑就露出又白又整齐的牙齿。每天下午6点以后路上基本没有什么车，晚上大家也都不敢出门，吃过晚餐，只能到门口的海滩上走一会儿，天一黑就返回。

到东帝汶不到一个星期，我还没有完全适应这里干热的气候就迎来了东帝汶雨季的第一场雨。那天的雨下得特别大，下到天都变黑了，马路变得像小河，这雨是我见过下得最大的一场雨。东帝汶的人民非常热爱下雨，很多人不躲雨而是跑到马路上淋雨，非常兴奋，小孩还示意让过往车辆加快速度，好让积水飞溅得更高。这里的雨季货真价实，从那天起每天都会下雨，而且都是下午三四点开始，我都记不清连续下了多少天雨。

二

我们到东帝汶的任务是组建土壤分析实验室和组培试验室，帮助当地发展咖啡种植、生产、加工业。所有仪器设备都得从国内发出，但却没有可以直接到港的轮船，所以货柜迟迟不到。在等设备的这段时间，我们对整个东帝汶13个省的地理环境、土壤情况、植物和现有农作物做了初步的调查。因为需要大量的土壤样品，而我们去的地方

玻璃海水

又都是极具代表性的村庄，所以，我们收获土样的同时也了解了很多当地的风土人情。我们所到达的地方都比较穷困，即使是省会城市也只和我们国内的乡村集镇差不多，教堂一定是当地最好最漂亮的建筑。当地人的身材都比较瘦小，小孩都不穿鞋，但跑得飞快。因为这个国家没有实施计划生育政策，一个家庭有五六个孩子很正常，多的甚至有十几个。每到一个地方都会有一大群小孩跟着我们，取样的时候他们还会来帮忙，当我们离开的时候从后视镜里会看见小孩追赶我们的画面。我们都不舍得踩油门，直到年纪稍大的跑到车窗前和我们挥手道别后，我们才加油离开。

　　东帝汶整个国家的面积虽然不到 1.5 万平方公里，但各省都有特点。沿海的每个省都拥有原始沙滩，海水如玻璃般清澈，气温较高。东部的省份地势较平坦，土壤肥沃，但树木不多，像草原一样，基本没有农业种植。西部靠近印尼的省份种植有水稻、玉米，但面积很小，技术落后。我印象最深刻的还是中部的 Ermera（埃尔梅拉）和 Aileu

（艾莱乌）两省。这两个省没有海岸线，辖内全是高山，植被茂盛，满山都是高三四十米的合欢树。有的树干直径达3米，整个树冠就像一把大伞。这是我见过的最大的树。这些"大伞"下长满了"野"咖啡树，都没有人管理。当地人说这种"大伞"树是当年葡萄牙人为了在东帝汶种植咖啡而大力推广种植的，因为阿拉比卡咖啡树只有在树荫下才能生长。在东帝汶只要看到这种大树就等于看到了咖啡，东帝汶能出品好咖啡全靠这种大树。但有时候大树也会给我们带来麻烦。这里的雨季可以连续100天每天都下雨，土壤都被雨水泡软了，只要一刮风，因树冠太大，树就有可能被吹倒。倒一棵大树就毁了一片咖啡林，如果树倒在路上我们的交通也会被阻断。

在我们到达东帝汶两个月的时候，运设备的集装箱终于到了。从建设到仪器的组装、调试，到出第一份检测报告我们只用了十天时间。实验室正式建立起来了，当地人都对我们竖起大拇指，说中国人做事情真快！消息很快传开了，很多地方种植咖啡的农民都希望我们可以帮助他们做检测，一些农民甚至带着泥土过来，希望我们能给他们带来帮助。我们更加频繁地出入各个山区。当时正值雨季，蚊虫肆虐，有些同事得了疟疾，没多长时间我自己也得了"登革热"，在床上躺了一个多星期。大家纷纷病倒，导致工作暂停了一段时间。很庆幸我们的身体陆续康复，工作也逐渐恢复正常。等开车进到山里的时候，我们发现山上原本青色的咖啡果已经开始变红了。东帝汶的雨季快结束了，天气也慢慢凉快啦！

一个雨季下来，很多山区的路已经变得像泥潭一样，好多地方交通几近中断。但眼下咖啡果即将成熟，这样的交通状况会给咖啡的运输和收购带来极大的阻碍。这时候，公司决定，在咖啡核心产区Ermera建立新工厂。新工厂很快就开始动工了，虽然工程进度没有预期的快，但还算顺利。此后因为新工厂的建设，我们经常要在帝力和埃尔梅拉之间来回跑。

从帝力老工厂到新工厂工地需要一个多小时车程，我们开车走的是沿海公路，一路上经常会看到入港的大轮船、捕鱼的渔船和光着屁股在海浪中奔跑嬉戏的孩子们。阳光那么猛烈，这些小孩的皮肤已经被晒得黝黑。有时碰到热情的小男孩，他们看到我们是中国人，会一直追着我们的车子欢呼奔跑。如果我们放慢车速，他们还会跑过来和车上的人握手。当时新工厂的工程承包给了当地人做，我们不用每天都去工地，但是沿路的人都认识我们，每次去工地一路上都有人和我们热情地打招呼。

三

2006 年 5 月初，我们海边住所的隔壁房屋不明原因地着火了，我们几个同事拎着水桶全力以赴帮助灭火，不知道其实这件事跟之后发生在帝力的暴乱有一些关联。2006 年 5 月 19 日，由于工地做混凝土浇灌，急需一些预埋材料，我和同事就准备开车把材料送上山去。出城的时候看到路上大概有几百人，有的手里还拿着砍刀。人群里有人上前问话，虽然语言不通，但看到我们是经常上山的中国人，就示意放行。人群慢慢向路两边退开了，我慢慢向前开着。快出包围圈的时候，我突然听到车后有人在大声吆喝，从后视镜里看好像有人示意不让我们走。我觉察到情形不对，紧踩油门加速甩开了他们。车子拐了几个弯道后遇到了停靠在路边的我们公司的货车，货车司机连忙让我们赶快上山，他再看看是什么情况。我们刚到工地，货车司机坐一辆摩托车也到了，但是他的车却被那些人抢走了。我们再次打电话到帝力，通信已经中断。晚上又传来一个坏消息，我们本地工人里面的一个工头带着人拿着枪冲去帝力，结果被打死了。这时候下山进城非常危险，就这样我们被困在了山上。当地工人全跑了，只剩了半袋大米。为了填饱肚子，我带领大家翻山越岭找野菜、野果，在泥潭里挖黄鳝。白天还好，晚上没有电，漆黑一片。我们轮流站岗。直到第五天傍晚，我们最后一部仅存一半电量的手机终于响了。我们被告知帝力局势得到控制，尽快下山。因为天快黑了，我们决定第二天天亮后再出发。第二天天一亮，我们鼓起勇气开着车下了山。我们是六天前最后一辆出帝力城的车，六天后又是第一辆驶入帝力的车。快进城的时候，路过六天前出城时那个短暂停留的地方，只见路上一个人也没有，有个集装箱横在路中间，其余路面也用石头封堵着。我们在车上观察了几分钟，见四周没人，小心翼翼地走下车。马路上落满了弹壳，集装箱上也有很多弹孔。我们合力搬开了石头，顺利通过。车慢慢地开到了海边，岸边停了几艘军舰，远处有一些全副武装的人。当时我们不知道该停车还是该继续向前，有人挥手示意让我们向前。四五个大兵用枪对准我们，我把车缓缓地停在了他们跟前。其中一个人谨慎地走过来，让我熄火，让我们全部下车。然后他表明了身份是澳大利亚人，问我们从什么地方来，我们来的地方是否发生了动乱，到帝力干什么。得知是澳大利亚的军人，大家提着的心终于放了下来。我们正在回答的时候，一旁的当地警察摆弄枪支的时候不小心走火，打响了一枪，大兵们所有的枪口齐刷刷地对准了我们，当时我的腿都软了……还好最后我们安全地回到了海边驻地。后来才知道这场战乱是因东帝汶600名退役士兵不满政府所引发的。局势得到了控制后，我们与家人通了电话，报了平安。得知中国三天后派飞机撤侨，再过几天就可以回家了，我们心里非常激动，恨不得马上就飞回祖国，回到家中。但短暂的兴奋之后，接下来的两天夜里我都难以入睡，我一直在想为什么来东帝汶。难道我来这儿就是来经历病痛、经历战乱的吗？走了以后我还会回来吗？走了以后我们辛苦努力建立起来的咖啡实验室怎么办？走了以后我们的设备怎么办？我们肩膀上有一份不可推卸的责任，绝不能半途而废！一切工作才刚刚开始，我想得更多的是让自己留下来的理由。两天过去了，我坚定地选择了留下来。接下来我每天和家人通三次电话，他们虽然不理解，但最后只能尊重我的选择。2006 年 5 月 29 日，我拿着中国护照，完全可以选择登上中国的飞机离开，一走了之，但是我不能丢下对自己的承诺。我目送飞向天空的中国飞机，毅然选择留了下来。

之后的一段时间里，也出现过趁火打劫作乱滋事者，三个一群两个一伙地埋伏在公路边，只要有车子经过就扔石头，砸中了就拍手挥舞。可能当时新政府警力薄弱，对挑衅滋事的小团伙打击力度不够，才会让这些肇事者肆无忌惮，为所欲为。当时我们的咖啡豆收购工作刚刚展开，一切都处于起步阶段，每天开车去工厂也会遭遇砸车，我们心中很是愤怒。但为了保护自己和车上的同事，防止大家受伤，天气再热，开车途中也不敢打开车窗。当时，得知情况的家人很恐慌，反复劝我回国，但我心中就是有一种执着的信念，我的工作还没有完成，职责在身，我必须尽心尽力。再后来，维和部队大量进入帝力，治安终于有所好转。

四

暴乱结束后，因人力资源流失、材料匮乏等原因，新工厂施工建设一度处于停工状态，我们只能继续留在老厂工作。这时咖啡果已经成熟，收购工作刻不容缓，我们公司的工作重心转向了咖啡豆收购工作。这一年我们收购了岛上80%的咖啡豆，我们良好的口碑也在咖农中越传越广，从而成为深受咖农爱戴的企业。最终我们靠实力和信誉成为东帝汶最大的咖啡豆收购工厂。

在咖啡豆收购工作中，我们接触最多的是一些采集咖啡豆的小农户。这些农民黝黑朴实，有些三十来岁却看着像五十多岁。咖啡豆成熟的季节，是我们工作最繁忙的时节，各村各寨的农民们背着装满咖啡豆的箩筐进城来卖。很多人天不亮就等在了工厂门口。工厂门口有一棵直径几米的大树，有的人就枕着他们的咖啡豆包在树底下睡觉。有的在墙脚下蹲守着他们辛辛苦苦摘来的豆子，一看到我们就赶紧扛着他们的咖啡豆围拥上来。卖了咖啡豆拿到钱是咖农们最开心的事了。也有这样的事发生，比如，位于东帝汶东北部的一个省份Baucau（包考），距离帝力122公里，是东帝汶第二大城市，那里的农民因为接

咖啡鲜果

收到的信息不准确，常常扛来花生、大豆之类的农产品。听了我们的解释后他们很失望，无精打采地抱起袋子准备返回，我们于心不忍，还是花钱把他们带来的农产品买下了，心想这些货品拿去厨房做菜也行，要是再让他们来回几百公里扛回家也真是太折腾了。

小农户们卖完咖啡豆后会洗干净双手、捋平衣角走过来跟我们一一握手，感谢一番才离开。有些农民的咖啡豆质量好，卖到了好价钱会按捺不住欢喜，抑制不住激动，再三表态他两三天后还要再来，生怕我们会忘记他。打了几次交道后，我们和咖农成了朋友。他们对我们中国人都很尊敬，远远看见我们就会热情地跟我们打招呼，很是友好。

收购咖啡豆这一决策非常正确，我们因此大获成功。也是在这一年，我们发现了稀有珍贵的原生态麝香猫咖啡豆。在咖啡豆收购旺季，卖咖啡豆的农民进进出出络绎不绝，每天都能收到几十吨。这些收购来的咖啡豆水分不等，要铺在晒场上翻晒，等水分含量合格后才能进入工厂。在检测咖啡豆水分的时候，我发现一个不起眼的老头儿拿来的豆子里会有小结块，等这个老头儿再送豆子来的时候还是有这种结块。我询问他的时候他很慌张，后来终于说出一个秘密：这种小结块是猫大便。原来老头儿是把一截一截的猫大便搓碎了掺在咖啡豆里卖给我们。我让他第二天带着完整的样品来找我，我会给他钱。之后我通过查阅资料、反复研究，最后确认这种咖啡豆就是麝香猫吃了成熟的咖啡果实，经过消化系统发酵后排泄出来的咖啡豆，也就是世界上最昂贵最美味的麝香猫咖啡豆。

这一年，是不平凡的一年，我们经历了战乱，身体也饱受疾病的折磨，同时也更加融入了当地的生活。有好多次帝力的朋友有亲戚、家属从国内过来，第一次见我都以为我是本地人，甚至到了后来，连当地人都以为我就是本地人。

五

在东帝汶工作的这么多年里，我跋山涉水考察过很多咖啡种植园，游历了小岛上的很多地方，收集到了很多资料。小岛海岸线很长，岛上的 13 个县城的集镇都留下了我们的足迹。这些旅程中，不乏一些令人胆战心惊的危险经历。

有一次我和一名同伴去南部城市 Suai（苏艾）工作，返回途中车子坏了，我们修了一两个小时，但仍然是一熄火就启动不了。当时天色已晚，我们也筋疲力尽，见汽油所剩不多，想着开夜车赶路，荒山野岭的，会有更多的不确定性和不可控因素，安全无法保障，于是决定等天亮再赶路。想法一定，我立即开着车子顺着海滩寻找理想的停靠点，恰巧看见一片矮木丛旁有一个斜坡的高地，坡度是完美的 45 度角。当时车子的毛病是熄火就很难发动，我赶紧把车尾倒了上去，车头前倾，拉上手刹，车子妥妥地停在了斜坡上。来东帝汶多年，我总结出了一套生存法则，比如，出门之前一定要把车加满油，车上一定要准备干粮和水，带打火机，带零钱，工具、刀具也一定要备齐，关键时刻都能派上用场。还需要准备一块毯子一件外套，在山林中穿梭时突然就下雨的情况太常见了，山风山雨中一件短袖衣是不足以抵挡彻骨的寒意的。

车子就停在这杳无人烟的海滩上，海浪声此起彼伏。彼时，我们肚子饿得咕咕直叫。吃完东西，夜幕已经降临，胆量小的人在这种环境下根本不敢入睡，而我和同伴伸伸懒腰，一天的劳累疲惫让我们很快就进入了梦乡。

醒来的时候，我们看见了美丽的日出，看见了海滩上好多海龟爬过的足迹，车子旁边不远处是我们昨晚点燃的火堆，已经熄灭。天大亮后，海滩上海龟的足迹引起了我的警觉，我发现其中几个痕迹里明显有爪印，而且爪印中间有一条大尾巴左右摇摆过的痕迹。天哪！我心头一惊，鳄鱼！我们停在了鳄鱼出没的地带！这片海滩肯定是危险区，得赶快撤离。于是我放开手刹，让车子冲了出去，还好火打着了。我们开车驶上了公路，逃离了这片区域。惊险！很庆幸自己逃过了一劫，但想起，还是有些后怕。

因为内乱，新工厂的建设用了差不多两年的时间，后来咖啡豆加工基地总算搬到了 Railaco（莱拉谷）新厂区。2008 年 8 月 8 日北京奥运会开幕，这天也刚好是我们搬进新工厂的好日子。东帝汶当时也派了一名运动员参加，这也是东帝汶独立后第一次参加奥运会。新工厂的大餐厅里有一台大电视机可以用天线接收电视信号，我们公司里面有中国人、东帝汶人、印度尼西亚人、马来西亚人、英国人、尼泊尔人、孟加拉国人、越南人，我召集动员全部员工观看了奥运会开幕式直播。开幕式上热烈壮观的场面震撼着在场的每一个人，刷新了国外友人对中国的认识。我坐在电视机前，内心无比激动，心潮澎湃，作为中国人的自豪感油然而生。

新工厂坐落在一个小山头上，天一黑除了我们工厂亮着醒目的路灯外，周围村庄没有电灯，都黑灯瞎火的（通电是大概五六年之后的事情）。站在山头上，远处的山峦在夜色中连绵起伏，狗吠、虫鸣、青蛙呱呱、蚊子嗡嗡，白天我们挥洒汗水辛勤工作，夜晚则伴随着大自然最美妙的音乐入梦。这般走来，我一干就是十多年，人生中最宝贵的十多年，十几年如一日，与其说我无畏艰苦，不如说是乐观积极的心态让我战胜了自我。生命的意义就在于拼搏，付出汗水才会有收获，信念会让人越走越坚定！

自从我们有了更宽敞的咖啡豆加工区域，搬运工人由原先的几十

李满雄和他的小伙伴

人扩展到了上百人。搬运工人都是来自附近村寨的村民。村民们对我们公司有一种崇拜感，因为我们配有发电机，我们这里是整个山头唯一有亮光的地方。人们心中其实都是渴望光明的，他们应该觉得这里是一个能够指引未来的"照明塔"吧，所以都想进入工厂工作。为我们公司做工，他们每天都能吃上白米饭，这是原本想都不敢想的事情。很多家庭男女老少十多口人，原来的生活是每天躺在板凳上晒晒太阳睡睡觉，睡醒起来仍然饿着肚子，现在他们进入工厂，生活一下子变得崭新而有意义了！

六

东帝汶的饮食文化和中国不一样，他们的烹调方式只有煎、炸、烤。土豆永远是土豆泥，番茄永远是做沙拉。很多菜我们用中国的烹饪方法做出来，比如说青椒土豆丝、番茄炒鸡蛋、红烧肉，他们都觉得非常惊讶。尝了以后，他们觉得味道非常好，赞不绝口。现在工人不仅在公司用餐时吃中国菜，还学会了中餐烹饪方法，回家后让家人也照着做。

八小时工作时间以外，当地人是不愿意再加班的。他们觉得时间到了就应该睡觉，一到星期天，天大的事情那就是去教堂。我们咖啡贸易订单多的时候经常需要赶船，需要通宵工作，开始时说服不了他们。因为文化差异，他们不理解，觉得加班工作不可思议。我们中国人勤劳，有任劳任怨埋头苦干的干劲，对于朝夕相处的当地员工，我们用实际行动做了表率，结局很圆满。村民们拿到了高额的加班报酬，货物出口船期也没有耽误。

几百年前，葡萄牙人把咖啡带进东帝汶，现在我们把先进的咖啡种植、加工、生产技术带到了这里，极大地发展了当地经济，改善了他们的生活，实现了我们的初衷！新工厂建成时，我在工厂旁的空地上种下了一棵木棉树。如今这棵大树已粗壮地挺立于工厂一角，见证着我在东帝汶的青葱岁月。

李满雄　男，1981 年 11 月生，云南洱源人。2003 年毕业于西南林学院，2003—2005 年在云南红塔体育中心工作，进行足球场建设、养护。2005 年参与组建东帝汶土壤分析实验室和组培试验室。2006 年以来一直在东帝汶从事咖啡种植、生产、加工、出口工作。

编导手记

纪录片入口

张澳明

东帝汶国家经过长期战乱，基础设施建设极其落后。我们拍摄的地点都在海拔 1500 米以上的高山上。为保证拍摄效果，我们每天需要往返五六个小时，通过崎岖的山路进入到热带雨林腹地进行拍摄。

在拍摄寻找麝香猫咖啡豆的过程中，我们不仅要避开天然雨林的滑坡泥沼，更要随时防备山林野兽的攻击。麝香猫处于雨林中食物链的底层，蟒蛇等野兽会以麝香猫为食，所以我们进入雨林前都会全副武装，身上涂满防蛇虫的药，带上锋利的砍刀，以应对突如其来的危险。

有一天摄制组准备去往海拔 2000 米以上的高山拍摄咖啡果，行程走到一半的时候下起了小雨。我们在开了三个小时车后停车小憩时，被告知因为下雨至少还需要一个半小时才能到达，而且是否有咖啡果也不能确定。因为时间关系，我们不得不放弃当天的拍摄。下山途中，大家饥肠辘辘，只能在半山腰的小卖部吃方便面补充一下能量。

A Chinese Doctor
in Madagascar

马达加斯加的
中国医生

张广军 Zhang Guangjun

小女孩非常坚强，术后没有哭过一声，没有掉一滴眼泪，也没有使用止痛药。我不知道跟她说什么来鼓励她……我在心中默默地祈祷，祈祷上苍眷顾这个受伤的孩子，眷顾这里的所有人，让他们不再受病痛折磨。

2018 年 2 月很普通的一天，周一，我像往常一样开始忙碌的值班。护理部不停地呼叫着我："张广军在吗？人事科让你立马去，有急事。"我心里一惊：不会是有病人把我告了吧？这段时间也没有什么纠纷啊！我心跳个不停惴惴不安地来到了人事科。

人事科赵辉科长客气地说道："现在省上在选拔援非医疗队的队员，给我们医院一个针灸的名额，你又是党员，这次援非工作要两年……"我的头一下大了，这信息量太大，给我来了个措手不及。我待在一边蒙了，就听见赵科长的说话声，具体内容都听不清了，脑子里一下闪过了无数个问题。

"我决定不了啊！离家两年时间也太长了，我结婚还不到一年，还没有小孩，家里父母年纪也大了。我有困难，要和家里人商量。"我没有立马答应，我是真的有困难。

回到家里妻子正准备着饭菜，我把事情的来龙去脉给她说了一遍，她也拿不定主意。给在老家的父母打电话，他们担心我的安全，也担心家里一摊子事情，要我最好不要去，但最后还是让我自己决定。经过一夜的思考，我初步决定去医院人事科说明一下家里的情况，如果实在不行那就参加。赵科长积极动员我参加，给我讲了援非的光荣历史，讲了医院对这次援非任务的重视，等等。最终我下定决心参加这次光荣的援非医疗任务。

二

甘肃省对口支援非洲岛国马达加斯加。马达加斯加全岛大部分地区位于南回归线以北的热带地区。其国民经济以农业为主，农业人口占全国总人口的80%以上，工业基础非常薄弱，曾是法国的殖民地，1960年宣布独立。自1975年开始我国已经向马达加斯加先后派出了21批医疗队，每批医疗队都在当地赢得了良好的声誉，得到了当地政府的充分肯定。此次组建的是第22批中国援马达加斯加医疗队，共有30名队员，而我非常有幸地成为了其中一员。

2018年的3月份，医疗队开始集中培训。培训期间我认识了有着两次援外经历的老队员董建国、李海山等。听着他们讲述关于马达加斯加的各种事，我心中开始憧憬异国他乡的工作和生活：随处可见黄灿灿的香蕉、芒果等热带水果，各式各样的海鲜，还有那光芒四射的各类宝石，淳朴的当地人民，澎湃的海浪声……就在这幅美丽画卷的感染下我们很快结束了培训。

2018年的11月17日是我们出发奔赴马达加斯加的日子。母亲一早就在厨房忙着给我准备早餐，妻子一遍遍检查着行李，把能带的尽量都给装上！临出门前，我给在老家的父亲打了一个电话。母亲和妻子一直把我送到了中川机场。看着一路白茫茫的雪，想想两年都不能再看到这样壮观的雪景，而那异国的环境还是未知数，心中不免有种不安。真正分别的时刻总是来得这么快。所有队员和家属合影留念后，我简单地和母亲、妻子说了几句话就匆匆走到安检口，一回头看见她们在抹眼泪。隔着安检区域不敢再回头，我怕看见母亲和妻子，我的眼泪正止不住地淌……

从兰州到广州再到马达加斯加首都塔那那利佛，经历了两天的奔波，这也是我第一次连续坐 14 个小时的飞机，现在想想都有点累人。我们医疗队在马达加斯加一共有四个医疗点，我被分配到最为偏远和艰苦的安布文贝医疗点。这个点在马达加斯加的最南端。我们在首都稍做休整。在这异国他乡我们"丢掉了耳朵"，听着一句也听不懂的当地语言很是难受，同时对陌生的环境既好奇也有点恐惧，走在路上我紧紧地跟着大部队，生怕把自己弄丢了。这儿的蚊子和跳蚤非常多，一不小心它们就给我们"红包"……第三天的凌晨 4 点，我们搭乘一架小型飞机飞往南部城市多凡堡，再坐四个小时的汽车来到了我们的终点站安布文贝。多凡堡到安布文贝这段路是坑坑洼洼的山路，短短的 120 公里走了四个小时，路况极差！我这个在国内不知晕车是啥的人，在这次之后坐车总是感觉不舒服。

三

到了安布文贝，我们受到当地卫生部门的热情接待。和第 21 批队员顺利交接后，我们开始收拾打扫各自的房间。还没有完全缓过神来，就有当地医院的工作人员来找："Misy vaovao malade（有新的病人）。"外科医生李志强马上就去处理，一直到很晚才回来。回来后他讲着手术的"奇闻"：这里，医生做手术不戴手术帽，医务室没有洗手的地方，没有器械护士，等等。听得我们目瞪口呆。我们商量以后应对的方法，所有队员一下全都回到了工作状态。这儿极度缺医少药：安布文贝大约有 30 万人口，而这个地区最大的医院本地医生不足

卖水的孩子

10人！药品更是缺乏。第一周是我们极度困难的一周。在这个陌生的环境里，语言不通、缺乏辅助设备、没有药品等问题全部摆在了我们面前。生活中更是不适应。我们都习惯了国内生活用品丰足，在这儿就是普通的一个小物件也成了稀罕物。比如我们需要衣架，结果跑遍了所有商店都没有；这儿降水很少，极度缺水，好多人要买水喝，也就催生了一门营生：牛车卖水。每天都会看见人们赶着牛车以500阿里亚里（约人民币一元）一桶的价格出售水。有一次停水长达二十几天，其间我们没有洗澡没有洗衣服，做饭用的水也是医院用牛车拉回来的水。这儿没有之前想象的海鲜水果，没有沙滩美酒……有的只是黑乎乎的香蕉，黑乎乎的旅馆，黑乎乎的市场及爬满苍蝇的牛肉，还有那黄里泛黑的沙子。人们的生活条件也很艰苦，好多人吃不饱肚子，身上穿的衣服也是黑乎乎的……我们的世界一下变成了黑色。

第一天去到科室我除了惊讶还是惊讶。治疗室特别简陋，摆着几张各式各样的治疗床，床上就一个海绵垫子，有的床甚至就是一块干床板上面铺一张硬纸板。诊室里也没有其他治疗设备，和国内的医疗环境简直没法比。不过这儿的病人很是热情，一看见我就热情地问好："Salame（你好）……"工作中语言交流成了拦路虎，在这儿我变成了"哑巴"。和第一个病人交流了一个多小时还没有把病情问清楚，只能根据患者的症状，通过体格检查，判断出她是一个脑出血后遗症病人。安布文贝人民的生活真是太艰苦了，到处是沙子路，来的病人一般都穿拖鞋甚至没鞋穿。来诊室做针灸治疗，满脚的沙子，得用酒精棉球反复擦拭穴位，消毒后才能做针刺治疗。第一天针灸治疗了26位病人。这里的病人颈肩部及下肢因常年暴晒，皮肤坚硬，进针比较困难，这一天下来比在国内治疗100个病人还要累。

我一边工作，一边抓紧时间学习当地的语言，慢慢地开始适应这个陌生的地方。刚到这儿觉得一切都很新奇，看到了以前在电视里看到的头顶货物的非洲妇女，甚至连圆圆的西瓜也能稳稳地顶在头上；街上的人有带刀的、拿标枪的、拿棍的，还有带枪的，看得人心里直犯怵；路边小摊贩有卖各种瓶子、各种旧衣服的，连那种破得不能再破的鞋也挂在路边卖。某天饭后，大家坐在驻地的院子里聊着天，突然有人说："看，我们的太阳在北边！"大家抬头看后都恍然大悟。大家开始聊着这儿与国内家乡的不同之处，说着在这儿遇到的奇闻趣事，我望着北边的太阳，那是思念的方向……

四

来我们这儿做针灸治疗的病人千奇百怪：有肩关节脱位两年多没有及时处理，导致上臂活动功能丧失的；有不慎摔伤指骨骨折来针灸缓解疼痛的；有急性阑尾炎腹痛来寻求针灸治疗的；有一些得了病找当地土郎中看却又都拖得特别严重……病人们把针灸医生当成了无所不能的神仙。还有，在安布文贝，很大一部分人严重营养不良，有的人一天就吃一根香蕉甚至什么都不吃。随处可见乞讨的人。饮水也极度不安全，这儿太缺水了，下过雨后都会有人用桶把地上浑浊的积水拉回家饮用。他们的衣服很少，遇上变天气温下降，便冻得瑟瑟发抖。有些人冷得上身穿着羽绒服下身却没有长裤穿，很多人甚至没有鞋穿。看到这些我心里很不好受，很庆幸自己生在中国，从此也格外珍惜粮食和水。

一个周末，我刚进到院子里，外科医生李志强穿着白大褂正往外走。他看见我，说："广军，这会儿有事吗？"我说："没事。"他便让我跟着他去给一个病人换药。当李医生揭开盖住小女孩左侧上肢的那块纱布时，一股恶臭扑鼻而来。小姑娘整个左前臂感染严重，肌肉几乎全部坏死，骨头露在了外面，小手已经没有了形状，只剩一点坏肉和发白的指骨。我惊呆了，眼眶霎时湿润了。换药时只要稍微一动，小女孩就撕心裂肺般哭喊，听着让人头皮发麻，实在受不了。我的心在小女孩的哭喊声中颤抖……李医生讲，这个小女孩名叫Georgeline，今年才八岁，一个多月前，不幸降临到了她身上。她所乘坐的牛车翻了，砸伤了她的左侧前臂，开始小女孩的家人没有及时送来医院处理伤口，后来伤口感染了，范围逐渐扩大，优势逐渐加重，导致其左上肢前臂肌肉坏死。小女孩的状态也越来越差，体温升高。家人感觉实在不行了，才送到我们这里来。可是，小女孩的左上肢感染坏死得太严重了，需要进行截肢手术，不然会危及生命。但是现在孩子状态很差，发热、贫血严重，需要输血，控制感染及支持治疗。

2018 年 12 月 24 日，由李志强医生主刀，我们给小女孩做了截肢手术。术前，李医生将全部手术器械认真检查了一遍。手术开始了，麻醉医师顺利麻醉后，李医生逐层揭开小女孩左侧手臂上的纱布，暴露出仅剩骨骼的左前臂。当时在场的医护人员都惊呆了。我心里默念，赶快手术吧，太让人难受了……在李志强医生精心的操作下，手术顺利结束。汗水湿透了李医生的手术衣，但他却丝毫没有手术成功后的喜悦，边摇头边说："太可惜，太残忍……"小女孩非常坚强，术后没有哭过一声，没有掉一滴眼泪，也没有使用止痛药。我不知道跟她说什么来鼓励她，只简单地跟小女孩的奶奶说了几句话，让她照顾好小女孩，放下从国内带来的饼干和糖果，留下我的一点心意，再不敢多待便离开了病房。我在心中默默地祈祷，祈祷上苍眷顾这个受伤的孩子，眷顾这里的所有人，让他们不再受病痛折磨。

五

在非洲，更可怕的是各种各样的传染病。2017 年，马达加斯加暴发了鼠疫，感染了近 2000 人，有 100 多人死亡。在这儿疟疾也是高发病，就在前段时间我连续高烧一周，担心自己得了疟疾，心中惶恐不安了好久。有一天，我注意到医院西北角搭了一顶很大的白色帐篷。我问我的助手，他又是说又是写的，我没有听懂就拿手机查他写的那些单词，是"麻疹"！这是我在国内没接触过的病，是通过呼吸道传播的传染病，当时我心里就有不好的预感。这儿医疗条件这么差，人们的防护意识又这么淡薄，也没有什么隔离措施，我担心疫情会很快蔓延开来。果不其然，没过两天又搭了一顶帐篷，我的助手说现在疫情很严重了，特别是在马达加斯加南部地区尤其严重，短短一周便有27 个孩子得麻疹死亡。我便把这一情况反映给点长。我们医疗队迅速行动起来，把一些急需的对症治疗的药品拿出来给一些孩子用上。后来我们点的药品也不够用了，就急忙将首都点的一些药品调到安布文贝来用。当地民众对传染病几乎没有隔离意识，家里一个孩子得了麻疹，其他孩子还是在他周围玩耍，麻疹病房里也随时可见大人带着孩子来照顾得麻疹的孩子。各种情况让人触目惊心。我们中国医疗队的所有人都行动起来，药房准备药品，各个科室医生宣讲隔离防护，对得病的孩子积极对症治疗。我们也去安布文贝病情较严重的村落进行义诊。经过马达加斯加医生和我们中国医生的共同努力和团结协作，到 2019 年 2 月，疫情得到了很好的控制，我们也得到了当地政府和人民的充分肯定和信任。

　　"在马达加斯加有没有类似于中药的草药啊？"一天我突发奇想问自己。中医通过几千年的发展，有了包括中药、方剂、针灸等完整的中医理论体系，也为我国人民的身体健康做出了巨大的贡献。那么马达加斯加是不是也有自己的"土办法"来治疗一些疾病呢？有了这个想法，于是我在马达加斯加开始踏上了寻医找药的路。外科有一个男护士中文说得不错，我先去问他。从他那里我了解到有一些村落有"土郎中"，会用一代一代传下来的方法治疗一些疾病，有些效果还不错。我让他带着我去找，他说我们去了那些人会不高兴，会认为我们是"抢生意砸场子的"。过了好长一段时间，我的助手突然领我去市场，说是可以看到卖当地药的人。到了市场他指着地上一堆一截一截的树枝、各种贝壳，还有一些白色的球等，说这就是他们用的药——和中药一样，一些植物矿物类的东西。我让我的助手问他们怎么治病，卖药的人只是轻描淡写地说这是治疗头疼那是治疗腹泻的，具体怎么用也就秘而不宣了。

　　在这儿工作时间长了，和当地人的交往也就多了，也会有几个合得来的朋友。我的助手阿得利安就是其中一个。我用蹩脚的当地话和他交流，他也时时教我当地语言。时间长了，有了默契，看病的时候甚至一个眼神他就可以理解我的意思。他带着我步行十几公里去病人家回访，带着我到处找我需要的东西，带着我去吃当地的美食（虽然吃了后拉了好几天

坐着牛车去义诊

肚子，但留下了美好的回忆），带着我去木器厂做一些康复用的器械，等等。还有那个每天拉着自制的木头车（类似于国内的人力车）在街上揽活的小孩子 Dami，今年才 13 岁。这么小的年纪不上学，每天跟着他的父亲拉人或是给别人送东西赚钱。每天早上拉几个医院附近的偏瘫病人来医院做针灸治疗几乎成了他的主要任务。在把病人送来的间隙他会看我给病人做治疗，有时候也会主动给我端着针盘。我便向他问东问西聊几句，有时候也会给他一些从国内带来的糖果，他便像过年一样开心。在马达加斯加印巴人也很多。在安布文贝有一个叫 Selina 的印巴人对我们特别友好，我们也逐渐熟悉了起来。在她的热情张罗下，我在她的家里过了一个难忘的生日。她给我们做了一桌子好吃的，特别是当她把自制的生日蛋糕端上来的时候，差点没把我感动得流泪。

在这个落后的、物资匮乏的地方能吃上这么美味的蛋糕，那种感动真的无法形容。还有我们"神奇"的司机 Gegy，我们的帮厨 Madame，还有 Sony、Olafy……这些名字会一直存在我的脑海里，成为美好的回忆。

时光飞逝，来马达加斯加已快一年了。每一个日子，我们在工作中丝毫不敢怠慢，牢记一名中国医生的责任和使命，牢记国家交给我们的援外医疗任务。

工作之余，望着北方的太阳，心中泛起丝丝思念，看着马达加斯加那么多需要救助的病人，心里又生出种种隐痛。愿我手中的银针能帮助更多的病人减轻痛苦，恢复健康。我爱我北方的国和家，也爱着这个坐落在印度洋上的岛国……

张广军　男，1985 年 2 月生，甘肃兰州人。2010 年毕业于甘肃中医学院针灸推拿专业，兰州市中医医院医生。2018 年 11 月参加中国（甘肃省）援马达加斯加医疗队，至今仍在马达加斯加执行援外医疗任务。

编导手记

纪录片入口

~~~~~~

曹旭芳

马达加斯加是位于南印度洋的一个岛国，是一个中国人涉足不深的国家。这个国家有着全世界最漂亮的海滩，最独特的猴面包树、狐猴，却也是全世界最贫穷的国家之一。而我们此行的目的地是这个全世界最贫穷的国家的最贫穷的城市，马达加斯加最南端城市——安布文贝。

贫穷并不是最可怕的，最可怕的是贫穷还遇上大规模的传染性疾病。这里的人们有些从小到大都没有穿过鞋，每天只能吃一顿饭。家家户户即便穷到揭不开锅，都会生十多个孩子。我们采访的法布鲁家里，25 口人，16 个孩子，一家人一天只能吃一把豆子。这里严重缺水，人们就在路边的泥坑里洗澡，洗完澡之后，再把泥坑里的黄泥巴水舀回家喝。市场上苍蝇比牛肉多。这样的环境导致这个地区暴发了麻疹，并迅速蔓延。

我们拍摄的对象，是中国援马达加斯加医疗队的队员。他们就是在这个世界上最贫穷的角落，给这里的人看病，帮助他们抗击麻疹。

在安布文贝，每天都有小孩死于麻疹。我曾亲眼看见一个孩子死去。八个月大的小男孩，长得特别可爱，大眼睛，棕色的皮肤，前一天晚上因为呼吸衰竭被送进医院，第二天一早没有抢救过来。这件事情给大家带来的冲击力太强了，摄制组四人都是第一次亲眼看到这么小的孩子死在自己面前，这是一种无法用语言表达的震撼。在接下来的好几天内，我只要一回到住的地方，人一躺下，一闭眼，这个小孩子的脸就会浮现在脑海里……摄制组的潘璐是两个孩子的父亲，无疑这样的场景对于一个爸爸来说，触动是更大的。我记得，每天拍摄回去之后，他都会跟两个孩子视频，告诉他们这里发生的一切，结束之后一定会跟我们嘀咕一句："我就是要让我自己的儿子看看，另一个世界里的孩子到底过着怎样的生活。他们应该感受到幸福，并且从中找到更加努力读书的动力。"

安布文贝最好的酒店也没有热水，条件不如国内一个普通的招待所。我们不敢在当地街上买任何吃的，十多天的拍摄都是跟当地医生搭伙吃饭。因为只要是外地人吃了当地食物都会拉肚子，甚至得疟疾。然而，相比当地人的生活，我们摄制组的待遇已经是非常好了。人家喝黄泥巴水，我们至少有干净的瓶装纯净水喝；人家住草棚，睡沙地，我们至少有一个单独的房间睡觉。所以，这一路，摄制组四人全程没有一点抱怨。我们知道自己来到的是怎样一个不同的世界，我们明白自己所遭遇的小小困难只是暂时的，而如何准确地将当地人的生存状态和中国医疗队在这里救死扶伤的工作拍摄到我们的镜头里，搜集到我们的故事里，传播给更多的人——这，才是我们真正要做的事情。

The **Watcher**
in the **Corn Field**

玉米地的
守望者

蒋敏明　Jiang　Minming

我们的到来给他们提供了许多就业岗位，每月都有二十多个工人为我们干活。很多家庭因此都置办了家电，如买上了风扇、电视机。

一

　　我叫蒋敏明，2015 年于湖南农业大学硕士研究生毕业，毕业后进入隆平高科，随即开启了我在东帝汶的三年之旅。

　　中国是农业大国，而杂交水稻更是中国的一大特色。因此，以杂交水稻为媒介在东帝汶开启援外项目最合适不过了。2008 年，第一个援东帝汶农业项目杂交水稻一期项目便启动了，之后陆续有杂交水稻二期、三期项目，玉米高产栽培示范项目，到我这里时便是玉米全程机械化高产栽培示范项目。援外项目的实施，为东帝汶农业发展起到了重大促进作用，并且为东帝汶培养了一大批优秀的农业人才。

　　东帝汶是个贫困国家，许多物资要靠外国援助。农业大量采用刀耕火种的方式，导致砍伐森林和水土流失现象严重，严重破坏了当地生态环境。东帝汶近海的石油天然气开发极大地补充了政府的收入，天然气通过管道输送到澳大利亚。到了东帝汶，我发现这个年轻的国家虽然比较落后，但人人都有较充足的食物。近年来，这个国家政治比较稳定，来过这里的人会觉得这里环境优美，风景宜人。这里确实有很多值得去的地方，比如矗立有巨大耶稣雕像的耶稣山，潜水天堂阿陶罗岛，以及海拔两千多米的塔塔迈劳山等。我在东帝汶三年，由于工作地点都比较偏僻，没怎么去过一些很美丽的景点，非常遗憾。

海边的孩子们

从国内去东帝汶要在巴厘岛转机。我是 2015 年 12 月 11 日凌晨 2 点到的巴厘岛。12 月国内正值冬天，我当时裹着一身棉袄，穿着秋裤，一下飞机热得受不了，赶紧去卫生间把衣服给换了。我在 Harris（哈里斯）酒店住了一晚，第二天早上坐 9 点多的飞机去帝力。

我们公司总部在帝力，但是我工作的地方在南部的纳塔波拉。我到了东帝汶后，在帝力住了两天，第三天下午 5 点多由我们的司机（当地人）开车送我去南部。前半程路是柏油路，虽然有些坑坑洼洼，但还算平坦，有一段沿着海边悬崖的路，很窄，靠海这边没有护栏，当地司机开起车来很狂野，虽然可以欣赏到大海的美景，但是第一次坐车经过此地难免会提心吊胆。在这段路的旁边，经常可以看到坟墓，据说墓主都是发生车祸就地埋葬的遇难者。过了马纳图托就开始走山路了，路面崎岖，车子轮胎磨损十分严重。12 月份正值当地雨季，许多地方泥泞打滑，道路损毁严重。一路颠簸，全程大概花了六个小时，到基地时已经很晚了。其他同事都已经睡了，是曹拥军老师接待了我，那天晚上我吃了他做的牛肉，味道很不错。

我们在南部基地的住处，是租的当地地主家的房子，一座砖制建筑。三室一厅，每间房 10 平方米左右，租金 150 美元一个月，这在当地可以称得上是豪宅了。这个国家实行的是土地私有制，这所房子的主人拥有上百公顷的土地。

当时援外项目还没有正式启动，我们在这边的工作主要是进行水稻生产和辣椒制种。我们请当地农民为我们干活。他们皮肤黝黑，男人都喜欢带一把砍刀。砍刀是他们主要的劳动生产工具，除草用刀，砍椰子也用刀……

二

纳塔波拉是我来东帝汶的第一个驻地。这个驻地一般只有四个中国人，曹老师、孙老师、王老师和我。这里的自然生产条件良好，常年光照充足，水资源充沛，一年四季均可进行生产。我们在这里承包了地主家 60 多公顷土地，进行水稻种植和辣椒制种。这里的土地和劳动力都十分廉价，地租按水稻十分之一的产量支付给地主，人工则是 5 美元一天，但相对于当地人均 25 美分每天的消费水平来说，这已经是比较可观的收入了。我们的到来给他们提供了许多就业岗位，每月都有二十多个工人为我们干活。很多家庭因此都置办了家电，如买上了风扇、电视机。2015 年，我们在纳塔波拉初次开展辣椒制种试验。辣椒制种需要人工授粉，授粉时每亩地约需五人共同操作。第一年辣椒试种了 2 亩（1 亩 ≈ 667 平方米），取得了比较好的效果，产量和国内相差无几，于是在 2016 年，公司决定将试种面积扩大到 20 亩。用人高峰时，附近两个村的农妇差不多都让我们请来工作了。

我在纳塔波拉待了五个月左右的时间，公司又安排我去了马纳图托。这次去马纳图托是和当地农民合作开展水稻生产，当地农户负责生产，我们给农户免费提供一些农资。我们公司在马纳图托有比较坚实的群众基础，因为，2008 至 2014 年，隆平高科在这里执行了三期杂交水稻示范项目，教会了当地农民水稻种植技术，因此这次开展工作比较顺利。马纳图托基地大院修建得比较好，是 2008 年公司在这里实施水稻项目时修建的。院内种植了花草树木，硬件设施比较好。但是来这里工作确实比较孤单，空旷的院子里只有我一个中国人另加一个当地门卫和两条大狗。尤其到了晚上，特别难熬，四周一片漆黑，又孤单又恐惧。

刚开始开展工作，交流是一大问题。当地人说的是德顿语，我完全不懂。领导给我安排了一个助手，他的名字叫 Nabasi，是东帝汶农业部的技术人员，曾来中国参加过农业培训，会说英语，这样我还可以跟他进行简单交流。Nabasi 家就住在附近，每次我都会请他开着摩托车载我去村里推进工作。我们一起到田里查看病虫害情况，一旦发现问题会及时通知农户进行处理，农户有什么需求也会通过 Nabasi 跟我说。这里的农户种田不使用化肥、农药，农作物产量比较低，我们会免费提供一些化肥、农药给他们。

三

2016 年 7 月，公司在 Liquica（利遂萨）建立了一个养虾基地。这个养虾基地是之前印尼人留下来的，现在归东帝汶政府所有。这里有八个鱼池，依海而建，每个鱼池面积为 4 亩左右。这个地方的风浪很大，晚上睡在房间里可以清晰地听到海浪的声音。

我们的养虾基地成立之初，公司请了两位从福建来的养殖技术员。

他们来之后，发现养虾基地存在很多问题，最大的问题就是海水抽不上来。因为我们不了解情况，之前抽水用大功率的潜水泵去抽，可是到了涨潮的时候，海浪就会把水管冲毁。海边都是沙滩，根本就没有能固定潜水泵的地方，抽不上来水也就养不成虾。本来以为这边的一切设备都已经齐全的两位技术员，到了这里却发现现实与理想存在着很大的差距。最后，他们也因为适应不了这里的生活而辞职回国了。

他们回国后我又一个人坚守着基地，等待着下一位技术员的到来。在这期间，我和公司其他人员讨论决定建造一口"沙井"——就是在沙滩下面深埋钻了孔的水管，通过压力渗漏使水进入管道，再通过抽水机将水抽入池塘。沙井最后终于建好。水有了，技术员也来了。我们从印尼买来虾苗并将虾苗投入池塘，从此，开始了海水养虾。

东帝汶虽然靠海，但在市场上却从来买不到鲜活的海产品。在炎热的天气里，渔民将打上来的鱼挂在扁担上在大街上寻找买家，或是一些鱼贩子直接将鱼放在桌子上卖，由于冷鲜技术不够，鱼很容易发臭。很多海产品还需要进口，尤其是大虾。这次我们在东帝汶进行海产养殖，开启了东帝汶海产品自给自足的模式。同时我们这个基地也承担了中国政府援东帝汶海产养殖培训班项目，为他们培训养殖技术人员，一批东帝汶学员在这里学习。

养虾基地运行稳定之后，公司又让我回到马纳图托。由于之前在南部纳塔波拉的辣椒试种取得了成功，这次，我们决定在马纳图托与农户合作开展辣椒制种工作。在开展合作之前我们在当地村长的帮助下召集村民开了个动员会，给他们讲解合作模式，明确彼此责任。具体来说，就是我们提供辣椒种子，负责育好秧苗并派技术员全程指导村民的种植工作，农户这边负责出田地及劳动力，进行种植。生产的种子我们将以每千克 55 美元的价格收购。

为马纳图托农民赠送种子

在动员会上，村民们纷纷表示愿意合作。于是会后我就去督促他们以推进工作，工作的首要任务就是要他们按要求整理好土地。可是，会上说好的愿意合作，会后却不了了之，大部分人以没有平整土地的机械为由推辞，只有一个叫Joking的农户比较积极，他和他的一个朋友合作整理出了一亩地。其实我觉得主要原因是他们不知道辣椒制种到底能不能给他们带来收益，因此积极性都不高。既然如此，那我们就以Joking和他的朋友为突破口，在他俩整理出来的这块地里做示范。

Joking他俩挺配合工作的。他俩整理好土地，我们把育好的苗送给他俩，并给他们送去肥料。我基本上每天都会去他家看看，帮他们解决问题。

辣椒制种最重要的环节就是授粉，需要手工一朵一朵地进行。在花期则需要连续授粉一个月，并且需要集中人手，把开的花都授上粉，授粉越多就意味着产量越高。花钱去外面请人，他们舍不得，于是就发动自己家的孩子一起帮忙。

经过几个月的辛勤劳作，他们迎来了丰收。最终，他们收获了 34 千克的辣椒种子，获得 1870 美元。这对他们来说已经是很高的收入了。我们和 Joking 的合作取得了令人满意的效果，在当地起到了良好的示范作用，为来年扩大合作打下了坚实的基础。通过在当地建立合作社，我们为农民找到了一条增加收入的途径，为他们提供了更多的工作岗位，也提高了他们的劳动意识。

四

玉米机械化示范项目是 2016 年 10 月份正式启动的。东帝汶国家人口密度低，但由于缺乏农业机械设备，土地得不到很好的开发和利用，很多田地都荒芜着，粮食依赖进口，粮食不能实现自给自足。这次玉米机械化示范项目也是希望帮助东帝汶切实提高农业生产效率，改变他们传统的农耕方式，从而实现粮食的自给自足。

项目基地在纳塔波拉，位于当地一所农校附近。我们希望以此为核心区，通过示范，最终能够将玉米机械化栽培技术辐射到整个国家。除了做田间示范，我们还会定期为当地的学生及农业部的一些官员上培训课，给他们讲解一些理论知识。

我们项目组总共有六位专家，其中栽培专家曹拥军老师是我们的核心骨干。曹老师是老援外专家了，我刚到东帝汶时他已经在东帝汶待了两年了，他当时是在东帝汶执行水稻项目，也是我学习德顿语的启蒙老师。他在这边的生活经验丰富，当地语言说得很流畅，不仅会种地，还会做各种维修工作，做的饭菜也很好吃，来了客人一般都要他下厨招待。他几乎是全能的，和他在一起工作我们都觉得很踏实。

平时工作中的核心区都是曹老师在负责，如果有培训的话我会制作一些课件。2018 年 4 月份曹老师要回国休假两个月，基地建设的重任就落在我的身上了。曹老师走后只剩我一个人在基地。白天我带着工人在玉米地里干活，晚上四周一片漆黑，我就早早地上床休息。院子里养了几条大狗，算是我的保安。

东帝汶 2002 年独立，是亚洲最年轻的国家。为了帮助这个年轻而贫穷的国家，国际社会纷纷伸出了援手。

像我这样在国外工作的青年数不胜数，我只是援建大军中的普通一员。我们挥洒着青春的汗水，为"一带一路"建设贡献着自己微薄的力量，为构建人类命运共同体散发着自己微弱的光芒。我们在自己的工作岗位上，或许还来不及认真、仔细地思考过工作的意义，只是努力完成好自己的任务，在不知不觉中或许就留下了自己的足迹。

2015 年 12 月到 2018 年 8 月，我在东帝汶待了近三年，我每年只有一个月的假期能回国陪伴家人。出国时我的孩子只有一岁半，等我回国已经四岁多了，我到现在仍十分怀念那些在东帝汶的日子，怀念那里的风景，怀念那里的同事。

~~~~~~

蒋敏明　男，1989 年 8 月生，广西桂林人。2015 年毕业于湖南农业大学农学院作物栽培学与耕作学专业。同年入职袁隆平农业高科技股份有限公司，现就职于湖南袁创超级稻技术有限公司，主要负责水稻区域试验、品种比较试验及新品种栽培示范等。2015 年赴东帝汶执行援外农业项目。

编导手记

纪录片入口

李倩

　　东帝汶，一个位于赤道边上不分寒暑的神奇国家，一个全国都被热带高气压笼罩的国家。即使来之前我做了很多功课，但到了以后，还是被它震撼到了。这次去东帝汶，我们总共拍摄了九天，但这短短的九天，一点都不平凡。通常来说，我们去一个地方旅游或出差，总要带回一些当地的特产，但我们这次去东帝汶拍摄，带回来的"特产"不是别的，就是拍摄队全员身上的两百多个蚊子包。这次我们拍摄的场景主要是在玉米地，各位摄像老师和导演为了寻找一个好机位，常常在地里一蹲就是几个小时，一天下来，我们都"中了招儿"。这些蚊子也仿佛知道我们来自异国他乡，专咬我们，本地人反倒没事。拍摄结束后，我们每个人身上都光荣"挂彩"。来东帝汶之前，我们就了解到当地有一种叫登革热的疾病，这种病是一种急性传染病，可通过蚊虫传播，有一定的潜伏期，重症登革热甚至会致人死亡。到了东帝汶后，我们发现这里蚊子极多，不免有些担心。不过，即使条件如此艰苦，每天都被蚊虫叮咬，我们也没有停下过拍摄的脚步，也没有一个人因此而退缩，大家依旧奋斗在新闻的第一线，甚至成为拍摄最快的团队。

　　在东帝汶拍摄的这几天，给我留下最深印象的不是其物资的匮乏，而是生活条件的艰苦。在东帝汶，洗澡变成了一件痛苦的事情。这里的生活用水并不干净，从井里打出来的水里布满了水藻，需要自己用小壶烧过一遍之后才可以用来洗澡。洗一次澡，往往需要烧两到三壶水。男士们嫌麻烦省去了这个步骤，女士们无奈坚持，但烧干净的水里往往还有一些水藻，我们只能戏称是做"SPA"了。除了用水困难以外，当地的高温对于拍摄也是一种挑战。摄像老师们每天顶着烈日站在玉米地里，几天下来，大家不但黑了一圈，更有甚者，被晒得褪了一层皮。

来到东帝汶，我才真正对贫穷有了一定的了解，偌大的一个城市里竟然没有一家正规的酒店。在东帝汶拍摄的前几天，我们这一群传播科学的无神论者却住在了修道院。这里几乎没有信号，和国内进行通信联络非常不便，平时最强调时效性的新闻记者却和国内"失联"了。通信不便使我们备感孤独，被采访的主人公更是一个在异国的"独行侠"。他来东帝汶进行农业技术援助，多数时间里，身边没有一个熟人，他和他的狗相依为伴，在异国的土地里耕耘着自己的青春时光。

在来东帝汶的路上，我们对这个国家有过很多幻想，但万万没想到，刚下飞机，东帝汶就给了我们一个天大的"惊喜"——我们被关"小黑屋"了！我们带了两台拍摄机器，东帝汶的海关负责人以为我们是倒卖机器的商人，任凭我们磨烂了嘴皮，也不肯放行。异国他乡，语言不通，再加上海关工作人员的反复盘查，让我们几乎万念俱灰。隆平高科接待我们的负责人听说我们被海关扣留以后，第一时间赶到了现场。通过现场与海关一个多小时的交涉，在我们写下了保证书之后，海关终于放行。入关时的"意外之喜"给我们当头浇了一盆冷水，所幸大家热情不减。在之后的拍摄中，我们虽然也遇到了很多困难，但是大家都一一克服，为东帝汶的拍摄任务画上了完美的句号。

Negotiating
in Africa

谈判
在非洲

孙钦勇 Sun Qinyong

2015 年我去了阿达玛砟场，做的工作大同小异，主要是管理劳工、对外协调。那里的土狼比阿瓦士的更多，晚上经常能听见不远处它们那独特的叫声。

一

　　2012 年底我从加纳回国后没多久，有同学联系我说埃塞俄比亚那边有个铁路项目在招聘翻译，问我要不要过去。我想反正已经在非洲加纳待过了，非洲的热也已经领教过了，何不再去另一个非洲国家看看呢？隐约记得中学地理课本上有关于埃塞俄比亚的介绍，把埃塞俄比亚高原称为"非洲屋脊"。嗯，我想去非洲的"屋脊"看看。

　　2013 年 6 月，我从山东临沂出发，由北京首都国际机场乘坐埃塞俄比亚航空公司的航班，经过九个多小时的飞行，降落在了亚的斯亚贝巴博莱机场。我终于来到了地理课本上、纪录片里见过的地方——埃塞俄比亚（以下简称"埃塞"）。埃塞六月的清晨，空气中还弥漫着些许凉意。这让我吃惊不小，埃塞比加纳凉快多了。出海关后，我和同行的同事们一起登上了公司的大巴车。一路上我半睡半醒，也没仔细看沿途的风景，唯一印象深刻的是车窗外的那片蓝天白云，像是高清电脑桌面。那年亚的斯亚贝巴到阿达玛的高速公路还在建设中，没有像现在这样平坦的道路，我们一路颠簸着来到了营地。

　　远远望见一处营地门口红旗飘扬，我猜想那应该就是我们的营地了。果然，车从柏油路上左转开向红旗飘扬的营地。我当时想，这就是我要工作的地方了，内心充满新鲜感。后来我了解到营地位于阿达玛的

Mermersa（莫默萨），是我们埃塞铁路项目部，也称铺架基地。

营地里的建筑物都是整齐排列的蓝顶白墙的板房。其中，正对大门口的是一幢两层的板房，其右侧有一个水池，紧挨篮球场，球场边是整齐排列的普通板房。下车后，一个男声传来："谁是孙钦勇？"我答应了一声。"跟我来，我带你去宿舍。"这个人就是我的部门经理——姓陈，比我大几岁，后来我就一直喊他陈哥。我所在的部门是劳工部，主要负责当地劳工管理、对外协调等工作。作为新人，一切对我而言都是未知的，陈哥给了我很多工作和生活上的指导与帮助，让我尽快地适应了这边的工作和生活。

埃塞的六月开始进入雨季，我也逐渐进入了工作状态。7月20日半夜，狂风暴雨，由于当天下午就已经开始下雨，沟渠终于承受不住骤增的雨量，洪水决堤冲着营地而来。我做梦都没想到在遥远的非洲会遭遇洪水。那一晚我本来还在担心板房的屋顶会被狂风刮走，正筹划着没有屋顶后该如何避雨，万万没想到水已经透过门缝涌了进来：我完全担心错了方向。隔壁的同事让我从窗户爬出去，因为一开门水会全部涌进屋里。爬出了窗户，一脚踏进凉水里，雨滴打在身上，我浑身一阵哆嗦。"我不会游泳"，当时我脑子里闪出的念头竟然是这个。前面的同事转头看到我惊恐的面容，让我抓住他的衣角，就这样我拽着他的衣角转移到了安全地点——那座两层板房，也就是我们的办公楼。此时营地的围墙早已被洪水冲垮，一眼望去感觉水流没有尽头。

二

我们办公室里有个叫 Tsebaot 的会计，英语很不错，所以她除了做会计方面的工作，还会帮我们做翻译。我们跟她说英语，她再翻译成阿姆哈拉语。她比我来项目要早，很多事情我还要请教她。我从她那儿也了解了不少关于埃塞俄比亚的知识。比如埃塞有八十多个民族，语言也有八十多种；官方语言虽然是阿姆哈拉语，但是在奥罗米亚州，如果跟法院打交道，文件资料就要用奥罗米亚语；埃塞首都亚的斯亚贝巴，亚的斯是"新"的意思，亚贝巴是"花朵"的意思。每当说起埃塞是唯一没有被殖民过的非洲国家，她脸上满是自豪。这也是其他埃塞人身上普遍存在的——非常强烈的民族自豪感。

由于她经常跟中国人一起处理劳动争议，引起了一些当地工人的不满，所以有些人会威胁她。我问她会不会害怕，她说会，但是她觉得自己做的是对的。每个月末发放完工资后，都会有工人过来找她，质问工资为什么不对。她就会找出考勤表耐心地进行解释，工人最后无话可说，悻悻离去。她说，只要工资比上个月少一些，工人首先考虑的是工资算错了，而不会想到是自己缺勤或当月没有加班。

我们的营地有联邦警察驻守，负责营地安全。慢慢地我跟他们都熟悉起来。一个叫 Gezahegn 的联邦警察跟我比较亲近。他不会讲英语，但想跟我交流，便总是用一大串阿姆哈拉语夹杂个别英语单词跟我说话，听得我云里雾里，惹得他队里其他人哈哈大笑。

刚到铺架基地的时候，我只要没有其他工作安排就会去轨枕厂、制梁场学习观察，并记录一些流程，学习怎么翻译。因为埃塞铁路公司，我们的业主，经常会派人来参观视察，翻译人员要负责解释说明，所以我们得提前学习一些专业词汇。由于我之前从来没有接触过工程类的工作，见到什么都很好奇，时不时问现场的施工人员这是什么，那是什么，并记录在小册子上，确实学到了不少东西。在现场作业的中方人员也总是耐心地回答我的问题。

我们项目除了修铁路的任务，还有一项重要任务就是培养当地技术人员，通过工作，传播技术知识。我们雇用了很多埃塞工人，跟中方人员一起工作。开始的时候，由于语言问题，中方人员跟当地人沟通困难，推进工作难度很大。但是中方人员跟当地人工作时间久了，竟然"发明"了一门新的语言：四川话加英语加阿姆哈拉语的混合语言。正是通过这门语言，项目中方人员和当地工人的工作得到了更好的沟通，保证了工作顺利完成。

因为我每天都去现场，所以在短时间内我就交到了一些当地朋友。每次去工地都会有很多人热情地和我打招呼。我跟他们学了几句阿姆哈拉语，都是些简单的问候语。当时还计划着把阿姆哈拉语学会的，但是后来没有坚持，至今想起来还觉得非常懊恼和遗憾。其中有一个轨枕厂的工人非常想跟我学习汉语，要了我的电话号码，但是他是学生，当时只是利用假期在工地上班，开学后他就回去上课了。

在现场学习的时候，我还时不时地给中方人员和当地人员的交流做一下翻译。其实有时候我发现，他们用"新语言"交流起来比我翻译的好多了。因为埃塞这边人普遍受教育程度低，很多人不会讲英语，我又不会阿姆哈拉语，无法跟他们直接交流。结果，反而是我的交流受到了限制，还比不上那些不会说英语的中方人员用混合语言跟当地人交流来得实在。

三

每年的 9 月 11 日或 12 日是埃塞俄比亚的新年。埃塞使用自己的传统日历，比公历少近八年。比如说 2015 年 9 月 12 日埃塞新年时，埃塞传统日历才到 2008 年。所以说，在这里我们都变"年轻"了，时光在这里可以"倒流"。

2013 年 9 月 11 日，埃塞新年，我和 Tsebaot 到工地给当地工人发节日补助，工人们放了假，都高高兴兴地准备回家庆祝新年。家家户户买鸡买羊，换上节日盛装，等待新的一年来临。这里虽然没有国内过年时的张灯结彩、鞭炮齐鸣，但是我想他们也应该和我们过年时的心情一样，期盼全家团圆，希望来年事事顺利。

　　驻扎在营地的联邦警察不能回家，但是他们也开始兴高采烈地装饰房间，准备迎接新年。我们给他们准备了啤酒、羊肉。联邦警察 Gezahegn 跑到办公室来，用他的混合语言叫我给他打印"新年快乐"的字样，他要贴在房间里，营造节日氛围。我特地用艺术字体帮他打印出来，这样漂亮些。他高兴地用阿姆哈拉语对我说："Amah Sigah Nalu（谢谢）。"

　　他们准备齐全后就邀请我们到宿舍跟他们一起庆祝新年。宿舍地面上铺满了一种叫 Engicha 的青草。Gezahegn 抱着收音机跳着舞，他的舞姿让大家笑得前仰后合。当地厨娘在准备着埃塞传统的咖啡，一张小桌子上摆满了咖啡杯，一个小炉子，炭火上坐着咖啡壶，旁边还燃着不知

一家老小去赶集

名的香料，烟雾袅袅，很好闻的味道。

2014 年元旦过后，我去了阿瓦士砟场工作。阿瓦士砟场离铺架基地大约有 120 公里，乘车需要近一个半小时的时间。阿瓦士砟场的负责人姓胡，当过兵，为人豪爽仗义，大家都叫他胡哥。我的主要工作是管理劳工和炸药库。砟场需要爆破作业，所以有专门的库房储存炸药。库房由联邦警察和保安看守，炸药入库出库都要做好登记，并与当地炮工核对好数量。

每个周末我们需要到一个叫阿瓦士色贝特的地方去采购，那里有一个集市，可以买到很多蔬菜。这边的菜市场不比国内，菜的种类没那么齐全，有时候偶尔遇到一些不常见的菜，我也会买回去给大家尝尝鲜。去阿瓦士色贝特要经过一个大峡谷，阿瓦士河从峡谷流过。每次从峡谷的桥上通过，都能望见谷底奔涌的河流，尤其在雨季，水量更大一些，更显得澎湃。

砟场外围有很多刺槐和骆驼刺，我刚去没几天尝试开车时就把车开到了骆驼刺丛中。骆驼刺堪比铁钉，第二天一大早我就看见胡哥他们在换轮胎。一次我在砟场外散步时，看到一棵仙人掌，就把它移栽到了院里。这边仙人掌很常见，开黄色的花朵，成片看起来令人惊艳。仙人掌移栽到院里后没多久我就离开了阿瓦士砟场，现在不知道长成了什么样子。按这边植物的生长速度，我猜想应该是很大一棵了，应该也会开出黄色的花，结出美味的仙人果。

因为需要管理炸药库，我经常要去离砟场营地不远的炸药库查看，看看联邦警察和保安是不是在岗。有时候晚上开车过去查看的时候，车灯打过的地方会有绿油油的眼睛在树丛里闪，我觉得多半是土狼。

在阿瓦士砟场我度过了第一个不在家的春节。由于时差，除夕那天，我们在下午 3 点钟就看到了国内的春节联欢晚会。我给亲朋好友打电话拜了年。厨师蒋哥在厨房里准备着年夜饭。我看没有什么能帮上忙的，加上有当地的帮厨在，于是回到屋里看电视。看着电视里红红火火的画面，心里想着以前在家过年的情景，虽然这里也热闹，但还是有些失落。

蒋哥做了一大桌子菜，大家坐在一起吃年夜饭，温暖而难忘。胡哥问我是不是第一次在外过年，我说是的。他说起了他当兵时候的第一个春节，本来战友们说说笑笑挺热闹的，可是有个人想家想得厉害，突然哭了，于是想家的情绪迅速蔓延开来，大家都哭了。听完胡哥的往事我们都笑了，但大家的心里肯定都和我一样，酸酸涩涩的，想念自己的家人。

四

2015 年我去了阿达玛砟场，做的工作大同小异，主要是管理劳工、对外协调。那里的土狼比阿瓦士的更多，晚上经常能听见不远处它们那独特的叫声。我在阿达玛砟场待了差不多一个月，因为色贝空卡营地突发紧急事件，我就又去了色贝空卡。当时有个联邦警察不听指挥，在起吊轨排时大拇指被钢绞线轧断，一时间中方人员和联邦警察的关系变得非常紧张。

我到色贝空卡时已是当晚 10 点左右，铺架施工现场又发生了当地人阻工的事情。到现场后，只见三个人躺在工地上，后来了解到是当地的村民。联邦警察把他们几个人带上车，准备把他们带到警察局，可是半路上他们跳车跑了。后来我找到他们的村主任，说明情况后，他说就是他派那几个人去找工作的。我心想你们这找工作的方式很特别啊！尽管有些不快，但我们还是给他们提供了保安的工作岗位——为保证工作的顺利进行，我们得跟当地村民建立良好的关系。

孙钦勇和当
地人谈判

　　断指的联邦警察也闹得凶，非要抓捕中方人员。他说大拇指断了，以后做不了联邦警察了，要我们负责到底。经过多次协商，双方终于达成一致意见，事件也得以平息。

　　一波刚平，一波又起。色贝空卡村民大规模阻止我们铺轨施工，拦路爬机车，敲打车窗，搞得我们人心惶惶。我天天去找相关部门的负责人，让他们协调处理阻工事件。阻工事件处理好后没几天，又听说一些埃塞人在利比亚被恐怖组织砍头了。当地司机还给我看了斩首的视频，非常残忍、血腥，首都也因此爆发了大规模示威游行。我们很害怕这件事会引发当地人排外，每天都小心翼翼，生怕起什么事端。偏偏这时有个同事和当地工人起了冲突，当地工人找上了门。我和当地翻译一起跟工人谈了半天才把事情平息下去。

　　到了该休假的时间，另一名翻译，也姓郭，河北人，来色贝空卡替换我。休假回来时，听说色贝空卡营地发生了一名联邦警察枪杀三名联邦警察的事件。某天跟别人聊起这件事来才知道，被枪杀的联邦警察里有那个爱听收音机爱跳舞的 Gezahegn，那个哇啦哇啦说着阿姆哈拉语夹杂英语的 Gezahegn。再三确认后，我的脑子里突然冒出他躺在血泊里的场景。

2015 年下半年我从色贝空卡又回到了铺架基地，协调当地律师处理一起合同纠纷案件。当地律师名叫 Getu，很有职业道德，为人正直，风趣幽默。在处理一些与当地人相关的劳工争议、诉讼纠纷、治安案件时，他总是站在公司的立场上考虑问题，给出合理建议。有些当地人会怂恿他，让他不要尽心为中国人工作，要尽力帮助埃塞人。他回答说，不管是中国人还是埃塞人，他都会尽力去帮助，但是要明白是非曲直。

Getu 租的小院里有棵很大的芒果树，每到芒果成熟时，他都会摘一些拿到办公室，让我们品尝。他有一个女儿、一个儿子，有时候他们会来我们办公室玩。他一直邀请我去他家做客，但是由于工作的原因，一直未能实现。直到今年埃塞复活节时，他又邀请我去他家，我才终于兑现了一直说去他家看看的承诺。后来，Getu 把家从阿达玛搬到了首都，开始经营自己的事业，我们见面的机会就少了。

如今，已经是 2019 年 8 月了，又是埃塞的雨季，我已到了亚吉铁路项目部工作。一晃在埃塞已经工作了六年，这些年我看到了埃塞的发展变化，自身也经历了许多变化。我相信一切都会越来越好。

~~~~~~~~~

孙钦勇　男，1988 年 10 月生，山东莒南人。2010 年毕业于菏泽学院外国语系英语专业。2013—2017 年，在埃塞俄比亚大铁项目工作；2017 年至今，在埃塞俄比亚亚吉铁路项目部从事运营和项目维护工作。

张澳明

　　埃塞俄比亚是非洲联盟总部所在地，非洲门户之国，是由中国企业承建的东非第一条电气化铁路——亚吉铁路上的主要国家。亚吉铁路造价40亿美元，是"一带一路"在非洲里程碑式的工程。我们的采访故事就发生在这条铁路线上。

　　我们三人采访小组来到这个陌生的国家一周前，这个国家刚刚结束国家紧急状态，随即又爆发了反政府示威罢工，甚至出现了暴力冲突。边境的游击队也开始"擦枪走火"。因为安全等原因，我们的驻地只能安排在埃塞首都亚的斯亚贝巴。我们每天需要驱车两小时赶到200公里外的项目建设地拍摄，18天往返下来，行程近8000公里，而且路况糟糕，车抛锚是常事。摄制组跟随谈判小组，直接面对处理矛盾冲突的一线。

　　非洲的野生动物充满危险。为了拍摄一组野生河马的镜头，我们一度与河马家族距离只有十来米。事后向导才说，这里河马伤人比鳄鱼还多。一天下午在草原拍摄外景时，我的右耳被一只不知名的毒虫叮咬，半边脸和颈部立马变肿、麻痹，几乎不能说话。

　　我们的驻地海拔近3000米，每天夜里都会因为缺氧而头疼得无法入睡。正值雨季，拍着拍着就突然下雨，雨下着下着就变成了洪水。一天，跟列车外拍，突然刮起十级大风，大雨倾盆，大家只能脱下衣服盖着设备，跑向几公里外的火车站。

Half **Brine**,
Half **Flame**

一半是海水，
一半是火焰

铁思佳 Tie Sijia

科普展定在周末举办，这次，阿里邀请了当地的学生、教师、政府官员前来参观。一个小孩一边认真观看电站简介、珊瑚移植、海龟孵蛋、种子银行等介绍，一边问："这些中国人是干什么的？"

一

　　早上 6 点的东经 55° 12′，一眼望去世界还笼罩在惺忪的睡意中。
绮丽的穹隆和逶迤的街道也改变了通常的形状，像在水墨画里，若隐
若现。坐上前往迪拜哈斯彦清洁燃煤电站施工现场的通勤车，看着窗
外的路灯向后退去。阳光怯生生地漫进来的时候，我才知道，日子就
这样开始了……

　　我叫铁思佳，哈尔滨人，大家都喜欢叫我老铁，目前任阿拉伯联
合酋长国（简称"阿联酋"）迪拜哈斯彦清洁燃煤电站项目现场经理。
我到迪拜工作已经三年多了，之前曾在非洲、南美洲、东南亚等一些
欠发达国家和地区参与组织建设了数十座电厂，然而这次在迪拜建电
厂，对于目前的我来说是第一次也是最艰难的一次，更是最充满挑战
的一次。说起阿联酋的迪拜，首先让人想到的就是其闻名遐迩的"土
豪"，拥有着美艳绝伦的棕榈岛、超级购物中心、高耸入云的哈利法
塔、最奢华的帆船酒店，当然这里还包括有对生态要求最严苛的自然
保护区。在这样一个国家的高端市场中建立中东地区第一座清洁燃煤
电站，而且整个电厂都由中国投资、中国融资、中国总包、中国设计、
中国建造，这是我和我的团队曾经想都不敢去想的事情。我们所经历
的挑战、遇到的困难、收获的喜悦，丰富了我们的人生，让我们成长，

让我们痛并快乐着。

第一次到达哈斯彦清洁燃煤电站项目的所在地，我印象最深刻的是当地50多摄氏度的热浪，茫茫一片平平整整的金黄沙地，和无比纯净蔚蓝的海……电站项目恰好位于迪拜Jebel Ali自然保护区，该保护区于2015年被联合国列为生态与生物敏感区域。这是迪拜有限的海岸线上最后一片原始处女地。阿联酋海洋环境保护组织（简称"EMEG"）紧紧地盯上了这个项目，他们与迪拜政府官员每天都到现场督察。因为在他们的印象中，电厂都是几个烟囱高高伫立在那儿，浓烟滚滚，整个天空被黑烟笼罩着，严重污染生态环境。所以对于中东地区首座燃煤电厂，迪拜当地的环保组织更是"百般照顾"。无论我们拿出怎样的官方数据甚至是最具权威的试验报告来证明：哈斯彦项目是采用燃烧、脱硝、除尘及脱硫技术，实现高效率和低排放双结合，从而保证电厂运行期间的粉尘、硫化物及氮化物指标优于世界同类型机组……当地的环保组织都不认可，他们坚持认为，只要有施工，就会有破坏野生动物保护区生态平衡的可能。虽然我们已经获

哈斯彦清洁燃煤电站项目规划图

得政府的批准，有足够的文件支持，可就是连迪拜政府也拿EMEG束手无策。当时项目时间异常紧迫，在项目初期阶段，各个施工单位有接近3000人陆续进场，如果不能尽快"征服"EMEG，将对项目造成无法想象的后果。项目初期就遇到如此严峻棘手的困难，我曾经无数次想过放弃，但是没有一个可以说服自己放弃的理由。我不断告诉自己，办法总比困难多。同时，作为一个团队的带头人，我的一言一行影响着整个团队，尤其是在海外做项目，自己的言行代表着祖国，作为整个项目的现场经理必须彰显出应有的责任与担当。针对当时情况，我们立即成立了环境法规辨识小组，认真研究当地与环境相关的法律法规，咨询了迪拜市政厅相关的环保要求，并根据《环境影响评估报告》的要求，聘请国际知名咨询公司作为环境顾问，精心组织编制了《施工期间环境保护方案》，作为项目执行过程中环境影响因素的管控程序。同时，鉴于项目地理环境的敏感性，我们对所在地进行了全面的生物多样性调查，详细了解项目所在地生物的状态，并编制了《哈斯彦电厂项目海洋环境与生态调查报告》以及《生物多样性保护方案》等实施方案。历时三个月，我们与迪拜市政厅环境保护部门就有关方案进行了充分论证，最终获得了实施方案的批准，把他们眼中的不可能变成了可能。当时迪拜市政厅环境保护部门的负责人对现场的中国团队竖起了大拇指。我始终坚信付出总会有回报。经过无数个夜以继日的努力，我们终于搭建了整个项目高标准高要求的环保体系。

虽然我们的环保方案多次得到当地政府和环保组织的赞许，但是这只是接受挑战的第一步。记得当时与迪拜市政厅谈判的过程中，我曾做出这样一个承诺：对于哈斯彦电站的环保标准要求，我们将采用世界最高标准。哈电（哈尔滨电气集团有限公司，简称"哈电"）

人在执行整个哈斯彦项目的过程中，将以最大的努力保证对环境造成尽可能小的伤害，用实际行动向国际社会证明我们中国企业海外建设是以充分保护属地生态圈环境为前提的。迪拜哈斯彦电站建成之后定会是这样一幅美丽的画面：在这片海洋中，新的生命不断成长，鱼儿继续穿梭嬉戏，海龟再次回到这里产卵，珊瑚依旧美丽……

承诺的背后是付出加倍再加倍的努力，那时候我真希望自己可以不睡觉，这样才能有更多的时间去完成未完成的工作。这不仅仅是一份工作，更是一份事业，饱含了我所有的青春与热血，怎能不去为之努力拼搏？那时候的我告诉自己和团队，我们不能满足于眼前暂时的成绩，我们更不能畏惧将来不确定的风险，对于我们来说，如何保护海洋中的珊瑚生态系统，以及濒危的鹰嘴海龟和濒危的绿海龟等海洋生物是目前亟须解决的关键问题。

二

2016年11月16日，哈斯彦电厂项目中的系列环保项目——"施工海域珊瑚移植项目"正式开工。施工作业区共计28850株健康珊瑚被移植到邻近的人工岛水下的岩石上。2017年2月8日，通过迪拜市政厅验收程序后，市政厅对哈斯彦珊瑚移植项目正式颁发了验收证书。为了保证珊瑚移植的成功率，我们需要每天分析施工区域未来数天的天气预报相关数据，并根据作业海况对施工方案进行优化调整，只有这样才能保质、按期且安全地完成珊瑚移植作业。同事们总是开玩笑说："老铁，电气专业出身的你，如今开始钻研海洋工程和环境工程专业啦，这跨度有些大啊！"是啊，既然选择了这份事业，你就要爱它的全部。

我们中国建设者在"一带一路"倡议下，重视绿色建设，积极主动联络当地环保组织，履行社会责任，保护环境，突出正面形象，为国家"一带一路"倡议的宣传起到了积极的推动作用。在"一带一路"的中国企业理念中，在工程建设中，不仅濒危动物，属地生态圈里的任何生命都不能因为工程建设而受到非自然的伤害。当时我负责的电厂码头和GRP（玻璃钢管道）安装项目中需要疏浚和回填作业。根据施工要求，潟湖将被征用为沉淀池。当时摆在我们面前最大的问题是潟湖里面的鱼儿将去哪里。在海外项目建设过程中，将"被动"变成"主动"，是一次质的飞跃。考虑到让这些迷失在潟湖中的鱼儿平安地返回大海，作为项目团队领导的我主动邀请EMEG的专家编制了《潟湖移鱼方案》。技术方案里，我们先将捞出的鱼儿放入水槽，由皮卡车拉到100米外的海滩上，然后再用让鱼儿感觉最舒适的方式将它们放回到大海的怀抱。为了在整个移鱼过程中尽可能避免使鱼儿们受到惊扰，技术方案里对如何减轻鱼儿的"压力"设有专文陈述，并谓之"鱼的福利"。比如用手持鱼时应用湿手套；持鱼放鱼时应捧住鱼的身体，禁止提鱼的鳍和尾；应让水槽中每次装入的鱼儿不感觉到拥挤；等等。总之，潟湖里的这群鱼儿在回归大海的旅行中享受到了贵宾级的待遇，说它们是世界上在旅途中最幸福的鱼儿应该也不为过吧。

　　接下来，如何在既能确保施工进度又能不影响海龟正常繁殖之间找到平衡点成了横在我们项目团队面前的难题。根据之前潟湖移鱼积攒的经验和思路，我告诉自己，大的困难已经克服了，如此小的考验不算什么。关于鹰嘴海龟繁殖保护，我查阅和研读了大量的资料，了解到每年三月中旬到六月中旬，濒危珍稀物种鹰嘴海龟将在夜间爬上沙滩产卵。经过认真调研和策划，通过专业环保公司并联合EMEG制

鹰嘴海龟繁殖保护

定了可使施工进度和海龟繁殖两不误的《海龟繁殖期监控保护方案》。方案的具体措施是：科学控制施工照明的辐射角度，以确保夜间不惊扰到海龟；安排专职人员现场巡视，清晨如果发现海龟巢就第一时间对其进行安全围护，并及时将海龟蛋移到孵化区；夏季待海龟蛋孵化后再将海龟放归大海；等等。通过这种海龟保护措施，就能在确保施工的同时不影响海龟的正常繁殖。

三

我带领整个项目团队陆续开展并完成珊瑚移植、潟湖移鱼、鹰嘴海龟繁育监测保护等环保举措之后，本以为可以放松庆祝一下这来之不易的喜悦，然而等待我们的却是另外一场重大而严峻的"考试"。回想起自己的青春岁月，也算是经历了各种大大小小的考试，从来没有畏惧过。但自从来到迪拜哈斯彦项目现场之后，各种"考试"不会留给你任何复习的时间，而且随时还会给你带来"额外挑战"，并且你还要在每次"考试"中拿到"优秀"甚至是"满分"，否则后果将不堪设想。2017 年 12 月 12 日早晨，我们突然接到通知，EMEG 主席梅杰·阿里要给工地附近海域的珊瑚做一次"体检"。其给出的理由是很担心珊瑚的发育情况。之前的三个月，由于海水温度比较高，移植的珊瑚有点褪色。随着冬天海水温度的下降，他们很关心珊瑚的情况是否出现好转。珊瑚体检监考官为 EMEG 的两名志愿者，他们都是迪拜当地海洋工程专业的大学教授。在检测过程中阿里突然要求这次珊瑚体检项目要从原计划的五个监测点增加到十个，并把水质监测的七项指标增加到十项，比如铁离子、总碱度和硒离子等。给珊瑚体检的"医生"包括两名潜水员和一名记录员，以及来自迪拜政府认可的珊瑚保育与检测第三方公司人员。珊瑚的体检比人的体检还频繁，我们一般是一年体检一次，而珊瑚一年要体检四次，这还不包括像这次临时增加的体检。给珊瑚体检，具体项目包括查看珊瑚的颜色、密度，海底泥沙的化学成分，水质，等等，从这些方面可以反映出珊瑚的发育情况。由于迪拜 Jebel Ali 自然保护区内动植物资源丰富，虽然我们每周都会安排相关负责人到珊瑚移植区域进行水质取样分析，每月轮流对不同区域的珊瑚进行水下观测，并撰写详细的环境月报，但珊瑚毕竟是一种脆弱的生物，对于这次抽检，我心里并没有底。如果珊瑚体检结果不合格，环保组织会将数据直接传送到迪拜政府环保部，从而责令整个项目停工整改。那段时间，我的压力真的很大，我在很多国家做过项目，但像迪拜这样对环境保护要求之高的，还真是第一次遇到。

一波未平，一波又起。在焦急的等待中，又出现了新的挑战。有天下午我们正在组织召开施工方的进度协调会，我收到一条手机短信："14点13分，正在铺设海底管道的1500里程海域发生水质报警。"就是这条短信打断了整个会议的进程。我们初步估计是水质排放出现了问题从而引起了水质报警，当我们到达事发现场时，项目业主已经到达，并当即下发了八小时停工整改指令。如果不能在规定时间内找出水质报警的原因，整个项目将面临大范围的停工。当时已经是下午4点多了，当听到项目业主要求我们务必在今天之内处理掉水质报警的问题否则就要停工时，说实话，我的头一下子就大了。首先，我们对防御帘进行了紧急排查。海上一道道橙红色防御帘的主要作用是形成一道道防污屏障，用来阻隔和限制施工区域内搅动的泥沙及其产生的污染物向施工以外区域扩散，从而确保施工区域周围的水体不受污染；同时，防御帘还起到了阻拦海龟、海豚等海洋动物误入施工区域的作用。从环保的角度来讲，这些伸展在海面上醒目的橙红色防污染警戒线，更是一条传达中国企业绿色环保理念的生态保护线，因此，找出引起水质报警的原因并捍卫这条生态保护线，是当前最紧急的事情。然后，我们连接了海上实时监测仪。海上实时监测仪24小时不间断地采集水温、浊度、风向、叶绿素、水流流速等水质和海洋气象参数，以收集详细的报警数据。海上实时监测仪调取的数据显示报警时间为三分钟，但经过对防御帘百分之百的排查、疏浚船的浮管检测和对事故海域采集详细信息，确保所有数据的准确性之后，没有发现任何异常。

我们把海底管道施工现场翻了个"底朝天"，却连水质报警的原因是什么都没整明白。说实话，当时我的心里非常着急，特别担心整个施工会被迫停止。当时，我强迫自己静下心来去思考，为什么会出现三分钟的短时间报警。按理说，如果是工程搅动的泥沙外泄，水质报警应该是持续不停的，这里面肯定有其他的原因。为了打消环保组织的顾虑，我当即决定把水质报警的处理进度在第一时间上报给 EMEG 主席阿里先生。事情就是这样，当你做好了足够的充分的准备，结果往往会比预期的好。"你们的解释很合理，这次报警因为时间太短，证据不足，环保部密切关注，暂不停工。" 虽然迪拜环保部门和阿里不再深究此事，但我还是做出了承诺："你们放心，虽然暂时来看不是施工引起的，但我一定会尽快查出报警的真正原因！"

四

回到办公室已经快晚上 8 点了。回想起处理水质报警的整个事件经过，各种不同的场景不断地在脑海中回放，我下定决心必须找到这次三分钟水质报警的原因。我立即调取水质报警的监测数据仔细地研究起来。来到迪拜项目现场之后，我已经记不清自己熬过多少个通宵了。神奇的是，你越专注于某件事情，时间就过得越快。一转眼，已经是早晨 6 点多，天边微微泛出白光。看着睡在沙发上的兄弟们，我心里特别不是滋味：自己苦点累点没什么，可是这些刚刚走出大学校门的孩子，来到这个项目之后，真的吃了很多苦，承受了很多压力。

我揉了揉泛红的眼睛，想叫醒大家一起去吃个早餐，因为接下来还有一天超负荷的工作在等着我们。正当我准备给司机打电话叫车去买早餐时，就在那一瞬间，脑海中突然进出一个思路："车，运输的工具，当时怎么没有往这方面考虑？"此时我赶紧起身去物料运输组的电脑上调取报警时段所有施工船舶的 GPS 数据。GPS 轨迹的数据结果果真印证了我的猜想。原来，一艘大型船舶经过海上实时监测仪时，其螺旋桨瞬间搅动的泥沙引发了报警，船经过的时间恰好是昨天 14 点 13 分到 14 点 16 分。终于水落石出了！当我第一时间把调查结果告诉阿里时，阿里刚开始的表情是不可思议，紧接着竖起了大拇指："我记得当时已经说过不追究原因了，没想到铁先生比我们还认真，还要执着地加班查原因，这种认真对待环保的态度让我很佩服！"

一周过去了，珊瑚的体检结果终于出来了，珊瑚虫活力、水质 pH、溶解氧浓度……各项指标均无异常。我前往阿里办公室把这个好消息亲口告诉了他。阿里再次由衷地发出赞叹：中国团队在环保方面的细致工作真是让人惊讶！他还提出了想以举办科普展的方式打消人们对于修电站会破坏环境的顾虑。科普展定在周末举办，这次，阿里邀请了当地的学生、教师、政府官员前来参观。一个小孩一边认真看电站简介、珊瑚移植、海龟孵蛋、种子银行等介绍，一边问："这些中国人是干什么的？""这些叔叔来给我们生产便宜、清洁的电力能源，目的是让我们的家园环境更美好。"阿里回答。紧接着，他又对在场所有观展人员说道："整个哈斯彦项目建设重视安全和环境保护，我真切地感受到了像哈电集团一样的中国企业在帮助我们进行环境保护，我很感动。非常高兴能在环境保护工作中看到中国企业的身影，谢谢你们！"其实"老铁"也有一颗脆弱的心，尤其是身在海外，当听到对中国企业中国人这样的称赞，真的很感动。同时我也向大家做出了保证："在 Jebel Ali 自然保护区，请大家放心，我们会悉心呵护，尽最大的努力保护好环境。"

科普展接近尾声时，阿里还告诉我们一个好消息："我们接到世界环保组织的通知，近期将派人到 Jebel Ali 野生动物保护区进行考察，并有意向将该保护区升级为世界级的湿地保护区。哈电集团的施工不仅完全没有影响到保护区的生态，反而更好地保护了周边的环境。"在现场的一片掌声中，我是既高兴又紧张：Jebel Ali 真要变成世界级的了，阿里也会更较真了！哈哈，这就是一种甜蜜的负担吧！

~~~~~

铁思佳 男，1982 年 12 月生，黑龙江哈尔滨人。2004 年毕业于哈尔滨工业大学电气工程及自动化专业，同年入职哈尔滨电气国际工程有限责任公司，先后在苏丹、越南、印度尼西亚、孟加拉国、印度、巴基斯坦、厄瓜多尔及阿拉伯联合酋长国等多个国家从事大型电站总承包管理及技术服务工作。目前为中东区域首个大型燃煤电站——哈电集团迪拜哈斯彦 4×600MW（兆瓦）清洁燃煤电站项目现场经理。

编导手记

纪录片入口

黄 昊

　　迪拜，公众印象中"土豪、奢侈"的代名词。刚接到赴迪拜采访清洁燃煤电站建设者的题材时，我心里掠过一丝小兴奋，心想，这里的采访环境和条件比起非洲国家来，要好很多吧。

　　项目工地位于距迪拜市中心 30 多公里的西南海岸线上，这里远离繁华，没有游客，常年高温，时常刮起沙尘暴。夏季室外最高温在 50 摄氏度以上，即便在冬季，温度也在 20 摄氏度以上。"试想一下，在夏天，我们的工人要顶着烈日和 50 摄氏度以上的高温在室外作业，和待在蒸笼里其实没什么区别，每天都有工人中暑晕倒。"我们的采访对象、主人公铁思佳（我们后来都叫他"老铁"）告诉我。

　　除了恶劣的气候环境，建设者们还要面对近乎苛刻的环保要求。老铁的团队不仅要紧盯工程进度，还要无微不至地"伺候"珊瑚及海岸上、海洋中的其他动植物。负责监督他们项目区域环保工作的阿联酋海洋环境保护组织主席阿里是个特别认真、做事固执的老头。之前在迪拜海岸线建工厂的某国公司就因少量排污被勒令停工并退出迪拜市场。

　　摄制组采取记录式、跟随式拍摄，不过多干预采访对象的正常工作。在摄制过程中，我们随机临时跟拍了多个突发事件，让镜头真实地展现出了"老铁"和他带领下的哈电年轻人"凡事都要整明白"的执着的工作态度，也从侧面表现出了中国企业在国外建设工作中的高标准和严要求，树立了国企出海建设的良好口碑与形象。

Building Wells
in **Kazakhstan**

哈萨克斯坦
修井记

王金磊　Wang Jinlei

作为海外油田一线工作人员，我在心里始终把自己比喻成野狼，我需要做到像狼一样，内心强大无比。可是第一天面对摄像机，我却忍不住毫无掩饰地大哭了一场。

一

　　我是王金磊，来自山东省阳谷县，怀揣着成为国际石油人才的梦想，2007 年加入中石油第一批赴俄国际培养班，在俄罗斯国立古勃金石油天然气大学留学三年。2010 年 7 月钻井工程硕士毕业，同年 9 月加入中石油哈萨克斯坦公司。考虑到钻井工程实践性很强，公司决定先将我派到国内辽河油田钻井队进行现场锻炼。我心甘情愿地深入钻井队基层，从一名最普通的钻井工人开始踏实干起，耐心倾听老师傅们的经验分享，熟悉各岗位的职责范围，与同事们相互配合协作工作，切身感受到了合规操作、安全生产、团结协作的重要性和必要性。后来逐渐接触到 MWD/LWD 随钻地质导向技术，漏、塌、卡、涌、喷等井下复杂情况处理等一系列的高难度复杂工艺，并有幸参与了技术科主办的昭通区块页岩气钻井新工艺项目，还因此在国家核心期刊发表了三篇论文。

　　三年的国内井队基层锻炼，将我从一个懵懂稚嫩的文弱书生，铸就成了一名雷厉风行、敢拼敢干、成熟老练的井队战士。2013 年 7 月我终于加入盼望已久的 PKKR 项目，成为中石油哈萨克斯坦大军的一员。

　　刚到项目组我就主动申请到哈萨克斯坦钻井队前线熟悉情况。刚到油田现场的第一感觉就是，哈萨克斯坦这个国家太大了！放眼望去，一望无际的戈壁滩，完全是"地广人稀"的真实写照，给人一种心旷神怡的新鲜感和开阔感。当年，29岁的我初次来到这片沙漠戈壁滩上工作还真有些不适应，尽管早有准备，但心理落差还是不小，思想斗争很激烈，脑海里反复重现国内辽河油田的绿色美景：大片绿油油的水稻田间仿佛还能听见河蟹的爬动声。七月份的哈萨克斯坦正值盛夏，平均气温超过40摄氏度，时常伴有持续高温警报，有时气温直逼50摄氏度。戈壁滩上的地面温度则超过70摄氏度，扔个生鸡蛋都能烫熟，穿着专业工鞋也照样烫脚，浑身上下尤其是脸上有被灼伤的热痛感，若静止站在这里数分钟不动，估计会被蒸干成木乃伊。对于户外的修井工人来说，最简单有效的防晒方式就是从头到脚用长衣长裤加护脸罩全"服"武装自己，天气炎热干活出汗就算浑身都湿透了，也不能脱衣服暴露皮肤，以防被烈日晒伤，甚至得皮肤癌。修井作业现场施工的特殊性，决定了我们必须长时间停留在户外工作，为了防暑降温，大家经常往工服上浇清水，穿着湿衣服干活，靠水分蒸发带来一丝凉意。我们还必须整天穿着高腰工鞋，小心提防沙漠毒蛇的袭击。

　　沙漠里的气候条件十分恶劣，除了夏天的高温酷暑，还要经受冬天极端严寒天气的考验。每年11月初到来年2月底是沙漠里的冬季，平均气温在零下15摄氏度到零下25摄氏度，也时常出现零下30摄氏度到零下40摄氏度持续极寒天气。狂风暴雪使得野外施工十分艰难，机器设备虽换用冬季专用柴油，也时常被冻凝结蜡，为此冬季施工车辆必须24小时不熄火待机热车。当气温低至零下30摄氏度以下，加上呼啸的西北风，叠加后的体感温度已低于零下50摄氏度。你能想象这是一种什么感觉吗？眉毛结霜，睫毛冻黏在一起，鼻子直滴清水，不能长时间张嘴说话，以防牙齿暴露时间过长被冻掉。因修井设备过于简陋，操作台上没有暖气保温，大家只能靠频繁换班、多喝热水驱寒保暖，大多数同事都是老寒腿，有关节炎，我也不例外。

　　令我记忆犹新的是，来哈萨克斯坦的第一个冬天，在 WTK 油田钻井队各种机车设备故障频发，我们想尽一切办法来抗寒保温抢施工进度，最后，终于提前完成下套管作业。而固井施工正好赶在深夜，我站在户外 15 米高的泥浆槽上指挥观察近两小时，寒风凛冽刺骨，两只脚冻得失去知觉，脸也被冻伤。后来每年冬季脸部和脚部冻伤就会复发。冬季施工困难重重，除了抗寒保温外，还要防备狼群袭击。大雪封路后狼群经常来井场周边寻觅食物，有次在 KV 区块钻井时，晚上我值夜班听见营地的狗总叫唤，便趴在录井房窗户上向外一看，有 20 多只狼正游走在井场里。哈方同事告诉我，辨别狼与狗最简单的方法是观察尾巴朝向，尾巴朝上翘的是狗，向下耷拉着的则是狼。冬天在营地内散步最好三人以上结伴而行，狼喜欢攻击单人而害怕人群。尽管如此，每年仍有员工被狼咬的事件发生，尤其是深夜货车在路上抛锚，司机下车检查车况时。有一年冬天在营地内保安开枪打死了一只狼，仅躯干就超过 2 米。

　　沙漠地区气候多变，夏季酷暑，冬季严寒，年内气温相差近 100 摄氏度。生态环境也很糟糕，附近还有铀矿，放射性物质让人牙齿松动，头发枯黄，鼻子季节性过敏等。可繁重的任务、忙碌的生产、紧张的节奏，让我们根本无暇顾及这些，我很快就适应了这片沙漠里的艰苦，迅速安顿下来，内心也逐渐强大，想得更多的是如何才能把哈方油田钻井队伍打造得像国内钻井队那样，成为能打胜仗的"钢铁之师"。

二

　　起初我担任油田现场钻修井队工程师职务，主管施工组织管理、钻井参数优化、井控安全生产等技术工作。与国内工作内容相比，我在这边的工作对专业技术水平的要求相对没那么高，但需要更多的包容理解、沟通合作、组织协调等综合管理能力。

为提高当地工人的业务素质，我竭力寻找各种机会给员工们上专业技术课，讲解修井技术基本原理和相关施工经验，介绍新型修井工具结构原理和操作方法，建立设备维护保养台账，编写事故打捞实用手册，完善井控安全管理细则，严格执行定期应急演练制度，让基层员工"不仅会干活，还能干好活"，并彻底领悟为什么必须严格遵守操作技术规程，杜绝习惯性违章作业，不断强化规范化操作的安全意识。

另外，我还通过每天交班会、半月倒班会、月度总结会，不断向当地工人灌输、强调中石油爱岗敬业的企业文化理念，让他们明白"你把井队当作家，井队爱你如家人"，以此逐渐转变当地员工的价值观念。慢慢地，一支团结友好、敢拼敢干、积极高效的基层队伍的雏形开始显现。其实我的管理窍门很简单，就是一直提倡使用 "鼓励胜于惩罚"的方式来正面激发大家的工作潜力，而不是一味地打压惩罚。举个小例子，当地工人喜欢在工作时间频繁喝茶聊天，我便提出"谁不喝茶不休息，我奖励谁"。员工们很淳朴可爱，很多人响应我的奖励制度，大家你追我赶相互比拼，很快就形成了一种积极向上的工作氛围，工作效率自然就提高了。我把这种激励方式推广到工作岗位培养中，对那些吃苦耐劳、踏实能干、好学上进的员工持续培养重用，受到了哈方员工们的一致好评。这种激励机制，不仅向哈方员工们展示了中石油国际大石油公司的企业形象，更潜移默化地形成了温暖人心的企业文化和人才培养战略。

欢度节日

三

　　工作之余我发现，哈萨克斯坦人的饮食习惯与中国人差异很大，"肉多、油大、菜少"是其最大特点。我刚来时特别不习惯这里的饮食，但没办法，作为队伍里唯一的外国人，只能硬着头皮适应。可这种传统的民族饮食习惯，长期影响着兄弟们的身体健康，"三高"现象非常普遍，且日趋年轻化。于是我借机向大家宣传中国人的健康饮食知识，通过"菜多、油小、肉少"的方式控制"三高"。由于自然条件受限，能在沙漠里吃上青菜简直是奢侈。但功夫不负有心人，我终于通过多渠道了解到在哈萨克斯坦还真有沙漠种菜的成功案例。为此我专程跑到1600公里外的阿克纠宾油田学习沙漠蔬菜大棚技术，并结合我们的现有资源，用附近牧民的骆驼粪改良土壤，用消防池水浇灌大棚。最终，沙漠蔬菜大棚在我们戈壁滩上试验成功了，兄弟们终于能在戈壁滩上吃到新鲜的绿色蔬菜了。这不但改善了饮食结构，更新了饮食理念，还增强了健康意识，这次大胆尝试竟有了一举多得的惊喜和收获。

在去哈萨克斯坦之前我就听说这里的人喜欢吃手抓饭、手抓面条和手抓羊肉。第一次去哈方朋友家做客，朋友夫人亲自下厨为我们准备了一大份羊肉擀宽面。看着主人用匕首式小刀娴熟地切割着大块羊肉分给大家，我在心里感叹：不愧是游牧民族，手操小刀切肉如此熟练。后来了解到，这是他们的一种操刀习惯，即使切西瓜和哈密瓜的刀式也是如此。大家围着一大盘手擀宽面席地而坐，没有餐具，用手抓着吃。主人见我不太适应，给我准备刀叉，我一想既然已在哈萨克斯坦，就入乡随俗，于是和大家一起用手抓起来。经尝试才发现，手抓吃饭和用餐具吃饭的感觉真的不一样，把拘谨和顾忌全都抛在了脑后，我仿佛又回到了无忧无虑的童年时代，也真正体会到了哈萨克斯坦人民的热情与豪爽。一大家子围着一大盘手擀面边吃边聊，有说有笑，其乐融融。哈萨克斯坦人的饮食习惯，也是他们民族"心齐团结"的点滴显现，后续的工作中也不断印证着哈萨克斯坦工人十分团结互助，内讧情况基本不存在。马肉香肠是哈萨克斯坦人迎宾待客的必备菜。马对于游牧民族来说是十分重要的，为表示对尊贵客人的热情招待，他们不惜杀马待客。

四

哈萨克斯坦男女比例严重失衡。目前男女平均比例为4∶5，但实际上年轻男女比例甚至超过了1∶2，很多女孩嫁不出去。而如果年轻女孩超过26岁未嫁，这辈子就很有可能只能单身了。哈萨克斯坦女孩性格开朗活泼，火辣开放，对爱情更是大胆主动，有时甚至会发生一些误会。2013年我刚到哈萨克斯坦钻井队工作时，年仅29岁，年轻帅气，技术精湛，深得井队工人们的拥护。当时在井队有个哈萨克斯坦年轻女孩，主要负责井队后勤工作，我因和她聊天比较投机，彼此慢慢熟悉起来，有时会从中国给她带些化妆品以示友谊。有一天，她突然向我表白，说她已深深地爱上了我，并一定要嫁给我，不在乎我已经结婚，等等，我吓了一跳，后来费劲解释了很久才让她理解我不能接受这份爱情。之后，为了避免此类误会重演，我都会和年轻的哈萨克斯坦女孩保持一定的距离。

这里有个奇怪的现象，很多女孩都说："我没结婚，但我有孩子。"严重的男少女多现象导致大龄剩女比比皆是，可按照当地风俗，大家都青睐多生孩子的大家庭。大龄剩女们害怕自己孤老一生，尽管嫁不出去，也会找一个自己心爱的男人生几个孩子，让孩子们陪她到老，所以在哈萨克斯坦单身母亲现象比较普遍。

伊斯兰教是哈萨克民族的宗教信仰，大多数人都是虔诚的伊斯兰教教徒，每天会进行五次祷告，每年会进行一次斋月。每天到了祷告的时间点，无论手头工作如何紧急重要，他们都会放下。起初我刚来钻井队时，不了解这些。有次在起下钻时，必须有司钻和内外钳工三人配合进行，然而，在施工中突然有一名钳工要停工祷告，迫使施工中断，也带来了一定的安全隐患。我命令他先把手头工作干完再去祷告，没想到引起了工人们的集体罢工。我这才意识到宗教文化背景的差异。我深刻反思，吸取教训，真正做到尊重他人必须从尊重其宗教信仰开始，补充重要岗位的操作规程，明确要求祈祷人离岗前必须找到他人临时替岗，否则按安全违章罚款处置。

五

2017年10月12日，湖南卫视摄制组来到了库姆克尔油田现场。

作为海外油田一线工作人员，我在心里始终把自己比喻成野狼，我需要做到像狼一样，内心强大无比。可是第一天面对摄像机，我却忍不住毫无掩饰地大哭了一场。当我要回答为什么选择艰苦的海外一线工作时——这里背井离乡，又无法照顾家庭，我原本自诩铁骨铁心，无畏挫折困难，可在情感面前，心理防线一瞬间就崩溃了。这些年，父母和妻子为我付出了太多，尤其对孩子我亏欠最多。在他们最需要我的时候，我大多是在千万里之外的海外工作岗位上，而不是在他们身边。可为什么我选择留下来，道理也很简单，我喜欢自己的专业和工作，从骨子里感觉自己的青春就该属于这样的茫茫戈壁滩。我记得妻子深情地对我说过："身边已很少见像你这样热爱自己专业和工作的人，一个男人为了自己的梦想而执着，我挺你！"

　　我这匹野狼常年奔走于荒凉的戈壁滩上，可每当看到艳丽盛开的郁金香，我的脚步就会不由自主地停下来，静静地欣赏。郁金香是哈

戈壁滩上的采访

萨克斯坦的国花，野生郁金香只生长在贫瘠干涸的戈壁滩上。每年春天汲取稀有的雨水，迅速生长开花。花期很短，一周左右，整个生长期不超过两周。尽管生命如此短暂，但她还是扎根深处，奋力生长，鲜艳绽放，堪称沙漠戈壁滩上的绝美风景！我经常把她比喻成"沙漠姑娘"，她那羞涩的绿叶，艳丽的花瓣，奔放的花蕊，犹如一群无忧无虑的姑娘在尽情追逐玩耍。她把这片深沉孤寂的荒漠点缀得绚丽多彩，也更具有生命活力，让我们这些沙漠守护者不再感到孤单！

王金磊 男，1983 年 12 月生，山东阳谷县人。2010 年毕业于俄罗斯国立古勃金石油天然气大学，硕士研究生。毕业后在辽河油田钻井队锻炼学习三年，2013 年加入中石油哈萨克斯坦公司 PKKR 项目，主要负责油田钻修井现场施工技术管理、安全生产监督和合同成本控制等工作。目前已调任 PK 联合公司 KAM 油田采油厂厂长，全面负责油田现场生产管理工作。

编导手记

纪录片入口

牟鹏民

　　我在哈萨克斯坦最难忘的是两次夜里去拍星轨。第一次从晚上 8 点左右开始拍摄，拍到凌晨 3 点，结果地面上有两个光斑干扰，所以第二天又去拍了一次，从晚上 7 点多一直拍到凌晨 4 点多。当地当时的气温在零下 15 摄氏度左右，我们穿着两条保暖裤都被冻透了。并且因为是在油田不能有明火，所以也不能生火，几个人就靠跺脚取暖待了几个小时。而且，因为是戈壁滩，当地确实有狼。我们去的前一年他们在生活基地里面还打死了一匹大狼。我们在拍摄的时候特别怕有狼出现，甚至还想好了万一有狼出现该怎么往采油机的架子上跑。

　　在当地蔬菜水果市场拍摄的时候，因为没有提前和相关部门打招呼，当地市场管理者（一名体重差不多 200 斤以上的大妈）忽然冲了上来，要抢我们的摄像机，并且把我们扭送到了当地警察局。其间她的几名同伴也都围了上来，几乎要开架了。好在后来由我们采访对象所在的中石油当地公司派安保部和公关部两个部门的当地高管和警察交涉，最终才把我们"捞"了出来。

| **Built Temples**
in **Nepal**

我在尼泊尔
修神庙

郭倩如　Guo Qianru

那一扇在地震时被挤歪的门已经很久没被打开过了，陈旧的锁上盖着火漆印，需要九层神庙博物馆的管理人员和当地士兵同时在场才能开锁。等待的时间很长，我们静静地站在一边，看着一身戎装、身板笔挺的廓尔喀士兵走近。他打量着我们，我们也打量着他。终于，那锁"咔哒"一声开了。如同一个仪式，尼泊尔人把他们的王宫"交给"了中国人。

一

　　地处喜马拉雅群峰南麓的尼泊尔，是佛教与印度教和平相处的交汇点。这里有自北向南穿流而过的巴格玛蒂河滋养着的位于崇山峻岭之中的加德满都谷地，有分布于加德满都、帕坦、巴德岗三大城市的杜巴广场，有斯瓦扬布寺、博德纳特两座佛教圣庙以及帕舒帕蒂、昌古·纳拉扬两座印度教神庙。它们如夺目的珍珠一般散落在谷地中，共同构成了闪耀的"加德满都谷地"世界文化遗产。

　　然而，2015 年，一场突如其来的 8.1 级大地震摧毁了尼泊尔人世代居住的家园，也摧毁了加德满都谷地绝大部分历史悠久、雕刻精美的神庙、民居等古建筑。

　　灾后的加德满都杜巴广场一片废墟，满目疮痍，中国政府第一时间参与援助，迅速组织了国内文物保护专家赴尼泊尔现场考察并制订援助修复计划和方案。

　　由中国政府援助修复的九层神庙及其附属建筑位于加德满都杜巴广场的核心区域，九层神庙及其附属建筑在杜巴广场王宫建筑群中的地位类似于我国故宫的太和殿。

　　1768 年，普里特维·纳拉扬·沙阿国王统一了加德满都谷地，多年后，沙阿的儿子普拉塔普·辛哈主持建设了最高建筑九层神庙及其附

震前的加德满都
杜巴广场

属建筑，作为王室居住使用的新宫。九层神庙在整个沙阿王朝时期都作为王宫使用，也是尼泊尔唯一一座供居住使用的佛塔形式建筑。

九层神庙及其附属建筑延续了传统的尼泊尔建筑形制，即先建造一座回字形的四方庭院，并于庭院四角处各建立一座形制不同的塔。其中，九层神庙位于西南角，层数最高，是加德满都杜巴广场的标志性建筑。相传，国王最喜欢在暮色四合的时候，站在九层神庙高处的窗边眺望自己的王国。看着一缕缕炊烟升起，一个个家庭丰衣足食，想来恰是为人君者莫大的满足吧！

九层神庙整体建筑结构为砖墙承重，木质楼板，外加木构披檐，是尼泊尔马拉王朝时期典型建筑结构的延续，具有鲜明的代表性。其精美的木雕和木门窗是九层神庙最为显著的特点，尤其是用于支撑披檐或屋顶的斜撑上刻满了各式印度教神像，具有极高的艺术价值。

文物不说话，因为她已经听过人世间的万语千言。

时至今日，我最难忘的还是第一次踏足修复项目现场的场景：曾经金碧辉煌的皇宫内院如今已成断壁残垣，绝大部分墙体因为地震造成的挤压，产生了不同程度的变形和开裂；回字形院落内层披檐塌落，碎瓦满地，杂草丛生；九层神庙第七至第九层已完全坍塌，闪耀了几百年的三座金顶不知所踪；东北角塔最顶层被夷为平地，孤零零地被一张铁皮瓦盖着；临街的东南角塔整体向西南方向歪斜，岌岌可危，似乎下一秒就会歪倒塌落，压垮对面的民房……

短暂的静默，交织着遗憾和心痛的静默。

文物修复如同治病救人，肩负着援外任务被派驻现场的文物保护工作者，都堪称身经百战，可每一次面对类似的场景，内心还是会有不同程度的震撼。

那一扇在地震时被挤歪的门已经很久没被打开过了，陈旧的锁上盖着火漆印，需要九层神庙博物馆的管理人员和当地士兵同时在场才能开锁。等待的时间很长，我们静静地站在一边，看着一身戎装、身板笔挺的廓尔喀士兵走近。

他打量着我们，我们也打量着他。终于，那锁"咔哒"一声开了。如同一个仪式，尼泊尔人把他们的王宫"交给"了中国人。

建筑内部比外边的景象好不到哪里去，曾经作为博物馆陈列展示文物的空间蛛网密布，厚厚的灰尘覆盖着曾经透亮的展柜。国王在欧洲留学时使用的跳伞装备，王后大婚时的嫁衣，供各地上报政事奏章的铜盒……和地震前一样静静地躺在玻璃柜里，只是，再也看不清了。

再往上走，不时传来拍打蚊虫的清脆声音，地板缝里黑压压的一片跳蚤。不知道从哪儿来的猴子一家四口牢牢地把守着楼梯口，龇牙咧嘴地不让外来者侵入它们的领地。

"不能打，这是神，尼泊尔满地神明。"眼看随同的翻译正要扬起手里的木棍，现场技术负责人周工连忙说道。周工年过五旬，曾经在西藏主持布达拉宫、萨迦寺和扎什伦布寺等古建筑修复工作超过20

年。周工个性豪爽，年轻时候毫无顾忌，大口吃肉、大碗喝酒，生生将自己吃出重度痛风。经过一番"刮骨疗毒"般艰辛痛苦的治疗之后，渐渐活得像个苦行僧了。

在场的大家闻言都笑了，因为加德满都杜巴广场又称"哈奴曼多卡杜巴广场"，"哈奴曼"正是印度教中的神猴，传说是《西游记》中孙悟空的化身。

"得先排险，才敢往下做。"经过实地勘察和讨论，我们确定了初步的工作方案。文物修复往往需要因地制宜、"一事一议"。就九层神庙的震后修复而言，要保质保量地完成任务，让古老的文化遗产重焕光芒，不仅需要我们贯彻先进的修复理念，使用高超的修复技艺，还需要考虑尼泊尔当地特殊的自然条件。

每年5月至9月，尼泊尔进入雨季，连绵不断的阴雨天气和突如其来的狂风暴雨，不仅会造成交通及生活的不便，对文物建筑的负面影响更是巨大。长期漏水、渗水对墙体造成严重损害，危及建筑安全。九层神庙对尼泊尔国家和人民来说意义重大，中方技术人员同样感受到了九层神庙的神圣意义。每逢屋外雷声大作，已经返回驻地休息的中方技术人员也急在心上。半夜三更踩着齐膝深的积水返回现场排险已是家常便饭，有时内外排查结束时已经快到上班时间了，也只能在现场短暂休息后，紧接着开始一天的忙碌工作。

中国人的热情和敬业感动了尼泊尔人。这个国度虽然贫瘠，但人民对于自己国家和民族文化遗产的热爱与其他国家的人民相比并无二致。几乎在九层神庙博物馆工作了一辈子的老石匠说："一开始，我们不相信中国人能修好我们的王宫，可现在，我们真的相信中国人是像爱护自己的眼睛一样，爱护着九层神庙！"

二

尼泊尔建筑一个显著的特色就是其精美的木雕。作为文物修复者，要坚持最小干预的原则，尊重当地的传统做法和工艺，力求最大限度地保留历史信息。在九层神庙修复过程中，我们按照"原形制、原材料、原工艺、原结构"的原则，雇用大量当地工匠，采用当地传统工艺、材料来修补、修复震后残损部位及构件。

因九层神庙现场空间有限，经过谈判，尼方在尼泊尔国家博物馆院内为中方提供修复建设场地，用于对震损部分的木构件进行整修、补配和预安装。

根据文物保护的真实性、完整性原则，在修复工作中，中方对现存木构件中保存完好的进行清理、原位安装；对现存木构件中局部残缺或糟朽严重的进行修补后继续使用；对于残缺严重的现存木构件或缺失木构件，由当地木匠按原形制、原工艺，利用原材料重新更换后进行补配，以期最大限度地保留历史信息，恢复九层神庙文物建筑的历史风貌。

为保证修复工作的顺利进行，中方技术人员在九层神庙项目现场对构件进行挑选，并运输至国家博物馆院内对构件进行分类、编号、补配及初步拼装等工作。在这一过程中，双方建立了共同负责的交接制度，在构件离场、进场时由交接双方代表进行确认。

中国的木作举世闻名，可当经验丰富的修复专家们看到尼泊尔的木雕时，却为难了起来："这中国木匠做不了，不了解当地的民族、宗教和文化，即便硬学，也学不到精髓，雕不出木构件的原始韵味。"

尼泊尔有三宝：唐卡、木雕和铜器。游客云集的加德满都泰米尔街上唐卡店鳞次栉比，在帕坦几乎家家户户都有祖传的铜匠手艺，而巴德岗，就是出木匠的地方。

九层神庙修复项目的所有木匠都来自巴德岗，那里的木匠手艺高超，世代相传，形成了以家族和近邻为集合的工作集体。

"如果不是因为中国人，我已经去当导游了。"年仅20岁的小木匠勒奇米和父亲一起在九层神庙修复现场工作。因为尼泊尔人力成本较低而生活水平不断上涨，传统手工业从业者逐渐减少，外人惊叹的鬼斧神工，对他们来说不过是"甜蜜的负担"，只有能保障最基本生活的工作，才能给他们带来幸福。

"我喜欢和中国人一起工作，一起吃饭。"每天中午，木匠们会聚集在一起，打开自己带来的饭盒，把豆子汤和米饭拌在一起，满足地大快朵颐。中方技术人员也不忘时常给工人们加餐。而作为回礼，第二天，办公室里总会出现满满一大钵闻名遐迩的巴德岗酸奶。

有一年的德赛节，尼泊尔当地工人邀请中方技术人员和他们一起过节。德赛节是尼泊尔最盛大、时间最长的节日，会持续十多天，类似中国的春节。

德赛节期间，他们在木构件修复场地内举行了一场原生态的祭祀活动。木匠们专门请来的女祭司，将刚宰杀的小羊鲜血涂抹在电锯、刨刀、凿子等木工工具上，以保佑来年一切顺利、平安。

"我真的不要去！"被几个身强力壮的木匠拉着，我被"押"到女祭司跟前。

"No！"面前的提卡是用小羊的血混着朱砂和成，还散发着淡淡的血腥味儿。我拼命地向后躲，平时看见我都"收敛"着的工人们，纷纷快活地大笑起来。

"Miss，这是祝福，是好运。"女祭司温柔地笑着，轻轻地在我的额间点下提卡，并给我挂上一串万寿菊的花环，"谢谢你们，谢谢中国人。"

三

"佛系""小清新""旅行者的天堂"……每个人心里都有一个不同的尼泊尔。在我心里，形容尼泊尔最为贴切的一个词是"魔幻"。

印度教与佛教、神与佛、生与死、人与灵、圣与俗……在尼泊尔生活的时间越长，我越会不时地陷入迷惘：每一个十字路口高高矗立的神杆、骑着摩托车风驰电掣的年轻人停下做礼拜、烧尸庙圣河边一身白衣的祭司是一个世界，灯红酒绿的泰米尔区、五光十色的同性恋盛装游行，则是另一个世界。

距离九层神庙不远，经过门口两尊白色的守护神兽，就来到了尼泊尔最受游客欢迎的库玛丽神庙。"库玛丽"意为童女神，也被称作"活女神"。在印度教中，活女神是杜尔迦女神的化身，也是力量的象征。活女神被人们信仰，视作印度王权力和庇护的神源，更是其教徒的精神支柱，以至尼泊尔上到国王下到百姓，都对活女神进行虔诚的崇拜。相传，活女神的选拔是非常严格的，必须由皇家祭司主持进行。活女神必须出自释迦族，且祖辈必须生息在加德满都的两条圣河（巴格玛蒂和威斯奴蒂河）岸边。活女神必须在满足上述条件的四到七岁幼女中选出，挑选出来之后就会被送到庙宇供信众朝拜，直至青春期。

活女神眼周绘着与年龄不相符的浓重眼线，每天上午、下午各出现在神庙二层窗口一次，俯瞰众人，每次时间大约半分钟。

尼泊尔人遵循传统，又反叛传统。每年 8 月中旬的神牛节是尼泊尔的传统节日。根据传统风俗，在过去的一年里有亲人过世的家庭这一天都要领着黄牛到大街上参加游行，没有牛的家庭则让小孩打扮成牛的模样来代替，为逝者祈福，他们相信牛能引领逝者获得满意的超生。而现在，神牛节也是男同性恋群体上街游行的专属节日。对于身体是男人、心是女人的群体来说，在传统习俗的掩盖下，神牛节是唯一能让他们正大光明地表达自己诉求的机会。这一天，他们会成群结队地打着彩虹旗，兴高采烈地穿过杜巴广场。

来到尼泊尔工作已经三年多了，我从一个懵懂青涩的职场新人，一步一步地走着自己该走的路，虽然有颠簸、有伤痛，但也有收获。回想那些过往有起伏也有满足，但最享受的，还是在山雨欲来的傍晚，静静地靠在檐下等风。

从一开始的残破坍圮，到现在的初见雏形，希望在九层神庙修复项目顺利完工的那天，我们能够交给尼泊尔人民一份满意的答卷。从地震后的旧王宫，到修复后的旧王宫，一砖一瓦、一草一木，无不凝结着中方文物修复专家的汗水和心血，无不是双方文化、理念、思想交流的印证。而在这个过程里，我的身心，受到了深刻的磨砺和淬炼。

古旧的风铃在耳边清脆地敲击着，空气里是好闻的潮湿的味道，而风，就要来了……

郭倩如　女，1987 年 8 月生，甘肃兰州人。2010 年毕业于中国政法大学法学专业，2015 年硕士研究生毕业于北京科技大学科学技术史专业。2016 年至今，在中国文化遗产研究院工作。曾参与援柬埔寨吴哥古迹茶胶寺古迹和王宫修复项目，援尼泊尔加德满都杜巴广场九层神庙和瓦科特杜巴广场王宫修复项目，援乌兹别克斯坦花剌子模州历史文化遗迹修复项目等。

编导手记

杨旺文

　　要拍九层神庙这样一个古建筑，展现其全貌，必然要用到航拍。然而近年来，尼泊尔政府收紧了对无人机使用的管制。得知这一消息，在出发拍摄前，我们就拜托采访对象帮忙向尼方政府提交申请，出发时收到了允许使用无人机航拍的消息。然而到了尼泊尔才发现现实并没有那么容易，我们还需要跑八个相关部门进行申请，集齐八个印章后，再提交内政部审批，最后交至警察署，才能获准使用。而当我们集齐八个印章，拍摄时间已过大半，交至内政部审核据说还需十天时

九层神庙中的
精美木雕

间。大概直至拍摄完成，离开尼泊尔，关于无人机飞行许可申请我们还是无法通过吧。

我们采访的主人公郭倩如是九层神庙修复项目的现场主要协调人员。现场工作协调、联系修复专家、寻找合适的修复材料、为视察领导介绍项目等工作让她忙得不可开交，留给我们的采访拍摄时间着实紧张，但又不能打扰她的工作，只能趁着各种间隙进行采访。好在在尼泊尔车开不快，倒是给我们留了不少时间，只是可怜了我们的摄像师，要在颠簸的车上拍出稳定的画面，实在不易。

我们在来尼泊尔之前，先在孟加拉国完成了一个项目的拍摄。那段时间基本上都处于一种饥饿状态，一是忙，二是拍摄的地方吃饭不方便。而这一次在尼泊尔，因为有制片人的照顾，生活水平提高了不少，尽管还是忙，但拍摄完成就能吃到准备好的饭菜，实在幸福。值得一提的是，拍摄期间，制片人在尼泊尔度过了她的生日。

在国外拍摄，与当地人的沟通是一个大问题，为此我们在当地请了一位翻译。然而理想总是很快就被现实打脸，我们请到的翻译实际上中文并不太好，而我们的英文水平也达不到能与当地人顺畅交流的程度。此时，肢体语言的重要性就体现出来了，中文英文齐上阵，再加上手舞足蹈的比画，日常生活的需要也就能满足得差不多了。

Dream–builder
of the "Gold Coast"

"黄金海岸"
筑梦人

白　俊 Bai Jun

晨会都是在 6 点左右开始，流程设定参考当地风俗：唱加纳国歌，唱中国国歌，当地人再唱基督教歌……在这个过程中，你会发现平时嘻嘻哈哈、很热情的一群人，变得格外虔诚与认真。

一

我叫白俊，河北蔚县人。我的父母都是朴实的手艺人。我小时候总喜欢看父亲拿着锤子、楔子这些简单的工具，将一块块长得差不多的木头变成好看的桌子、有靠背的木椅……母亲是个很受欢迎的裁缝，一把剪刀、一根针、几卷线就能把一块块布料变成漂亮的衣服。

也许是受父母亲的影响，我一直认为只要勤劳踏实，就能用自己的双手创造出属于自己的奇迹。大学毕业后，我正式成为一名工程建设者，像父亲母亲一样，用双手创造着自己的生活。

在我看来，工程建设者是一群总在见证并参与历史变迁的人，他们能从荒山野岭中开辟出一条盘山公路，能让一片汪洋大海变成海港、码头，能让被江河隔开的两座城市连接在一起……他们是历史的参与者，也是见证者，而我就是其中之一。这是最让我自豪的地方，也是让每个工程建设者最自豪的地方。

来加纳共和国（简称"加纳"）加纳特马新集装箱码头工程项目之前，我在中国很多城市待过，从一个刚大学毕业的工程"新手"，逐渐变成一个有六年工作经验的工程"老人"，从徒弟变成了师傅，这些都让我感受到生命发生了某种变化，也许这就是所谓的成长吧。

加纳特马新集装箱码头工程项目，就是我现在所在的地方，这是

水上木屋

让我感受最深刻的一个地方，也是我毕业后待得最久的一个地方。我们在加纳特马新集装箱码头工程的工作任务是，在一片汪洋大海上建造一座现代化港口。2017 年 1 月 7 日，距离中国春节还有 20 天。我从北京出发，经过近二十个小时的飞行，来到了神秘的非洲加纳。在埃塞俄比亚转机时，拥挤的机场里，有人穿着羽绒服，有人穿着热裤，各种肤色，来来往往。

从北京出发时，还是凛冽的冬天，街道角落里元旦下的雪还没融尽，那个冷，羽绒服都扛不住。近二十个小时后，我走出机舱门，扑面而来的是非洲大地潮热的湿气和刺眼的阳光。坐车去项目部沿途，黑黝黝的男人和女人头顶物品做着小买卖，路边的小商铺虽然很窄小，物品却琳琅满目。那时候并不知道，我会在加纳待这么久，也许还会更久。

二

刚来项目部时，项目开建还没多久，很多基础设施都没有，我们租住在当地人的民房里，虽然空间小，但是大家过得挺开心。2018 年后我们新建了自己的营区，就在大海边，一抬头就是一望无际的大西洋，海天一色。面朝大海，左边是老特马港，右边便是我们将要建设的具有巨大通航能力的新特马港，尽管当时它还是一片汪洋。

来项目部后，我的"身份"也发生了变化——工程部部长，这意味着我要比之前掌握更多的东西，尤其是工程专业词汇这一块，比如防波堤、平地机、混凝土外加剂等等。在收到咨询工程师（也称"监理工程师"）的第一封邮件时，我费了好长时间上网查了好几遍，才理解了信件的大概内容。

同时，第一次与欧美国家的人打交道，自己英语水平不高，交流起来总是有点羞涩和生疏。虽然过程很艰难，我却学到了很多东西，尤其项目的技术标准采用欧美标准，要求高，很多时候我们必须严格控制质量，通过所有检测指标，才能顺利地移交给业主。

加纳特马新集装箱码头是几内亚湾拟修建的规模最大的集装箱码头。这里海况恶劣，常年受海浪的侵袭，工期又紧张，我主管的第一个任务，就是要在八个月内完成43公顷的后方堆场陆域回填和地基处理工作。这是项目第一个工期节点，夺取项目首个节点的胜利，对我们顺利完成后续的工程节点绝对是定心剂和强心针。

在这么紧张的工期下，加班便成了家常便饭。我每天要完成内业资料整理和记录工作，也要到现场监督协调施工中的各种问题，中午经常不回营区休息，同事帮忙送饭到办公室，困了就在桌子上趴一会儿。晚上也会到现场，等夜间施工做好了，才能安心回营区，再准备第二天的工作。每天几乎都是这个节奏。这种状态从我来到项目部起一直持续到2017年12月29日——我们提前一周将堆场陆域正式移交给业主。

几个月下来，通过不断熟悉英文技术规格书，不断和各个职位的人接触，我竟也渐渐能顺畅地用英语沟通和陈述自己的观点了，这是在国外工作的一大收获。随着我口语能力的突飞猛进，我有了另外一个大收获，那就是受到加纳属地员工的欢迎。我可以顺畅地和他们交流，甚至可以和他们开玩笑，这让加纳属地员工对我有了更多的信任。这种信任让我的工作也顺畅了很多。尤其是到了项目施工高峰期，上千的属地员工分布在各个施工区域，因为不熟悉工艺标准，常常会出现各种问题。因为语言的关系，我可以很及时、全面并用他们能接受的方式向他们解释他们负责的工作出了什么问题。

加纳特马新集装箱码头工程项目是目前在加纳的中资企业中吸纳当地员工较多的项目。人数虽多，但大多数员工缺乏相关技术，甚至从没有接触过相关技术。在沉箱预制施工准备之际，这个问题表现得异常突出。

有一个办法肯定是行得通的——一个一个手把手地教。于是，凭

加纳独立日活动

着他们对我的信任和些许好感，我开始耐心地教他们各项操作。当然，这个办法只能起到暂时的作用。为了让工程安全顺利地进行，项目部在这一方面煞费苦心。

授之以鱼，不如授之以渔，项目部开始系统性地为属地员工进行免费培训，组建了"混凝土浇筑班""电焊班""测量班"……工人们的积极性也特别高，一边工作，一边学习。通过培训，有近四百人在这里拿到了专业技能证书。这种培训方式极大地提高了生产效率，许多问题也迎刃而解。2017 年 11 月，加纳总统纳纳·阿库福 - 阿多、丹麦女王玛格丽特二世来项目部视察参观，这让项目部热闹了很久。

三

2018 年，我的生活有了一个新的变化——成家，我还从工程部部长变成了副总工。这种变化带给我的是更多的挑战，让我开始自觉地去探寻更多的东西。如何去掌握更多的工程知识，尤其是我从未接触过的领域；怎么平衡家庭和工作的关系……

于是，我又开始进入到刚来加纳时的那种状态，学习、总结、反省，整个过程很艰难，却是锻炼自己不可多得的机会，这种经历带给人的成长是其他经历所无法比拟的。幸运的是，家庭给予我的鼓励和支持成为我工作的重要动力。我接触到了更新的技术、形形色色的人，开阔了视野，也能用更加温和坚定的方式去处理更多的事情。

加纳带给我的收获不仅仅是这些，和加纳人在一起的日子总是那么欢快。加纳人比你想象中更热情，更能歌善舞。加纳人爱聚会，给他们一点音乐，他们就能跳出很有节奏的舞蹈。音乐一起，他们就变成了另外一群人。他们还是"戏精"，项目部排演过几次安全情景剧，加纳员工参演了所有角色，虽然是悲剧，但整个过程中观众都是笑声一片，最后我们的目的也达到了——让他们真正理解了安全生产的重要性。

项目部每个月都有安全晨会，与国内不同的是，参加的员工大都是加纳当地人。每次晨会都是在 6 点左右开始，流程设定参考当地风俗：唱加纳国歌，唱中国国歌，当地人再唱基督教歌……在这个过程中，你会发现平时嘻嘻哈哈、很热情的一群人，突然变得格外虔诚与认真。

在加纳我被邀请参加过一次婚礼，新郎和新娘都是项目部的加纳员工——新郎是项目现场的带班，新娘是质检部的文控。婚礼在当地的教堂举行。我是第一次参加这种正式的西式婚礼。来到教堂时，里面坐满了人，每个人都盛装打扮。被请上台演讲的人，都声情并茂，感觉每个人都是演说家。最后，大家一起唱歌、祈祷、跳舞，整个过程欢快又庄严。

在加纳的生活经验，改变了我对非洲这块土地的刻板印象。第一个就是疟疾。由于非洲的环境卫生条件不太好，得疟疾对非洲人来说是很平常的事。来之前我们虽然打了疫苗，但还是很害怕染上疟疾，怕有什么后遗症。来加纳后，我发现项目部有些员工在非洲多年，待过的国家也很多，有时候仅半年就能被"虐"三四次，最后还是好好的，因此，大家也不害怕了，还总结出了被"虐"频率最高的国家和最低的国家。第二，原以为非洲一年四季都热，来了才知道非洲不只有夏天，还有冬天，只是冬天很短。还有非洲人的发型，项目部的女同胞们很爱美，喜欢折腾自己的头发，基本上两三个月就会换一次发型，花样百出。

2019 年 2 月，我成为一名父亲。这个身份让我更加坚定和成熟。7

月，经过两年多的建设，加纳特马新集装箱码头工程项目一号泊位迎来了首条集装箱船靠泊，终于开港了！"交融天下，建者无疆"，只要心中坚定一个信念，就能走得更远、更高。当我望着海上横贯的一条长达3588米的防波堤时，当我看着高达几十米的装卸岸桥在码头施工时……我惊叹技术的力量！

我们受益于科学技术的发展，我们背靠着日益繁荣昌盛的祖国，在海外履行着自己的职责，努力完成自己的使命，扎根西非，共创辉煌。

〜〜〜〜

白俊　男，1988年生，河北省张家口市蔚县人，2012年毕业于大连理工大学港口航道与海岸工程专业，现就职于中交第四航务工程局任加纳项目部总工程师。曾先后在海南省洋浦经济开发区、广西壮族自治区防城港从事港口工程的施工技术管理工作。自2017年至今在加纳特马新集装箱码头工程项目、加纳特马LNG（液化天然气）码头项目从事设计技术管理工作。

编导手记

纪录片入口

蒋 飞

到达加纳以后，可能是因为主要在中国公司的项目部进行拍摄，生活上感觉跟国内也没多大区别。项目部有 200 多名中国工人，还有中国厨师，甚至早餐还有长沙米粉吃，大大满足了我们的中国胃。另外，到了当地之后发现，加纳这个国家也没有我们想象中的那样富有异国风情，可能是因为我们所在地是加纳首都阿克拉，城镇化水平比较高，所以，我们在拍摄过程中很是发愁如何才能通过场景和镜头把当地风情展现出来。

拍摄期间，当地的气温在 25 摄氏度左右，凉快得很。遗憾的是当时是雨季，虽然没有降水，但是海边整体湿度很大，每天上午云层都很厚，拍不到蓝天白云。摄像师连续守了一周，都没拍到日出的镜头，甚至连晚霞也没碰到过，这给摄像师造成了很大的压力。一天当中光线最好的时候就是日出和黄昏时，而这边上午到 11 点左右太阳才从云层里出来，而太阳一出来，顿时就是顶光，刺得人发晕，到了下午 4 点多，云层又厚起来了，简直令人崩溃。

我们的摄像师王定浩，很难适应加纳与中国相隔八个小时的时差，到现场一周了，每天都是凌晨 4 点就会醒来，然后又要连续拍摄，非常辛苦。有一天他因为要拍摄烧电焊的场景，眼睛须直视焊口，灼伤了眼睛，到了半夜眼睛刺痛，只得连夜赶紧去当地医院紧急处理。

Nigeria's Chilli
Pepper Flavor

尼日利亚
辣椒的味道

肖寒冰　Xiao Hanbing

这之后的每次生病，他们都会送我一些小礼物，说是希望我早日康复。有一次，我问我工头，为什么要送我东西？工头说："怕你病倒，怕你讨厌尼日利亚，怕你不适应非洲了，怕你不回来了，怕你不教给我们新的种植技术了……"

我出生在一个叫作桃江的小县城里。父亲是个工人，没什么文化，我的名字是大伯取的。大伯好诗，说是希望我"一片冰心在玉壶"，再加上我出生的时候伴随着大雪严寒，故给我取名"寒冰"。我和我家里人谁也不曾想到，"寒冰"成年后会踏上火热的土地，去到世界上最炎热的地方工作。

一

2009 年，高考结束，填报志愿的时候父亲建议我学农，但是我想学广告策划，想学园林设计，最终拗不过父亲，我填报了湖南农业大学的园艺蔬菜专业。父亲说："既然选择了，就可以慢慢地喜欢上你的专业。"我木讷地应了应他，"也许吧"。大学四年，虽然有认认真真地学习自己的专业课程，但内心始终对将要从事的行业有些抵触。我不想投身农业，当时觉得自己根本不适合做农业，所以也没报考研究生，这也是当年造成我跟父亲之间出现隔阂的很大一个原因。

2013 年毕业之后，多次找非本专业工作碰壁，我来到了海南省农科院蔬菜研究所，在其中一个研究基地当起了蔬菜栽培技术员。记得大学班主任说过，"课堂上学习的东西远不如你自己亲身经历的学习来得快，来得有趣"。确实如此，我从刚开始工作时的漫不经心，到逐渐投入，到最后深深喜欢上了蔬菜种植这个行当，这个转变过程也就一年不到。我慢慢开始体验到埋下种子、精心照料之后得到丰收果实的喜悦，慢慢体会到了农业的"科技含量"。尤其是去农民家里帮助他们切实提高收入，更让我体会到了农业对于农民的重要性，我开始明白自己所从事行业的意义所在，开始真正喜欢上了这个我当初被迫选择的行业！

2014年底，在工作了一年零两个月的时候，我接到了中国热带农业科学院（简称"热科院"）的招聘通知。经过层层筛选，最后我侥幸通过了选拔，成为了热科院派驻非洲的技术员。说实话，最开始吸引我去应聘的是出国工作和起薪较高。在应聘成功之后，我才开始思考：非洲？战争、动乱、贫穷、疾病是我能想到的非洲的代名词。而且，我一个新技术员，能在非洲做好蔬菜试验以及生产吗？应聘时吹的牛如果在非洲不能实现，那不仅会丢了自己的脸，还会折了热科院的面子。

回到家里，我一直心绪不安，觉得面试去非洲可能不是个正确的选择。我姑父看出来我的心思。他是中国第一代蔬菜学专家，在非洲也有过一段工作经历。他觉得我可以胜任在非洲的蔬菜试验和生产工作，鼓励我，非洲并不是我想象中的那么不堪，不用担心；不要害怕犯错，在错误中积累经验也是蔬菜栽培和育种工作很重要的一环。那个晚上，姑父的话让我备受鼓舞，对即将到来的非洲之行充满期待。

2015年10月，离家，闯非洲。

二

经过18个小时的飞行，我从北京来到了尼日利亚阿布贾。接机的是两个中国同事，崔光臻和成诚，都是来非洲工作的"老"专家了。他们俩的热情让我长途飞行的疲惫感减去不少，对这片刚踏足的新土

尼日利亚欢迎你

地也没有了那么多的陌生感。

在去公司的路上，我并没有看见大草原，没有看见长颈鹿，也没有看见狮子大象，取而代之的是一条条现代化的高速公路，一栋栋漂亮的高楼大厦。当汽车行驶到乡间小路，车速放缓，看到路边头顶水桶的妇女、路上跑来跑去的牛羊、路边摊各种新奇的水果，一个个当地人走过的时候对着车里的我们打招呼"Brother（兄弟）"，刚来非洲的我感到了些许安心：原来这里没有想象中的纷飞战火，这里经济好像并不是那么落后，这里的人民看起来也很友好……非洲，我来了。

我入职的第三个月，在公司领导和同事们的热情介绍和耐心指导下，逐渐适应非洲的工作和生活，慢慢地进入了自己的角色。

尼日利亚是一个宗教国家，大多数人信奉伊兰斯教。我刚来尼日利亚的时候，正好是旱季。由于尼日利亚旱季的天"滴水不漏"，所以我们得用水泵抽水来进行灌溉，这就要用到比较多的人工。但是每天下午最热、试验地最需要水的时候，工人们灌溉到一半就撒手不管祷告去了。这让我非常头疼，好几次因为这种情况而影响试验工作。

2016 年 1 月，我跟同事们带着当地员工修建了七个遮阳网大棚，建立了一套喷灌系统，这样就解决了旱季光照太强以及人工灌溉的问题。可没想到，更大的难题接踵而至。

我以为在非洲只要有水就好种菜，没想到尼日利亚的雨季就像三岁孩子的脸，说变就变，前一秒可能还阳光明媚，下一秒便倾盆大雨，培育的菜苗就可能被砸死、被淹死。随着雨季的到来，各种各样的病虫害也如约而至，让我这个刚来非洲的"菜鸟"在自己经历的第一个雨季被治得服服帖帖。

吸取经验教训，我们在雨季前就深挖排水沟，提前给菜苗做好防护措施。2017 年的雨季，各类蔬菜的示范种植试验均顺利进行，这终于让我对自己的工作有了一丝的肯定，原来烦恼过后伴随的都是成长。

三

2017 年，作为公司的一员，我见证了我们自主研发的非洲第一个以公司名称命名的水稻新品种——GAWAL-R1（伽瓦一号）的诞生。新品种水稻比尼日利亚当地品种增产达 30%，可以在很大程度上解决尼日利亚粮食缺口的问题，多养活尼日利亚三分之一的人口。我们的成果得到了尼日利亚社会各界的广泛认可。每当走在街上，看见当地的朋友们一个个都对我们竖起大拇指时，一股自豪感油然而生，我第一次感受到自己的工作意义是如此重大。

我们的水稻品种成功推出后，在同样的模式下，抗病丰产辣椒试验项目在 2017 年也开始了。尼日利亚蔬菜品种缺乏，蔬菜产量低下，提高尼日利亚各类蔬菜产量与质量的试验刻不容缓。我们选择的第一个试验品种就是尼日利亚人也非常喜欢吃的茄果类蔬菜——辣椒。

在病虫害繁多且农药极度缺乏的情况下，经过一年半的试验，我们在2018年底成功筛选出四种高抗病、高产量的辣椒品种。当时以为自己已经成功了，但没想到，示范试验的顺利仅仅是个开始。新辣椒品种在尼日利亚的推广步履维艰。

尼日利亚人平常吃的都是甜椒和小型的魔鬼椒，且几乎所有的辣椒都是红色品种，他们觉得绿色的辣椒是没成熟的，不能吃也不好吃。我们找尼日利亚当地农场进行新品种区域性试验的时候，没有一个农场主愿意种植我们的辣椒品种。不管我怎么跟他们解释新品种辣椒的优势，他们的回答都是"No"。在我一度想要放弃的时候，一个农场主的话点醒了我。他说除非我们成功地把辣椒品种推销到当地市场，他们才会考虑种植我们的辣椒。对啊！如果市场不接受，他们种植我们的辣椒有何意义呢？于是，从大型的超市商场以及农贸市场到小型的菜市场，两个多月里我们来来回回跑了无数趟，最终有数家超市和农产品批发商愿意试着销售我们的辣椒品种。

2018年底，我带着当地农场主去市场查看我们辣椒品种的销售情况。销量远远超出了我的预料。农场主们当场就要求我赶紧把新辣椒品种投放在他们的农场进行种植，并且希望我对他们的员工进行专业化的培训。

2019年新年前夕，我在公司营地宴请了所有农场主和超市经理以及各市场的销售人员。他们一个个对新品种辣椒的市场前景满怀期待，非常感谢我们中国人带来的新的辣椒品种。

在我们将水稻新品种成功推广并收获满满之后，新品种辣椒育种项目也在尼日利亚生根发芽。在金色的收获之后，绿色的纽带也在我们与当地人之间慢慢地形成了。

四

非洲"疟"我千百遍，我待非洲如初恋。来非洲的人几乎都有过得疟疾的经历。我从第一次得疟疾感觉命都没了半条到现在已经适应疟疾的症状，过去了整整四年。六次得疟疾让我觉得这种全世界死亡率最高的疾病并没有什么可怕之处。相反，多次得疟疾的经历，让我收获了一群尼日利亚当地的朋友。

记得 2016 年初第一次得疟疾的时候，我刚进公司，很多试验都刚开始，我怕当地人管理不好试验地，耽误了工作，在医院打完针就来到了试验基地。可能是看出了我脚步很沉或是听我讲话的声音异常，我的工头跑过来小心翼翼地问我是不是得"马拉丽（疟疾）"了，又嘱咐我要好好休息。我当时就想，尼日利亚人也是挺有人情味的啊！到下午再上班的时候，我发现他们不仅有人情味，而且很会关心人。我的工头带了一小袋鸡蛋给我，说这些是各个工人家里自己养的鸡下的鸡蛋，凑成一小袋，希望我早日恢复健康。虽然不多，但是对于收入极其有限的他们来说，这已经是非常昂贵的礼物了。当时我有点不好意思接受这个礼物，一是觉得他们赚钱不易，二是觉得当地人给的东西会不会"不太干净"。没想到工头看出了我的焦虑，说这些鸡蛋吃了只会对健康有益，不会对身体有害；而且这些蛋不贵，他们自己家养的鸡每天都可以下蛋。听完这些，我更不自在了，觉得自己刚才的想法有点"恶劣"，我真诚地说了声"谢谢"，收下了他们的礼物。

这之后的每次生病，他们都会送我一些小礼物，说是希望我早日康复。有一次，我问我工头，为什么要送我东西？工头说："怕你病倒，怕你讨厌尼日利亚，怕你不适应非洲了，怕你不回来了，怕你不

我的兄弟，我的朋友

教给我们新的种植技术了……"我告诉他这种担心是多余的，我不会
轻易离开非洲，最重要的是我们是朋友，不用怕这怕那。他说他们也
把我当朋友，但是不敢跟我说。

自那以后，我便多了一群尼日利亚朋友。饿了，我请他们一起吃
饭；渴了，我给大家买可乐喝。我还跟他们一起踢球，一起过当地的节
日。他们对我的称呼也从最开始的"Master"变成了后来的"Icy（冰）"，
或者是一声声的"My bro，my friend（我的兄弟，我的朋友）"。

五

2017 年的雨季，一个工人突然找到我，问我能不能借一些钱给他。
他说他老家在尼日利亚另一个州，现在家里母亲生病住院了，他想请
一段时间假回去给他母亲治病。我没有犹豫，拿钱给他要他马上回去。
结果才过了四天，他便拖着行李回来了，把向我借的钱原封不动地还

给了我。我问他怎么回事，他说他还在回乡的车上他母亲就在医院病逝了，他赶回去只参加了母亲的葬礼。听完这些，我沉默了，心里很不是滋味。那天中午回到宿舍，我跟父母通了很久的电话，跟他们说我想回家，想回来陪着他们。我爸听出来了我的想法，告诉我他们现在身体很好，不需要我担心，男子汉就要志在四方，我在国外工作上的成绩就是对他们最好的安慰。我还是忍不住哭了，觉得自己陪伴父母的时间太少了。

　　每年回家探亲，躺在舒适的床上，看着父母渐白的发丝，吃着他们准备的可口饭菜，再想到非洲推广农业的苦，就想一赌气不再回非洲了。每每有这个念头的时候，我就不停地在心里对自己说："冷静，冷静，你还年轻着呢，要以事业为重，非洲的朋友还在等着你回去。你种下的辣椒、茄子还有各种蔬菜还在尼日利亚的试验田里生长着，还有很多新的病虫害防治方法等着你回去实践。你种出来的新的辣椒品种还等着你回去推广，尼日利亚人民的菜篮子还等着你回去丰富呢……"这么多事情在非洲等着我去完成，不能就这样轻易放弃了——就这么想着，带着我对亲人的不舍，带上行李，我一次又一次地踏上了去非洲的旅程。

　　还要在非洲待多久？我也不知道。也许一年两年，也许五年十年。如果有一天我离开了非洲，肯定会怀念这片我流过汗水的土地，怀念这个远方的家。

肖寒冰　男，1991 年 1 月生，湖南益阳人。2013 年毕业于湖南农业大学园艺专业，曾就职于海南省农科院。2015 年 10 月至今，在尼日利亚中地海外集团绿色西非有限公司工作。

编导手记

纪录片入口

潘　然

　　尼日利亚是非洲的第一人口大国，当地人很喜欢吃辣。尼日利亚约鲁巴人流行一句谚语："不吃辣椒的人很脆弱，辣椒是身体的保卫者。"

　　不过，当我们来到尼日利亚才发现，辣椒在这里并不便宜。一般只有收入中等偏上的人才能吃到新鲜的辣椒，普通的老百姓只能吃到辣椒酱或者辣椒粉。

　　尼日利亚 70% 的人，平均每天只有 11 元人民币左右的收入，如果一个月可以拿到 600 元人民币左右的工资，已经是很好的工作了。当地辣椒价格居高不下，可能跟雨季导致的生产和运输都不便有很大的关系。所以，从湖南来的农业技术人员，在这里指导当地人种植辣椒，有很大的市场空间。

　　自 4 月份以来，尼日利亚开始进入旱雨两季交换期，这也是疟疾高发时期。在尼日利亚，疟疾是自然致死率最高的疾病，尤其是以农业为主的阿布贾地区，更是疟疾的高发区。一旦被蚊虫叮咬，70% 的概率可能会感染疟疾。

　　因此，不管天气有多炎热，摄制组成员仍然每天坚持穿长袖的衣服。但有一天，在田间拍摄肖寒冰和当地人聊天的镜头时，为了选到好的角度，摄影师谭维在泥土地上趴了好长时间。拍完之后才发现，他的腿上已经被蚊子咬了好几个包。

我当时十分紧张，接下来的几天，每天都一遍遍地问他，你有没有拉肚子？有没有发烧？因为这些都是感染了疟疾之后的症状。说来也巧，有一天晚上他突然拉肚子，这下可把大家吓得不轻，赶紧连夜把他拉去当地医院检查。还好，医生检查之后确定，他拉肚子只是因为水土不服导致的肠胃不适，算是虚惊一场。

Flying over
Maputo Bridge

飞越
马普托大桥

柳晨阳 Liu Chenyang

转眼间我在非洲已经工作六年了，我也从22岁的青涩"少年"变成了28岁的成熟模样。当我坐在电脑旁回忆这段历程，心底会时不时泛起一丝惆怅，感叹日子像是从指缝滑过的细沙，在不经意间悄然逝去。

一

原始、狂野、粗犷，这或许是你对非洲的第一印象。2014 年我被公司选中派遣到莫桑比克参建马普托跨海大桥。之前我没有出过国，这是第一次。在还没到非洲之前，我曾多次设想，真正的非洲到底是什么样子的。在坐了 18 个小时的飞机到达马普托机场后，站在大门外的我拿着行李四处张望，都还有一种不真实的感觉。

刚接到公司通知要去非洲时，我是既激动、期待，又有些担心和犹豫。激动的是我也可以跟随国家"一带一路"的倡议去参建非洲第一悬索桥，期待的是可以亲身体验非洲的风土人情，担心的是那边的安全、疾病和水土不服，犹豫的是离家那么远，背井离乡，远离亲人和朋友，心中难以割舍。当时我的母亲极力反对我去非洲，她知道非洲地区的艰苦，怕我不适应，但父亲还是支持我去的。经过几天的思考，我最终决定奔赴马普托，踏上那片未知的土地。那年我 22 岁，怀揣着梦想，背着行囊，坐上了西安开往北京的列车，又从北京飞往莫桑比克这个陌生的国家。从机场出来，坐车去项目部的路上，我对沿途的一切都充满了好奇：路边头顶箱子走路的妇女、女孩们编着五颜六色的头发、成片的贫民窟……当时我就在想大桥项目部不会也是这样吧，在车上时真的很忐忑。然而当我到达马普托大桥项目部所在地的时候，我发现这里空气清新，环境优美，建筑整齐划一，给人一种很温馨的感觉。更没想到

马普托大桥上的建设者

的是，这里居然有专门的职工理发室。每到周末，理发师王兵都会准时来到这里，为大家提供专业的理发服务。

二

在去非洲前我曾多次设想，我会遇到哪些困难。语言不通、文化差异、水土不服，这些问题我都想过。但来到马普托大桥项目部后，让我第一个遇到的难题并不是我设想的那些，而是工作。记得我刚来时负责大桥锚碇施工，锚碇施工的前期需要施工地下连续墙（简称"地连墙"），而我在国内没有接触过此类项目，当时真的是两眼一抹黑。为了尽快熟悉施工工序，我每天一有空就上网翻阅有关地连墙施工的方案，项目技术团队也每天开会讨论地连墙的施工方案，我都认真地去做笔记。我还清楚地记得那天晚上当灌注第一个地下连续墙首开槽时，我真的很紧张，在现场我拿出我的笔记本，翻阅着灌注过程中的控制要点。当时项目上一位叫徐涛的老大哥走过来，笑着对我说："小伙子第一次灌桩吧，看你很紧张！"随即，涛哥便在现场耐心地给我介绍灌注首开槽需要准备的工作细节，过程我都在笔记本上一条一条地记录下来。涛哥对我说，施工最关键的环节就是桩基础的灌注，看似简单，但在灌注的过程中我们一定要打起十二分的精神，不能有一丝马虎。涛哥的这一席话我至今还记得很清楚。

随着大桥建设项目的开工，出现在我们面前的难题越来越多，难度也越来越大。尤其是当地工人技术不娴熟，没有焊工，等等。然而，我们并没有泄气，而是不断地探索，采取了许多突破常规的举措。其中的一个重要举措是对当地工人进行岗位专业培训，项目部专门制订了劳工培训计划。在工程的中期，经过对施工班组的培训，就有大批有技术、有能力的当地工人脱颖而出。最终，经过一年多的培训，马普托大桥北引桥班组共培养出电焊工人80名，其中达到国内3~4级电焊水平的当地工人有65名。为了进一步提升当地工人的技能，丰富培训内容，大桥项目部举办了首届焊接技能比武大赛。当地工人参赛热情高涨，积极报名，共有40名当地工人参加。经过一个多小时的激烈比拼，此次焊接技能比武大赛中的40名当地工人全部通过了平焊和立焊的考核，充分展现了中方工人"师带徒"改革的有效成果。这次比赛既丰富了当地工人焊接工艺的相关知识，又对当地工人岗位技能水平的快速提高起到了积极的促进作用，同时也为产品质量的提升打下了坚实的基础。

2018年元月，距离大桥主体通车只剩不到六个月的时间。由于项目前期受征地拆迁等不利因素影响，当时的现场施工仅完成了总工程量的83%。这意味着我们要在不到六个月的时间内，完成项目总工程量的17%。时间紧、任务重，工程压力巨大。此时，大桥所有的工作已全面展开，北引桥全部进入高空施工阶段，而且施工中的七套挂篮不仅横跨马普托港（非洲最繁忙的港口之一），还横跨马普托火车站铁路编组区，这给施工带来了很大的困难。但最终在项目技术团队和所有施工队伍的共同努力下，马普托大桥按计划顺利完成了施工任务。2018年5月15日，在莫桑比克进行正式友好访问的第十三届全国人大常委会委员长栗战书亲临马普托大桥视察，对项目团队为增进中莫两国人民之间的友谊，为国家"一带一路"倡议做出的贡献予以了肯定。

如果说企业是棵大树，那么员工就是大树上的一片片叶子。不知不觉，我已伴随马普托大桥五年了。作为公司的一员，我感到由衷的骄傲。大桥的成长也就是我的成长。五年，对于人的一生来说，说长不长，说短不短。五年时光的流逝，我学会了很多，理解了很多，正是公司的稳步发展给我带来了许多机遇与挑战，并督促我不断成长。转眼间，马普托大桥在 2018 年 11 月 10 日正式通车了，这种感觉就像恋爱一样，从初恋到挚爱，最终，演化为亲情和一种习惯。项目从筹备建立初始到最后主体工程完工，全体员工通过不断的实践和学习，承受了许多考验。我亲身经历了马普托大桥这一宏伟工程每一个激动人心的时刻，当看到大桥的基础完成，看着桥塔一天一天长高，我是如此骄傲。我骄傲我是路桥人！我骄傲我能够和大桥一起成长！

三

2019 年 6 月 8 日，非洲南部 2019 年富尔顿奖评选活动在南非成功举办。2019 年的富尔顿奖设置了大型项目组、小型项目组、混凝土结构创新组及混凝土结构设计组等多种组别奖项，共有来自南非及周边国家共计 31 个项目入围。我公司参建的莫桑比克马普托大桥及连接线项目凭借 34 万方混凝土总量、25 种不同混凝土及注浆材料的配合比设计，优良的混凝土质量和耐久性测试以及杰出的引桥挂篮及 T 梁架设施工技术，经过激烈角逐及评审，最终赢得了 2019 年富尔顿奖大型项目组冠军。马普托大桥北锚碇单次浇筑混凝土近 3000 方，在莫桑比克是首例，在整个非洲南部也很罕见。保证马普托大桥北锚碇质量的重点和难点就在于通过控制混凝土各项温度指标以尽力避免由于温度应力造成的各种裂缝。为了降低大体积混凝土温控指标，避免出现温度应力裂缝，项目方在施工方案中做了精细的计算和部署。如，通过优化配合比设计以及在混凝土结构物中布置循环冷却水管等措施，最终顺利完成了 2950 方混

马普托市政厅前的萨莫拉·马歇尔雕像

凝土的浇筑任务，为非洲地区类似工程的施工提供了宝贵经验。

转眼间我在非洲已经工作六年多了，我也从 22 岁的青涩"少年"变成了 28 岁的成熟模样。当我坐在电脑旁回忆这段历程，心底会时不时泛起一丝惆怅，感叹日子像是从指缝滑过的细沙，在不经意间悄然逝去。在非洲工作的六年多里，我从没有在家过过春节。总有人问我，当初下决心来到非洲工作后悔吗？如果你在四年前问我这个问题，我可能还会犹豫，可能会说后悔，但现在不会。每一段路、每一座桥，或许只是过往行人眼中的一道风景，但却是路桥人一生中抹不掉的记忆。看着马普托大桥的建成，想着这座"梦想之桥"不仅承载着莫桑比克人民对交通发展、国家腾飞的梦想，也正在以无与伦比的中国速度和中国质量向世界展示中国建桥者的实力和担当，我想说，我很自豪，这里有我的足迹！

柳晨阳　男，1992 年 2 月生，陕西西安人，毕业于陕西理工大学土木工程专业。2014—2019 年，工作于中交第二公路工程局莫桑比克马普托大桥及北连接线项目部；2020 年任职于中交第二公路工程局莫桑比克 SAVE 河大桥及旧桥加固项目部。

编导手记

纪录片入口

魏笑凡

    拍摄这个项目，印象最深刻的就是我们的拍摄对象柳晨阳与当地人的融合工作做得非常好，大家的交流和谐友好。这次的工程和以往略有不同，建设主体不一样，中方是发包方，带领着当地人去修建大桥，带领着当地人掌握技术。当地的焊工、钳工比较稀缺，所以柳晨阳和他的同事还要指导他们从头学起。虽然我感觉对中方来说这样做挺辛苦费劲的，但是以后莫桑比克有了本国的技术人员，就可以用学到的技术自己修建大桥。

    拍摄的这段日子基本上就是两点一线：从工地到宾馆，再从宾馆到工地。但就是这段貌似简单的路程，我们也请了保安和警察来保护，不然在马普托可以说是寸步难行。我们在进行街拍的时候，无意间拍摄到的当地人都可能会来向我们讨要"小费"，稍有不慎可能还会遭遇大面积的围攻。在保安和警察的保护下，我们也体验了一把全副武装出行和全方位保护的拍摄。

    当地的许多莫桑比克人都跟着中国师傅学技术。因为中国师傅讲技术的时候会说中国话，莫桑比克的小伙子在耳濡目染之下，竟然也学会了一些汉语：跟着四川师傅就是一口流利的四川话，跟着湖南师傅就是充满魔性的湖南话。在这遥远的国度听着一群莫桑比克小伙子讲中国方言，感觉还挺有趣的。

A **Decipherer**
of **Angkor Wat**

吴哥窟的
拼图者

张　念　Zhang Nian

当看着北外长厅北侧厅房的墙体构件全部正确拼装完成之后，我心中的那份满足感无比强烈。将一堆散落周边的石头逐块拼对验证，直至正确归到原位，这期间我们虽然经历过拆卸、拼装、再拆卸、再拼装的循环往复，但最终呈现在眼前的是一座完整的建筑，仿佛是我们赋予了建筑新的生命。

一

2009 年春节刚过，接到学校通知，我和另外几个同学被安排在北京的中国文化遗产研究院进行毕业实习。

初到北京城，一切都是那么新鲜，一切又都是新的开始。我们在领队老师的安排下，首先拜访了引荐我们进入实习单位的刘全义老师。刘老师体态微胖，个子不高，年过七旬但精神矍铄。闲聊的时候，我被刘老师家里桌子上的一张照片吸引了。看我对这张照片感兴趣，刘老师和我讲起了这张照片的故事。原来照片上的中年男子是刘老师的儿子，名叫刘江，小孩则是刘老师的孙子，照片是父子俩在柬埔寨团聚的时候留下的一张合影，而合影背景就是著名的柬埔寨吴哥古迹。刘江是中国政府第一批援助柬埔寨吴哥古迹保护工作队的成员，从1998 年开始参加中国政府援助吴哥古迹保护工作，并被委派至柬埔寨，这一待就是十多年。从刘老师家出来的时候，我的脑海里不时浮现出那张合影。或许，从那个时候起，吴哥便开始走入了我的生活。

实习的日子很快就过去了，很幸运我被中国文化遗产研究院留了下来，进入建筑所（中国文化遗产研究院文物保护工程所的前身），主要参与文物建筑的保护、修缮、设计工作。

经历了实习阶段的忐忑，到入职后的欣喜和亢奋，两年多后，我开始慢慢变得平静甚至有些倦怠，这种朝九晚五、三点一线式的工作状态让我越来越感到不安，甚至有些忧虑。我想改变这种状态，但又缺乏足够的勇气和方法来改变现状。

"你愿意出国去柬埔寨工作几年吗？要长期驻守！"

突然有一天，院领导找我去办公室，这是开场白。我一时语塞，竟不知道该如何回答。领导见我一时未做出反应，开始慢慢讲起来。原来中国政府援助柬埔寨吴哥古迹保护二期茶胶寺项目继续由我院负责实施，现场的施工工作马上就要启动了，需要由院里委派常驻现场的施工技术人员赴柬埔寨工作。领导有意推荐我和另一名同事一起驻柬埔寨。现阶段正在征求当事人的意见，我有两天的考虑时间。

离开了领导办公室，我的内心难以平静。这个消息对我来说是多么大的一个惊喜！正当我在为当时的工作状态感到忧虑和迷惘之时，新的工作挑战让我再次精神亢奋。我亟须做出改变，我渴望迎接挑战，况且这个挑战是早已在我心里埋下了种子的吴哥古迹！那一整天，我都处在惊喜和亢奋之中，畅想着未来在吴哥的工作，筹划着该做些什么准备。

然而，当所有的惊喜和亢奋归于平静之后，刘江老师对吴哥古迹长达十年的驻守又涌上我心头。茶胶寺的施工周期为八年，我不太确定自己能不能像刘江老师那样一直坚持守护。我想去挑战新的工作，但时间或许有些过长。实际上，还有一个让我有所顾虑的原因就是恋爱多年的女友。她是我的高中同学，2009 年我们一起来到北京，如今感情稳定，已经到了谈婚论嫁的阶段。如果我去柬埔寨就要做好长期奋战的准备，而她一个人在北京，除了几位好友，便再无亲人。那天回到家当我把这个消息告诉她的时候，没想到她给予了我百分之百的支持，虽然在谈到驻外时长的问题时她也有些犹豫，但很快便坚定了信念，无条件地支持我常驻柬埔寨。晚上，我给远在河南老家的妈妈打了个电

拍摄进行时

话，告诉了她这个消息。她说全家都非常支持我，还给了我一些鼓励，这更加坚定了我的信心。就这样，我与吴哥的缘分从此便正式结下了。

二

柬埔寨位于热带地区，丰富的热带雨林资源为柬埔寨提供了多样的食物来源。记得刚到柬埔寨工作之时，我与一名柬埔寨同事一同到金边出差。在距离金边约 70 公里的一个小镇上，我们停下来准备进行休整。这个小镇是吴哥到金边的必经之路，是到达金边之前最后的一个城镇，因此，人流量大，经济繁盛。我们走进了一家极具柬埔寨风格的小餐馆。

初到柬埔寨的我，对所有事物都充满了好奇。正当我饶有兴致地参观这家柬埔寨风格小店的时候，我的柬埔寨同事笑盈盈地端着一盘食物冲我招手，示意我过去品尝。我急切地跑了过去，想要看看柬埔寨人极力推荐的特色美食到底是什么。

天哪，是在逗我吗？这明明就是一盘蜘蛛啊！没错，经过再三确认，这就是一盘油炸大蜘蛛！黑色的大蜘蛛几乎与我的手掌一样大小，八条粗壮的大腿上长满了毛。由于经油炸过，蜘蛛身上的毛发根根竖立。当满满的一盘大蜘蛛摆在眼前的餐桌上时，我全身的毛发也不禁根根竖立了起来。

当我还在惊叹于这盘"美食"是否真的能够下咽之时，我的柬埔寨同事已经津津有味地吃了起来。只见他从盘里拿起一只蜘蛛，在一个盛满椒盐的味碟里挤上柠檬汁，将整只蜘蛛裹上柠檬汁拌好的椒盐后，囫囵吞进嘴里，卖力地咀嚼着，脸上流露出的满足感竟让我怀疑他吃的到底是不是真的蜘蛛。同事一边擦着嘴，一边示意我按照他的方式品尝一下。我一开始是拒绝的，后来看见他吃得越来越有味，在好奇心的驱使下，经过强烈的思想斗争，我决定尝试一下。

我小心翼翼地拿起一只全身布满毛发的黑色大蜘蛛，学着他的样子在味碟里挤上柠檬汁，拌上椒盐，将蜘蛛放进味碟里慢慢翻滚，试图将蜘蛛全身裹满椒盐柠檬汁。我猜测这样或许能缓解一些对于食用此种"美食"的心理障碍。当拿起蘸满椒盐柠檬汁的蜘蛛，我还是无法像同事一样从容地将它放进嘴里。最后，在同事的极力"鼓吹"之下，我将蜘蛛想象成了刚炸出锅的美味螃蟹，迅速塞入口中。刚入口时，椒盐柠檬汁的味道特别浓郁，一口嚼下去，一种咀嚼塑料薄膜的感觉顿时浮现。随着充分咀嚼，蜘蛛的肉透过"塑料薄膜"爆浆出来，肉质还算松软，夹杂着椒盐柠檬的味道，确实别有一番滋味。虽然味道尚可，但每次入口之前的强烈思想斗争实在是折磨人，不过，在突破了心理障碍之后，油炸大蜘蛛这种柬埔寨当地特色小吃还是值得一试的。

满满一盘"鲜美"的油炸大蜘蛛，我鼓起勇气尝试着吃了两只，剩下的都由我的柬埔寨同事一人独享。吃完这顿美餐后，同事带着我逛了一下镇上的露天集市。街道两旁这种油炸蜘蛛随处可见，已经成了当地的特色名吃，流传到柬埔寨全国各个城市，甚至有些金边的市民还专门驱车前往小镇集市来购买这种蜘蛛。跟油炸蜘蛛一起贩卖的还有各种昆虫的油炸版，如炸蟋蟀、炸知了、炸小蛇等。在经过油炸蜘蛛的"洗礼"之后，我比较从容地尝试了诸如炸蟋蟀、炸知了等其他一些来自热带雨林的特色小吃，同时，一次又一次惊叹于柬埔寨人民的这种积极从大自然中发掘各类美食的生活态度。

后来经过了解，20世纪80年代以前，柬埔寨国内局势动荡，大量难民无家可归，食不果腹。他们为了生存，在柬埔寨的热带雨林中尝试寻找各种食物以解决温饱。由于小镇地区黑色蜘蛛繁多，且蜘蛛又富含蛋白质，当地的人们便开始尝试食用蜘蛛。经过不断探索，油炸蜘蛛便成了当地极具特色的美食，直至后来发展出了各种油炸昆虫类食物，成为当地的特色美食名片。

三

吴哥古迹作为东南亚地区举世闻名的古代历史遗迹，是公元9世纪至15世纪古代高棉帝国繁盛时期的都城与寺庙建筑遗迹的总称。以大吴哥城和吴哥窟（亦称小吴哥）为代表的九十余处建筑组群及其数百座单体建筑遗构，散布在今柬埔寨西北部暹粒省的热带丛林之中。15世纪以后，随着外部力量的不断入侵，吴哥王朝渐渐走向衰落，历经600余年创造的吴哥文明遗迹湮没在热带丛林之中，逐渐被世人所遗忘。直至19世纪中期，法国博物学家亨利·穆奥为采集标本，无意之中在密林深处发现了这一宏伟惊人的历史遗迹，在其后发表的《暹罗柬埔寨老挝安南游记》中，对新发现的这些古迹大加赞赏，使西方世界重新开始关注这来自东方的"壮丽废墟"，并争相前往。自此之后，吴哥古迹的真容得以再现，她令人震撼的魅力也逐渐被今人所知。

吴哥遗迹之所以能历经数百年依然完美存世，得益于她建造材料的耐久性及砌筑方式的特殊性。吴哥遗迹的建造材料以砂岩石和角砾岩为主，建造时先以岩石和夯土堆砌成厚重稳固的基础，上部再以岩石逐层叠垒成高大的塔式建筑，岩石与岩石之间刻上榫卯或"磕绊"，不使用灰浆及黏合剂，以相互间的摩擦力来保持稳定。

在吴哥遗迹湮没于丛林的数百年间，随着热带植物的生长蔓延，遗迹建筑基础不断受到侵扰，上部叠垒的岩石也多有塌落。吴哥遗迹被发现之初有相当数量的遗迹都处于完全塌落状态，庆幸的是那些当初砌筑时所使用的岩石依然比较完整地散落在遗迹周围，让后人有了恢复其建造之初建筑形式的可能性。

茶胶寺作为吴哥古迹九十余处建筑组群中的一处，建造于公元 10 世纪末 11 世纪初，是吴哥时期建筑艺术发展的典型代表。被发现之初，其部分单体建筑塌落，砌石散落在周边。而我们的工作就是通过前期大量的对比研究，确定所修复建筑的艺术形制、建造风格以及砌筑工艺等，以尽可能地让散落石块依据其原始的建造风格回归原位。而这就像是一场搭积木般的拼图游戏，需要找准每一个石构件所在的位置。

北外长厅是茶胶寺内的一处重要的单体建筑遗迹。发现之时，长厅北侧的厅房已经完全坍塌，仅剩下建筑基座。塌落的数百个石构件或散落在长厅周围，或掩埋在地面以下。在修复之前，我们虽然开展了大量的前期研究工作，但面对散落一地的零散石块时，依然觉得无

茶胶寺遗迹

从下手，并不知道究竟哪块石头该放在哪里。庆幸的是，中国政府援柬埔寨吴哥古迹保护修复工作已经进行了十余年之久，前辈们在修复拼对的过程中积累了大量经验。借鉴前人的宝贵经验，我们很快就确定了修复方法。

经过几天的寻找，我们将大量疑似长厅构件都集中了起来。首先我们对其进行了分类码放，将石构件分为三部分——墙基构件、墙身构件和墙帽构件，然后再细分为有雕刻的艺术构件和没有雕刻的普通构件。分好类之后，在周围空地上，先从墙基开始，逐层寻找进行试拼装；试拼完成后，再让这些构件回归原位。这是一个基本的修缮思路，然而在正式的修复过程中，还会产生各种各样难以预见的问题。

在一次拼对北外长厅北侧厅房墙体的过程中，我们越往上拼对，石块之间的缝隙变得越大。在墙体拼装接近完成时，上部缝隙的宽度已经明显超越了正常值的范围。我们很快意识到或许是某个石构件的位置拼装错了，接下来就是沿着裂缝发展的方向逐层向下检查。经过反复查验，仍然无法确定究竟是哪块石头出了问题。正当我们一筹莫展之际，一名工人发现了距北外长厅数十米远的地方躺着一块石头，跟我们正在进行墙体拼装的石构件极其相似。我们迅速将这块石头移至拼对现场，经过测量，发现该石头与已经拼对完成的一块石头大小相仿，样式相近，且正好是在墙体底部细小缝隙起始的地方。我们不得不将已经拼对完成的墙体从上至下又逐层拆解，直至缝隙起始的那块石头。经过对比，新发现的石头与已拆卸下来的疑似拼装错误的石头厚度相同，高度相差 5 毫米，长度相差 1 厘米左右，榫卯及"磕绊"的雕刻工艺也相差不大。于是，我们便将其替换，然后再逐层将拆卸的石头安回去。这时石头与石头间的缝隙完美地契合了，这样，至墙体顶部的缝隙也缩小到了正常值范围以内。这面墙体历经挫折，终于被拼装回去了，但是，拆卸下来的这块石头又是什么地方的呢？我们猜测，或许是与之对称的另一面墙体的底部相应位置的石构件。很快，另一面墙体的拼对工作马上展开了。在拼对这面墙体时，我们始终抱着一种验证猜测是否正确的心态去进行，也算是为枯燥的工作增添几分乐趣。很幸运，我们的猜测得到了验证，另一面墙体也正确地拼装完成了。

当看着北外长厅北侧厅房的墙体构件全部正确拼装完成之后，我心中的那份满足感无比强烈。将一堆散落周边的石头逐块拼对验证，直至正确归到原位，这期间我们虽然经历过拆卸、拼装、再拆卸、再拼装的循环往复，但最终呈现在眼前的是一座完整的建筑，仿佛是我们赋予了建筑新的生命。

北外长厅北侧厅房墙体全部拼装完成后，我们就对墙体顶部的山花组件进行寻配归安，完成锦上添花的工作。因为茶胶寺在建造之初即为一处未完工的工程，大量建筑墙体顶部的山花组件还未来得及安装即因种种原因停工了，留下来未安装的山花组件散落在四周。我们在对北侧厅房墙体顶部的山花组件进行寻配之时，经过比对，确定了多处原本属于北厅墙体位置的山花组件。我们兴奋不已，便迫不及待地把已经确定好的山花组件进行了归安。当其他几处山花组件都顺利归安之后，其中一处组件因缺失了最为重要的一个构件而迟迟无法顺利安装。在走遍了茶胶寺的各个角落之后，依然无法找回构件。我们几乎放弃了归安这组山花。

几天后，我走在从北厅回工地办公室的路上，突然发现了一个局部裸露于地表的石构件，上面隐约可以看到部分雕刻纹饰。在好奇心的驱使下，我找来几名工人，将构件挖掘了出来。天哪，我被眼前的一幕震惊了：该构件由于长埋于地下，其石头表面未经风化，线条之流畅、纹饰之精美，其他长期裸露在外的雕刻构件完全无法比拟！更加巧合的是，这不正是我们苦苦寻觅的北厅山花缺失的构件吗？！又经过反复的测量和比对，最后确定这正是我们所需要的构件。很快，北厅的山花组件便全部归安完成了。

无意间发现那个石构件，我的感受丝毫不亚于 19 世纪中期亨利·穆奥发现吴哥之时的那种震撼。虽然在热带地区工作，陪伴我的多是酷暑与暴晒，但当完成一项神奇而美妙的工作之后，其所带来的那丝清新爽朗直沁心脾，让人无比愉悦：这便是吴哥古迹的修复工作带给我的乐趣。

四

至 20 世纪初期，柬埔寨终于结束了近百年的殖民统治及战乱纷争，进入到相对和平稳定的历史时期。1992 年，吴哥古迹被世界遗产委员会列入《世界遗产名录》，同时被认定为"濒危遗产"。次年，在柬埔寨政府和联合国教科文组织的联合倡议下，由中国、法国、日本、柬埔寨等多个国家参与的关于吴哥古迹保护的国际会议在日本东京召开，并发表了《东京宣言》，同时成立了吴哥古迹保护与发展国际协调委员会。中国政府成为吴哥古迹保护国际行动最早一批的发起者和参与者。

1998 年，国家文物局委派中国文物研究所（中国文化遗产研究院的前身）正式组建中国政府援助柬埔寨吴哥古迹保护工作队，并选定周萨神庙作为保护修复对象，从而展开了对周萨神庙长达十余年的保护修复工作。2006 年，在周萨神庙即将修复完成之际，中柬两国政府签署了正式换文，确定由中国政府选择吴哥古迹的另一处遗迹作为援柬埔寨吴哥古迹保护工作的第二期项目。经过前期调研，选定了茶胶寺作为二期项目的实施对象，随之对其开展了前期研究工作。2008年，周萨神庙正式竣工。周萨神庙的修复工作得到了包括柬埔寨政府在内的多方国际同行的充分认可，参与周萨神庙保护的中方技术人员也获得了柬埔寨政府颁发的骑士勋章。2010年，茶胶寺的前期保护研究工作正式完成，进入到修复施工阶段。2014年，柬埔寨政府邀请中国和印度作为柏威夏寺古迹保护与开发国际协调委员会的联合主席，协调国际各方共同参与到柬埔寨的另一处世界遗产——柏威夏寺古迹的保护行动中来。

纵观中国政府参与吴哥古迹保护国际行动的二十余年，中国政府从最初吴哥古迹保护的参与国，逐渐成长为柏威夏寺古迹保护的协调主席国，离不开中国政府对中柬两国文化交流的重视与支持，也是一批又一批援柬工作队成员共同努力的理想结果。随着国家"一带一路"倡议的深入人心，中柬两国在文化领域的交流与合作将更加频繁与深入，我也非常庆幸在自己最重要的青春时刻，亲历了这场文化盛宴。

〰〰〰

张念　男，1987年8月生，河南焦作人。2009年毕业于黑龙江建筑职业技术学院中国古建筑工程专业，同年入职中国文化遗产研究院，从事中国古建筑的保护研究与修复设计等相关工作。2012年加入中国政府援柬埔寨吴哥古迹保护工作队，2016年参与中国政府援乌兹别克斯坦花剌子模州历史文化遗迹修复项目。2018年，在结束了援柬埔寨茶胶寺保护修复项目后回国，进入首都师范大学文化遗产专业继续深造学习。

编导手记

纪录片入口

唐 维

　　可能因为我是一个女导演，于是领导挑了一个比较"温柔"的题材、环境相对较好的柬埔寨采访任务给我。分任务的时候，我以为去非洲采访是最艰苦的，但是我——错——了！柬埔寨当时是夏天，又正处雨季，真是闷热无比……我们的摄像哥哥，还有主人公的衣服，从一早出门开始就没怎么干过；带去的防暑降温药，还没到最后几天就被大家吃完了……这种环境，不仅会让人迅速疲惫，而且也非常耽误拍摄！我们大部分拍摄任务在户外，一般从早上8点开始，到了中午11点不仅热得难受，而且顶光也拍不了什么了，直到午后3点又开拍……然而，几乎每天下午4点左右就有倾盆大雨。在那里的我们，几乎每天都在和高温、大雨这样的天气作斗争！

　　前期策划的时候我们拟了拍摄的几个必备要素，如民俗风情、美食美景等，于是我们就策划让主人公品尝当地一种特殊的美食——毒蜘蛛和蝎子。主人公其实很怕，但他答应如果我陪他吃，他就吃。于是，我们一起体验了一次吃毒蜘蛛和蝎子。

　　还有一个节目背后的故事很让人感动。拍摄的时候经常有中国游客特意来到中国援柬队所负责的茶胶寺！在吴哥古迹群中，不管是论名气还是论规模，茶胶寺都不是最吸引游客的一个景点，他们只是为中国援柬队而来！他们拉着援柬队的工程师们不停地合影，还不停地跟我们说，因为这群年轻人，作为国人他们有多骄傲……

Light up

the Eastern African

Plateau

点亮
东非高原

黄　捷　Huang Jie

在当地工人眼里，中国师傅是从不休息的；在中国师傅眼里，当地工人是总想休息的。他们看着我们碗里红彤彤的辣椒，大呼"Too much（太多了）"；我们看着他们碗里软绵绵的豆子，也是摇摇头不敢尝试。

一

2015 年 8 月 29 日，随着飞机机身一阵剧烈的颠簸，我终于抵达了此行的目的地——乌干达。整整一天的飞行让我疲惫不堪。大力揉搓了一下浮肿的脸，松了松衣领，我抬脚走出飞机。这是我第一次跑这么远，更是我第一次踏上非洲的土地，虽然满脸疲惫，但依旧难掩心头激动。乌干达，我来了！

这里的天，很蓝，清明澄澈，如同孩子们清澈的双眼。当地人远远地看着我，却不敢走近与我说话，躲在一旁，满眼都是好奇。路边简陋的广告牌、朴素的广告语诉说着他们简单的生活。时不时映入眼帘的，还有各种中资企业的安全施工标语，以及和我一样投身丝路建设的中国人。他们黝黑的面庞和脖子上搭挂着的毛巾，让我心头涌上无尽的亲切，心中的孤独感也被瞬间冲散。

夜幕浓重，繁星点点挂满天边，车行一路却只能偶尔看到一丝灯光。同行的师傅给我"答疑解惑"："这里没有电，你偶尔看到的一丝丝灯光都是富贵人家才有的电灯。"很简单、很直接地道出了现实的残酷，也坚定了我此行的目的，我要点亮夜间的这一片黑暗！

上班的第一天，我穿上整齐的橙色工装，戴好安全帽，心情忐忑地走到施工区域。上班的第一项任务是用英语给全工区当地劳务人员开安全教育专题会，这可真是个技术活。大学英语四级考了五次才低分飘过

孩子们目光清澈，
满眼好奇

的我，心里有点点慌。清晨的天气微微泛凉，太阳还未升起，即便如此，我脸上却有些发烫，手心也有点冒汗，手中的稿子越发攥得紧了。

慢慢地，一辆辆通勤车都到了，偌大的车间忙碌了起来，各个班组都开始换装。他们谈笑着，似乎还在聊着昨晚的足球赛，那股子兴奋劲丝毫没有散去。"Quickly（快点）！"随着师傅一声极具方言口音的催促声，他们才开始收起话头，走向集合点。

也许是对我这个新来的年轻人有些好奇，队伍中仍然有停不下来的讲话声。我深深地吸了口气，看着面前七八十号人，拿着我已经准备了一晚的安全规程和注意事项的稿件，开始了我工作的第一项任务。

就这样，我开始了在非洲当技术员兼翻译的工作。刚开始，我自己的英语基础不好，词汇量有限，他们的发音更让我一头雾水，无法获知他们的真实意图，沟通时老是掏出手机来查单词，这让我觉得很不好意思。也许是不服输，慢慢地我变着法子和他们闲聊，聊乌干达，聊足球，聊他们最感兴趣的国家，聊他们最好奇的中国功夫；他们告诉我，什么地方会有什么样的野生动物，比如蟒蛇、眼镜蛇、鳄鱼……进荒野草丛得穿雨靴，还要先扔石子探路……就这样，对当地环境、风俗文化的好奇驱使着我，让我总有一些新鲜的想法和问题。在跟他们的沟通中，我的英语水平渐渐有了提高，也就顺利地迈过了工作的第一道坎——语言关。

二

努力实现青春梦想的时光总是过得很快，眨眼间已经过去了三个月。一同来到乌干达的几个小伙伴中，终究还是有人没能挡住疟疾来袭。当我们得知消息后，立马跑到医务室。看见平时生龙活虎的小伙伴躺在病床上输液，我们这群没被疟疾"虐"、不知病滋味的幸运者，还嬉笑打闹着，给他安上各种体虚的"头衔"。那天晚上，当大家各自散去，我看到他在床上蜷缩成一团，打着冷颤，盖两床被子还念叨着冷，放在一旁的中饭、晚饭一点都没动。他一脸憔悴，轻声对我说："兄弟，这滋味太难受了，千万小心防护，别中招了。""放心，我壮得很！"我不以为然。

果然，麻痹大意出大事，没过两天我就"中奖"了，我——既小看了这里蚊虫的厉害，也高估了自己的抵抗力。也真是戏剧性的一幕，此时躺在病床上的是我，坐在一边嬉笑的人是他。而我身上出现的症状又完全不同，我是吃了就吐，连水都吐，浑身乏力，走几步路都费劲。即便我的师傅、我的室友、我的哥们都围着我转，我的内心还是觉得有一种深深的孤独，想家，想离开这个让人"打摆子"的国家。粒米未进的我，梦中都是老妈做的辣椒炒肉。病倒的这几天，我内心泛起无数次想退却的念头，担心疟疾之后会有很严重的后遗症。医生似乎看懂了我眼中的慌乱与迷茫，他告诉我："疟疾不可怕，也没有外界传说的后遗症，现在用药的副作用已经减轻了很多。平时做好防护，蚊香蚊帐不能少，就可以有效避免。小伙子，年轻，没得一点问题！"

善意的开导打开了我的心结，心灵的强大才是真正的强大。我认识到了就此放弃回国是多么脆弱多么幼稚的想法，我不能只是生活在一帆风顺的世界里，我需要打破以往简单轻松的生活，在乌干达完成我成长的蜕变。

三

在乌干达的第一个春节到了！不同于国内爆竹声声辞旧岁，这儿没有一点点声响。上午还在施工现场忙得热火朝天，晚上就到了我们自己筹备的"春节联欢晚会"。

燃起的篝火旁，一支乌干达的舞蹈队正在表演着。轻松欢快的非洲鼓点，丰富夸张的非洲舞步，还有滑稽搞笑的面部表情，带给大家无尽的欢乐。刚刚还在食堂后厨忙碌的洗菜姑娘，身上还系着围裙，一个箭步就冲上了舞台，和着节奏，与音乐融为一体，真是一群天生的舞者。离舞台近点儿的师傅，拿着手机拍照，脸上正乐呵着，两个当地小哥一把把他推上了舞台。就这样，他成了舞台上跳得最笨拙、却笑得最开心的那一个。

我打开手机，跟家人分享着当地舞者的热情。视频另一方的母亲，看着我身边热闹喜庆的场面，看着满满一桌子的菜，还有我那圆润了些许的脸，因担忧而皱了许久的眉头终于松开了些。"您看我这边，穿的都还是短袖呢，您放心，我在这边好着哩。"现场高涨的声浪，已经完全盖过了我的说话声。

"小伙，还习惯不？这是第一次在外面过年吧？"头发已花白的师傅端着酒杯，向我走过来，"好好享受下这异国他乡的新年！""新年快乐，干杯！"

生平第一次离家过年就是在这万里之外的乌干达。这里虽然没有爆竹烟花响彻天空，也没有大红灯笼挂满屋檐，更没有小孩子爬上跑下的欢呼雀跃，但这里有着当地风情浓郁的舞蹈，有着激昂澎湃的鼓点，还有当地小哥字正腔圆的"新年快乐"！

在当地工人眼里，中国师傅是从不休息的；在中国师傅眼里，当地工人是总想休息的。他们看着我们碗里红彤彤的辣椒，大呼"Too much（太多了）"；我们看着他们碗里软绵绵的豆子，也是摇摇头不敢尝试。

碰着周末，师傅准备下班后烧一锅牛肉炖土豆，便安排我去找当地小班长，帮忙买点儿他们自家种的土豆。这还不是简单轻松加愉快？我呼啦啦一阵说。"potato"（土豆）这么简单的单词可是小学就学了的，还能有错？等到下班，小班长的弟弟拎着袋子来了，我看也没看，提起就往回走。

师傅家的牛肉已经溢出了肉香，满屋子的人正等着我的土豆。我提起袋子一倒，呼啦啦倒出来一堆红薯。我蒙了，这是什么啊，我要的是土豆啊！师傅看着我："小伙子呀，我不会说英语也没把土豆买成红薯呢！"没得啥好解释的了，就这么遭了一屋子人一整晚的白眼。

过后，我问当地小班长，为什么送成了红薯。他很疑惑，送的那个就是"potato"，没有拿错。突然他像是意识到了什么，笑着翻了张土豆的图片给我看，问我是不是这个。看着我激动的表情，他慢悠悠地告诉我，在乌干达，土豆叫"ireland potato"，红薯才是"potato"。

四

时间在一天天流逝，工程在一点一点推进，跨立在白尼罗河上的大坝在一点点升高，每一处细心的设计都充分体现着人类智慧之美。天边的晚霞映衬着大家加班忙碌的身影，转动的施工机械谱写着动人的劳动乐章，一切都在愉快地进行着。看着卡鲁玛水电站的变化，我内心的激动无法按捺。

技术员的工作是充满挑战的，我用了百分之百的精气神去迎接每一项挑战。我所有的工作感悟都会与当地助理沟通，也会将从师傅们那里学到的技术要点一点点地翻译讲解给他们听，对于他们提出的一些请求，也会尽可能地帮助他们。可我没想到的是，有些事偏偏就这么发生了。

那天早上，按往常惯例，我到达岗位后组织班前安全会，并协助部分班组布置工作任务。当我完成这一切回办公室拿图纸时，发现我桌子上的强光手电筒不见了，就发生在刚刚出去的那么短短几分钟内！

那个瞬间，我感到无比愤怒。我疯狂寻找，虽然丢失的物品并不算贵重。司机告诉我，要不你报警，下班前让警察在大门口一个一个查吧，说不定找得到。我摆摆手，不找了，其实我只是想找到人，我只是想知道他拿走手电筒的原因。

很长一段时间，我对这件事都不能释怀。在这贫穷落后的社会环境下，一些当地工人顺手牵羊拿走别人东西之类的坏习惯能不能根治，我找不到答案；但我却知道，每个地方都会有榜样，有榜样的力量。

那天是发工资的日子，早早就有很多人在办公室门口排队，满心期待着这一个月的薪水。对他们而言，拿到薪水的那一刻，便是这个月最幸福的时刻。经过整整一下午的努力，我们终于顺利将所有人的工资都发完了，我心里也就松了口气。

我们抱着满满一箱工资发放登记表往营地走，发现有一群人围在一块，议论声中还隐隐夹杂着哭声。我和同伴对视一眼决定上去看看。当我走近人群，看到一名女工，头发散乱，蹲在地上啜泣，双眼无神，仿佛已经失去了继续生活的希望。听周边人议论，原来她刚刚领到手的工资不小心被偷了，家里还有孩子要养，这下连即将开学孩子要交的学费也没了着落。

听到这里，我心里很是难受。言语上的安慰虽然可以安抚人心，却不能立马改变艰难的生活窘境。我一个人的力量太有限了。正当我觉

穿行在莽莽原野的卡鲁玛项目输变电线路

得难办的时候，有一名当地工人从口袋里掏出了 10000 先令（约合人民币 20 元），硬塞到了女工手里，然后转身离去。我认得他！我脑海中浮现出一个笔挺的身影。他年轻时曾经是一名军人，后来因伤退役，现在是机械设备班的班长。他看不惯班里的工人偷懒不守纪律，气急了还会忍不住动手教训，也敢跟中国师傅坐在桌子前较劲，讲道理。他会拳击，大嗓门，有点带头大哥的气质。在这种情形下，他的举动打破了僵局，有一些工人也随之伸出了援助之手，2000 先令，5000 先令，不论多与少，都是一份善意，一份关切。

这个世界，不论在哪儿，始终有这样一份温情。有的人，穷虽穷，却有着他的骨气，是人群中一面高高飘扬的旗帜。

五

有的人，有一技之长，严于律己，如挺拔青松屹立在众人眼前；有的人，不甘贫穷，又不思进取，选择用为人所不齿的方式生存；还有很大一部分人，他们有想法，却缺少舞台，有激情，却苦于基础薄弱。他们很努力地学，在工作中不停地学习与成长。他们感谢我们给予的机会，其实他们的进步都源于他们自己。

有这样一对师徒：徒弟本是机电安装班的小工，身强力壮，干活总是冲在最前面；师傅是带班的中方师傅，经验丰富，是老一辈施工人员中的劳模。这样的"黄金搭档"本应是解决任何困难都不在话下，但师傅不懂英语，徒弟不会写字。这样一来，用手机翻译软件都无法解决两个人之间的沟通障碍。

两个认真做事的人，会有最独特的沟通方式。最真实最让人感动的授业方式就是师傅手把手教，徒弟一遍遍学。"OK"是师傅对徒弟的认可，"NO OK"是师傅对徒弟的批评；"OK"是徒弟告诉师傅学会了，"NO"是徒弟没有弄明白。最简单的两个词成了他们沟通的主要语言，他们之间也形成了一种默契，一个简单的动作甚至能表达一些语言都难以诠释的东西。

时间的流逝，带来了徒弟的成长，也带来了师傅两鬓的斑白。现在徒弟已经是机电安装班的班长，电焊、氧割都是他最熟练的技能，师傅安排任务没说过一句英语，但他却能完全明白师傅的想法与意图。虽然他还是不会写字，但他的技能和业绩已经超过很多会写字的工人，因为他努力，他好学。其实，在这条"丝路"上，所有中国工匠都愿意将毕生经验倾囊相授！

卡鲁玛水电站一天一个新模样，多少人在这里将心血灌注，又有多少人在遥远的家中默默牵挂。我，在这四年里，褪下了青涩，"小伙子"变成了"师傅"，脸上与身上已是两种不同的肤色。但我心中所想、心中所念始终不变且愈加浓烈：终点就在眼前，我要点亮东非高原上的黑夜！

男，汉族，1993年5月生，湖南长沙人。2015年6月毕业于南华大学电气工程专业，同年7月加入中国水利水电第八工程局国际公司。2015年8月至今，在乌干达卡鲁玛水电站项目工作。

编导手记

~~~~

杨旺文

纪录片入口

    离 2019 年春节还有二十天，我们摄制组四人匆忙赶往乌干达拍摄卡鲁玛水电站项目。年前各栏目要准备春节期间节目，我刚安排好《科学下乡记》的拍摄计划，罗辉当天刚从新疆赶回，到长沙两小时后就和我们一起登上了飞往乌干达的航班。虽然匆忙，所幸一切顺利。

    到卡鲁玛水电站之前，其实拍摄内容尚未确定，主人公也没有选好，到达之后马上就和项目部各位领导进行了一番座谈。在国外的建设者们的故事让人感动。项目副经理黎回庭，在国外干工程已经干了三十多年，现在一年回国两次，以前两年才回国一次。在现在这种随时都能视频通话的条件下，我们觉得和亲人分隔两地、一年见个一两次的情况都难以忍受。更何况在十几年前，常年待在一些不发达的国家，和家人不能视频，国际长途电话费又贵得难以承受，只能靠通信联系。在摄制组成员看来，这样的生活简直无法想象，然而黎经理一句"还好，习惯了"，说得云淡风轻。实际上，这样的生活，让这些建设者和他们的家人承受着巨大的考验。许多留守在国内的家属难以理解，也难以独自照顾家庭，有的甚至选择离婚。所以，他们这些在国外的建设者的婚姻多是选择"内部消化"，这样更容易相互理解。在以前，我们不知道有这么多的建设者那么早就出国开辟市场，现在深深感受到，"一带一路"上实在有太多的故事。

拍摄当中一切都还顺利，我们对主人公黄捷的工作环境也有了更深刻的体会。卡鲁玛水电站主体工程都在地下，每天他们都要在地下待八九个小时，虽然有通风设备，灰尘依然很大，需要戴上笨重的防尘面罩。我们拍摄一趟下来，闷得受不了，可是他们每天都要这样工作。

晚上拍主人公值班驱赶河马的镜头时，我们领教了非洲蚊虫的厉害。对于我们来说，那一夜已经足够深刻，对于他们来说，那一夜却只是平常的一夜。只是，很多人在这样的夜晚感染了疟疾，打起了"摆子"。疟疾没有疫苗，只能做好防蚊工作，以免被蚊子叮咬。但是如果晚上要在室外工作，完全不被蚊子叮咬显然是一件不可能做到的事情。

拍摄完成后，摄制组在春节期间赶回了长沙。考虑到春节期间理发不方便，所以回国前我在乌干达给一直出差没空理发的罗辉修剪了一下头发——不知道有没有影响到他过年相亲。身在乌干达的黄捷，可能就没空想这些问题了，忙碌的建设每天都在继续。

| Grow Rice
in Pakistan

我在巴基斯坦
种水稻

蔡 军 Cai Jun

每天外出，公司的生产负责人开车，警察全副武装坐在我们的副驾驶位子上：大头皮鞋，虽然旧但是擦得锃亮的冲锋枪，还带着装了两梭子弹的弹夹。不论我们走到哪里，他们都一直在身后跟着。

一

2014 年上半年，离开待了七年之久的孟加拉国，我应公司调配前往巴基斯坦开展杂交水稻推广工作。

巴基斯坦给我的印象一直是乱、危险，一想到要去那里，虽然说为了工作在哪里都无所谓，但还是心生怯意。不过，已经答应了，只能壮着胆子去。

五月，国内最舒服的季节，在巴基斯坦却是最热的时候。飞机降落在卡拉奇的时候，Abdul Mari，巴基斯坦合作公司的生产经理来机场接我，这位已经多次前往中国学习的老兄上前便是一个热情的拥抱。机场出门第一步就是登记，专门登记中国旅客信息的窗口，在出口不远处，他们会登记你的护照号码、接机人的身份信息、前往的目的地等。巴基斯坦政府对中国人很友善，一到达就充分感受到了。

从机场到镇上的住处，还需要东行 180 公里左右。来之前我很怀疑巴基斯坦怎么可能有那么大面积的土地来种植杂交水稻。因为，从地图上看，从北到南也就是中间沿着印度河的区域是绿色的，适宜种植水稻，其他大多数区域都是黄色的。

在孟加拉国待得久了，我对巴基斯坦的城市也没什么太多新奇感和陌生感，两个国家人们的穿着也差不多，感觉十分的熟悉和亲切。从机场到住处的道路正在施工，颠颠簸簸四个小时左右，总算是到了目的

巴基斯坦年轻的农民

地——古拉奇镇。这里就是接下来每年我都会待半年的地方。

2014年以前，我一直待在孟加拉国，从农业人的角度来看，孟加拉国给人的感觉是，路的边上是田，田的边上是树，树的边上是村子，村子的边上又是田。巴基斯坦则到处都是无边无际的黄土地，一块一块整整齐齐地排列着，没有尽头。农民人为地用机械把田分成了1英亩（约4046平方米）左右一块，看着着实大气。

巴基斯坦南部地处印度河入海口的位置，地下水位高，盐碱重，基本上没有抽地下水灌溉农作物的习惯。这里一年种两季作物，冬季种向日葵（有露水即可活），雨季种水稻。每年五月，水稻耕种季节开始，到处都是拖拉机：有的拖拉机拖着耕地机，有的拖着耙田机，有的拖着开沟起垄机，还有的拖着激光平田仪——拖拉机头在巴基斯坦就是"万精油"。

二

我们来巴基斯坦算是比较晚的一批了，还有很多很多的中国人早就在巴基斯坦打开了一片天地。基本上每两个月，我们就会前往卡拉奇"逛街"。我们逛的地方比较特殊——"中国超市"，当然，这是我们给取的名字，逛得最多的，就是其中之一的卡拉奇"兰姐超市"。

这个超市是一套单独的"别墅"，带着围墙、铁丝网，虽然没有招牌，但在地图上却可以搜索到。一楼的两个房间被改成了超市，二楼则是住宿的地方。在超市里，中国厨房里常用的物品一应俱全，从锅碗瓢盆到米油盐醋，从干货到熟食及烟酒饮料，当然，运气好的时候还能买到现做的水豆腐。每次逛超市，我都要来回转几圈，总希望能淘到虽不在采购单上却可能会用到的稀罕东西。去有中国超市的地方出差，是幸福的。当厌倦了早餐顿顿是 chapati（面饼）的时候，能够吃上一碗热腾腾的面条；当厌倦了中晚餐总是咖喱水煮饭的时候，能够在白米饭上放一勺"老干妈"……身心无比舒畅。

待在巴基斯坦的好处就是，能看到满眼的绿色，绿色能使人放松。虽然这里的条件比国内艰苦，但快乐是有的，即使它只有那么一点点。

我到巴基斯坦以后，项目组正好换了一个大房子，单独的一栋，楼下四间房，楼上四间房，人多的时候会有四五个中国人。一楼有一间办公室，一间工作人员的卧室，一间给警察住的卧房，还有一间厨房。警察是我们"申请"来的。经常在外面到处转悠，为了安全起见，政府免费为我们配备了警察，每年四个，轮流值勤。分配跟我们在一起的警察并不固定，有些可能只待一季，有些会连续跟我们几季。每天外出，公司的生产负责人开车，警察全副武装坐在我们的副驾驶位子上：大头皮鞋，虽然旧但是擦得锃亮的冲锋枪，还带着装了两梭子弹的弹夹。不论我们走到哪里，他们都一直在身后跟着。

Masud，一位跟着我们有两年之久的警察，只懂一点点英语，但领悟力很强。有时候我们走到农户的田里，因为耳濡目染了我们对秧苗移栽的要求，当翻译人员不在旁边时，他经常会主动跟农户讲要怎么怎么做，要达到怎样的标准。听同事说，还有一位年轻警察，有一次，因为在田间劳作的人比较多，当这位同事下田去检查的时候，那位警察小伙竟然穿着皮鞋也跟着下了田。

虽然我们觉得在巴基斯坦还是很安全的，完全没有听说的那么夸张，但他们还是特别特别负责，不论我们是去基地、去拜访农户，还是就在附近转转，总之，只要我们走出住的房子，身后总会有他们的身影。后来回想起来，我们能在巴基斯坦做到只管往前冲，也确实是因为有这些警察跟随在身后，做我们坚实的后盾。

三

每年，我们都会辅助本地市场部门，在新开发的杂交水稻销售区域开展农户培训活动。培训很简单，就是坐在一起跟农户聊天。首先问问他们做得怎么样，然后问问他们的栽培方法、管理方法等。当然了，他们的方法都是通过自己摸索或者请教经销商得来的，经销商传递的信息不会太详细。我们在跟农户聊完之后，接着就会跟他们一起去看看禾苗的长势，然后根据田间的生长表现，给予肯定或者提出下阶段需要做出调整的意见。

每次去农户那里，我最喜欢的就是他们问问题了。很多时候刚开辟一个新区域，当地农户都会用本地常规稻种植方法来种杂交稻，结果并不太好，这个时候他们就会有各种各样的问题。

有些农业大户看到我们会特别开心，端上甜点茶水后，还会带我们参观他们的房子，会向我们特别说明哪些东西是中国制造的。

其实农户的需求很简单，就是种你的品种，能得到一个好的收成，一个好的卖价。而我们所要做的，不仅仅是带给他们杂交水稻种子，更要把结合本地生产模式的配套技术传授给他们。

〜〜〜〜〜

蔡军　男，农艺师，1984 年生于湖南溆浦，于 2007 年毕业于湖南农业大学农学专业。自 2007 年 6 月加入袁隆平农业高科技股份有限公司，先后在孟加拉国（2007—2014 年）、巴基斯坦（2015—2018 年）、印度（2019 年至今）等国从事海外杂交水稻生产技术研究与杂交水稻种植推广工作。

编导手记

纪录片入口

～～～～～～

杨旺文

    飞机一落地，和采访对象联系上后，我们坐上车，一个巴基斯坦警察就背着 AK-47 坐到了我们身旁。原来网上流传的巴基斯坦警察护送中国人是真的，但这不免让我们有些忐忑，局势真的如此紧张吗？随后，在我们抵达的城市卡拉奇就发生了几起恐怖活动，警察更是与我们寸步不离了。采访对象蔡军告诉我们，他们平时都实行宵禁，为了安全，晚上警察是绝不放他们出门的，就连在住所门口站一会儿警察都会持枪陪着。采访过程中，为了保护我们，警方又增配了警力。

蔡军和当地人在一起

一天晚上，我突发尿结石，痛得不行，但依然要坚持到天亮才能去医院，这是一段我毕生难忘的采访经历。有时在恍惚中觉得自己仿佛成了一名战地记者，然而说的又都是关于水稻的事情，这样的反差很奇特，也由此碰撞出了这一条独特的纪录片。

巴基斯坦人民对中国人确实非常热情友好，采访时他们让我们教他们用中文讲"中巴友谊万岁"，然后一定要我们拍下来，让更多的中国人知道他们热烈欢迎中国人到巴基斯坦来。蔡军在当地更是受到农民朋友们的热烈追捧。他把杂交水稻技术倾囊相授，当他讲解时，农民朋友们都是用一种崇拜的眼神看着他。为了表达他们的尊敬，他们称呼蔡军"Boss"。在蔡Boss的悉心指导下，当地水稻产量翻了将近一倍，而水稻收入就是当地农民的主要经济来源。

巴基斯坦，西边有塔利班组织不停骚扰，东边不时和印度发生武装冲突，境内时不时会有恐怖袭击发生，局势确实很紧张。虽然他们有适合农业发展的土地和气候等自然条件，但是因为时局不稳，以及种植技术落后，农业发展很缓慢，农民收入非常低。

年轻的杂交水稻推广者蔡军，从毕业开始就在不发达地区推广杂交水稻种植技术。在巴基斯坦工作的两年多时间里，他每天在需要警察持枪保护的环境下工作，还需要不停地和当地农民作"斗争"，让他们抛弃落后的种植观念和技术，让新技术能有效地给当地农民带来经济效益。经过他的努力，两年多时间，当地农民收入翻了一番。

Dancing
over Waters
in Mexico

墨西哥
水上之舞

史清阳 Shi Qingyang

等到夜里 12 点的时候，会有很多小船载着烟花去海上点燃，烟花燃放会持续大概半小时。这时候，所有的人都开始欢呼鼓掌，互相拥抱，不管认不认识。

一

　　我来自安徽滁州，22 岁时来到墨西哥，在墨西哥担任跳水教练。刚来墨西哥的时候，有很多问题困扰着我，语言问题就是第一位的。为了解决这一难题，我到墨西哥后每天比别人早起学习语言，多听队员给我的解释，配合肢体动作去体会别人在说些什么。经过一年多的努力，我终于掌握了一些单词，可以简单地进行沟通了。这里的训练比在中国要轻松一些，不过因为没有试验的时间，每一个运动员都是重点培养对象，不像中国有大把大把的运动员，可以反复筛选。这里没有淘汰，什么苗子都要练。经过四年多的努力，我终于带出了一个有潜力的苗子，叫兰达尔。这个运动员具有很高的天赋，在各个方面都比常人略胜一筹，尤其是很有韧性，训练上如果有不理解不明白的地方，他就会一直跳直到自己满意为止。当然，这样的运动员也会有他的不足之处，那就是好胜心强，害怕失败，情绪容易低落。他在 2018 年参加了世界青年跳水锦标赛，取得了男子单人十米台第二的好成绩。但是这次比赛过后他却遭遇了人生低谷。伤病对每一个运动员来说，都是最大的一个坎。他的右手掌骨骨折，需要做手术，所以他的情绪非常低落，也会因为这件事情和我发生一些争执。比如，他觉得训练计划出现了问题。我也会很耐心地解释给他听："如果你百分

兰达尔在接受采访

百按照我的计划走，我想你可能也不会受伤……"

　　在一阵沉默中我们结束了谈话，第二天又是同样的对话。他问我："是不是我按照你的计划做，就能成为最好的运动员？"我的回答是："我不能保证你一定能成为最好的运动员，但是至少能保证你的运动寿命，这样你才有战胜别人的资本。"毕竟是孩子，争执归争执，还是要做治疗和恢复的。我的妻子就是运动损伤康复学方面的医生。在她的帮助下，兰达尔经历了四个月漫长的手术。手术恢复后他终于又一次回到了自己最爱的跳水运动中。在这期间，我们也听说墨西哥体育协会会给这个孩子一次竞争世界青年奥运会名额的机会，不过还是要看他的恢复情况。

　　经过一段时间的体能和技术的恢复，他又一次回到了十米跳台上进行自选训练。开始做跳水动作时，他并不是很有信心。因为受伤过后，他对自己的手有顾虑，顶水的时候不像原来那样用力，这确实是个问题。本来很漂亮的一个动作就在最后一瞬间因不敢使劲压水花导致这个动作不那么完美。他是一个追求完美的孩子，这让他有些伤心，不过伤病就是这样，而我们唯一能做的就是给他最好的后勤保障。我每天都会带着他去医务室接受治疗，就这样又经过一个月，他战胜了自己的伤病，恢复到最好的状态。我也加倍用心地对他。终于，不负众望，他在 2018 年 10 月 16 日的世界青年奥运会上，夺得了男子单人十米台金牌。在那一刻，他的所有付出都得到了最完美的回报，而我作为他的教练，也备感欣慰。我跟兰达尔一样，也把我的青春献给了跳水事业，我们一起学习，一起成长。

二

在墨西哥期间，让我感受最深的就是墨西哥人的乐观，不知道他们为什么总那么快乐。很多人收入不高没有存款，可是他们总是那么开心，听见音乐就翩翩起舞，不论男女老幼。他们非常注重节日，一到过节大家都会非常努力地让这个节日过得特别有气氛。对于大部分墨西哥人来说，家庭就是他们的全部。在家里，我经常看见我妻子的爸爸就像一个老男孩一样，每天都和外孙女玩得不亦乐乎。他老人家性格特别好，就算儿女说些开玩笑的话，他也不会生气，家里总会有很多欢声笑语。在这里比较重要的节日当然是万圣节了。从大人到小孩都会提前两周或者更早就开始置办装饰物品，一到万圣节那天，大街小巷全是"大鬼"带着"小鬼"去各家各户要糖吃。第二天，市中心的路也会被封上，有很多人把自己的车改装成"鬼车"。走在街上，会看到很多"鬼"在街上游荡，一不留神，这些开心"鬼"就会冲到你面前吓唬你。

史清阳和他的运动员们

　　万圣节后没几天，就会迎来跟中国春节差不多的节日——圣诞节。这个时候你就会发现没钱的日子真难熬，朋友和亲戚们都会请你参加一个叫 Intercambio（西班牙语"交换"）的活动。在这个活动中，大家把名字写在小纸条上，你抽到谁的名字就要给谁买礼物，当然别人抽到你的名字也会给你买。圣诞节前一天，大家都会同聚一堂，上午10点就开始吃吃喝喝，然后唱歌啊，跳舞啊。所有人都会找个舞伴，有没有音乐并不重要，反正就要跳舞，一直持续到凌晨5点，有的家庭会延续到第二天早上9点。圣诞节当天，大家都是睡到自然醒，中午吃个饭，晚上就开始拆家人给自己放在圣诞树下的礼物。如果有新生儿，父母会在圣诞树前面点亮星星，寓意让上帝保佑这个孩子健康成长。很快又到了元旦，大家都会提前买好票去其他城市过新年。我去过一次海边城市 Acapulco（阿卡普尔科），非常漂亮。元旦前一天的晚上，许多人在海滩上摆好桌子，还有的会带上锅什么的，在海滩上做饭。我们家都是做好了带过去。每个人都会做一个菜，我身为中国人自然也会露一手。等到夜里 12 点的时候，会有很多小船载着烟花去海上点燃，烟花燃放会持续大概半小时。这时候，所有的人都开始欢呼鼓掌，互相拥抱，不管认不认识。接下来会在一个大舞台上放音乐，大家随着音乐开始跳舞、唱歌，直到很晚，非常开心。每年 1 月 6 日这天还有一个"三王节"，相当于国内的儿童节。我的妻子会提前买好礼物，在三王节这天去街上送给一些比较贫困的家庭，有孩子的都能拿到礼物。这天晚上大家都会聚到一起切一个 O 形的面包，叫 Rosca de Reyes（西班牙语"国王的甜甜圈"），里面会有小玩偶。如果你切到了，恭喜你，你要请客了！2 月份还有一天，天主教圣烛节，你要花点钱买墨西哥粽子给大家吃，这样你就会被上帝眷顾。我们这些身在异乡的人，也只能和本地人一样过这里的节日。等中国过春节的时候，我就只能通过和家里人视频、看春晚聊寄乡愁了。

三

在墨西哥让我最难适应的可能就是"吃"。对于我这个吃货来说，这里的食物跟中国的比起来确实不那么合胃口，幸好这个国家吃辣，所以在味道上能好很多。经过长时间的适应，现在我唯一难以接受的就是奶酪了，比如在一盘非常好吃的炒菜上放上奶酪，再滴上一些青柠檬汁。不过在这里可以吃到非常美味的下水（动物的内脏），每天早上一般的 Taco（墨西哥卷饼）摊位都会做猪下水，比如肠子、猪肚，都很好吃。一般他们会把这类肉用玉米饼卷着吃，配上洋葱和香菜，再来一个青柠檬。价格也算公道，16比索（人民币约5元）一张饼，正常人一般两张也就饱了，所以消费并不算高。还有一种Taco，是一种铁板烧，把用油锅小火慢煎过的肉放在铁板上煎，也非常好吃。意大利面条是聚会时较常出现的主食。这里的意大利面口味非常多，主要是调制的汤汁不同。这里的小吃就非常奇怪了，一般都是酸辣口味的。比如，吃薯片、花生要加点辣椒、青柠檬才是正常口味；吃水果、蔬菜也同样，都是加点辣椒酱配点青柠檬生吃。想想就酸。

我非常想念家乡的美食，虽然这里也有中国餐厅，我们这里的中国教练会在周末去打打牙祭，但味道和国内的就是不一样。过节的时候我们中国人也会聚在一起包包饺子什么的，很温馨。当然，最让我们满足的就是，周末去海鲜市场买点梭子蟹，回家后蒸一蒸，配点醋和辣椒，那叫一个美味啊……

〜〜〜〜〜

史清阳 男，1991年4月生，安徽滁州人。2011年毕业于安徽省合肥市体育运动职业技术学院，曾为安徽省跳水运动员。2013年至今在墨西哥执教跳水项目。

编导手记

纪录片入口

唐维　任婕

　　初来墨西哥城，这里刚刚经历了总统大选，社会不太稳定，城市治安也有待改善。有一天我们去拍摄地铁画面，司机却告诉我们那儿早上刚发生了枪击案，拍摄只好作罢。在这样的环境下，导游建议我们晚上不要出门，因此我们的晚饭通常都是一盒泡面了事。除了社会不安定因素外，自然灾害也是家常便饭。墨西哥城位于高原盆地之中，地震频发。在拍摄期间，我们就经历了一次5.7级地震。当时我们正在前往拍摄地点的途中，但震感不是非常明显。

　　出发前听说墨西哥是辣椒的原产地，心中窃喜，喜辣的我们岂不是跟墨西哥绝配？谁曾想现实与想象千差万别：这里到处都是酸甜口味的酱料！我们后悔没带"老干妈"。为配合运动员训练的时间，我们的午饭一般都是在下午2点才吃。墨西哥生活节奏缓慢，饭店上菜速度自然也慢，经常是我们饿到低血糖、胃痛了，还不见菜上桌。饮食方面的不适应，加上休息不好，我们总是头晕。

　　"倒时差""语言障碍""时间紧张""高质量拍摄"……这些元素搅在一起，逼得我们摄制组几个人不得不排除万难，把自己变成"超人"。

　　墨西哥城与北京时差大，日夜颠倒，而且墨西哥城地处海拔两千多米的高原地区，倒时差比想象中要困难很多。但由于有两位重要的拍摄对象（马进教练和史清阳的妻子）要在我们到达的第三天前往哥伦比亚参与中美洲运动会的相关工作，我们必须在两天半的时间内完成节目四分之一的拍摄。这种情况下我们完全来不及与采访对象建立充分的信任关系，也来不及仔细挑选拍摄地点。语言不通、睡眠匮乏，加之我们时差还没倒过来，要完成高质量的拍摄，压力非常大。

拍摄过程中，为了让史清阳的小队员兰达尔放松一点，我们给他吃从中国带过来的话梅——他特别喜欢吃这种酸甜的小零食。兰达尔被称为墨西哥的"跳水神童"，虽然在训练时他跟史清阳有大量的互动和交流，但是面对镜头的他却不苟言笑。我们想拍摄一些他高兴放松时的场景，只能远远地准备好，趁史清阳逗他时吊拍。

Living

in **Sahara**

情定
撒哈拉

张 乐 Zhang Le

卡丽玛曾经对我说过，"无论你到哪里我都跟着你"，这句话触动了我内心最柔软的地方。我这个经常在外工作奔波、天天和机器设备打交道的糙汉子，被她的温柔和真诚彻底打动。

一

著名作家三毛曾说：每想你一次，天上飘落一粒沙，从此形成了撒哈拉。多数人对撒哈拉的认识也许仅仅是通过文学作品，它总是给人以遥远、荒凉、神秘、浪漫的印象。当我亲身走过撒哈拉，并在这里工作生活了三年之后，我对这片神秘而浪漫的土地有了新的认识。

人们说这里是"北非花园"，是"上帝的调色板"。这里有卡萨布兰卡浪漫的白色，有舍夫沙万安静的蓝色，有马拉喀什古老的金色，这里就是摩洛哥。而我所在的地方——瓦尔扎扎特，却与这些著名的常在旅行杂志中出现的地方相去甚远。阿特拉斯山脉将来自大西洋的水汽拒于门外，高海拔、低降水造就了瓦尔扎扎特独特的气候条件。荒漠的金色，积雪的白色，晴空的蓝色，一切都是那么截然不同，却又如此相得益彰。瓦尔扎扎特市是到撒哈拉沙漠的必经之地，这里全年大部分时间都是晴朗天气，万里无云，海拔高，日照时间长，使得瓦尔扎扎特市有着得天独厚的气候条件来进行光热项目的建设。

初到瓦尔扎扎特的我便被这里蔚蓝色的天空吸引了，如果翻看天气预报的话，你会发现这里的空气质量每天都是优。但强烈的光照使我们的皮肤难以承受。一开始，从来不喜欢用防晒霜的我也不得不每天涂抹一些，但是事实证明这是徒劳的，后来我便和其他同事一样"放飞自

摩洛哥蓝色之城舍夫沙万

我"了。在瓦尔扎扎特待了没多久，我就从"小鲜肉"变成了又糙又黑的汉子，全身心地投入到电建大军中去了。每次和父母视频，他们总会说我怎么越来越黑了。

初来乍到，各种不适应。干燥和炎热让我患上严重的咽炎，鼻子出血、嘴唇干裂都是常有的事。习惯户外工作的我对于这些也都慢慢适应，而有些困难却很难克服，实实在在地影响着我的工作和生活。首先，语言是一大难题。摩洛哥的语言环境很复杂，这里有很多种当地语言，其中应用最多的是柏柏尔语，常用的还有阿拉伯语和法语，只有较少一部分人会讲英语。我每天抽出时间背单词记短语，尤其是与工作相关的词语，坐车的时候在学，吃饭的时候在学，甚至上厕所的时候也在学，想方设法地把那些既熟悉又陌生的单词尽快从书本上搬运到嘴唇上。这需要经历一段痛苦的过程，这是所有在国外工作的电建人都要经历的过程。好在我很快就认识了一位英语不错的摩洛哥帅小伙儿。他叫巴吉，是我的同事，与我年龄相当，留着大胡子。工作初期，我们每天都会去现场察看施工进度，处理现场施工中遇到的问题。我试着用我蹩脚的英语和他交流。一开始只能一个词一个词地往外蹦，到后来基本实现摆脱手机翻译软件进行对话。他总是耐心地与我交流，我们成了十分要好的朋友。

二

在遥远的异国他乡有一个外国朋友是一件十分美妙的事情，我会经常向他请教当地的语言，于是我也渐渐会讲一些阿拉伯语了。他对中国非常感兴趣，也会问我许多关于中国的事情。和大多数外国人一样，他们对中国的了解大都来自中国的影视作品，李小龙、成龙这些功夫巨星在摩洛哥非常受欢迎。巴吉骄傲地跟我说，当地有一个非常有特色的电影城，成龙的电影《飞鹰计划》曾在那里取过景。之前大火的《红海行动》里有大量戏份也是在那里拍摄的，其中，光热电站的镜头便是在我工作的地方——摩洛哥努奥光热电站拍摄的。

摩洛哥努奥光热电站项目是目前全球装机容量最大的光热电站项目，其中二期 200 兆瓦槽式和三期 150 兆瓦塔式光热电站项目由我所在公司山东电力建设第三工程有限公司和西班牙 SENER 公司联合总承包，这也是中国企业首次走向海外光热发电 EPC（工程总承包）市场。二期项目装机容量 200 兆瓦，采用的是目前全球最成熟的导热油槽式技术，实现了发电过程的零污染，其每年的发电量就能满足摩洛哥古都马拉喀什全城的供电需求。三期项目装机容量 150 兆瓦，采用塔式集热技术，塔高 240 多米，是目前全球最高的集热塔，创下了塔式光热电站规模的世界纪录。定日镜共有 7400 多面，俯视时，这片茫茫的定日镜场就像是一片向日葵林。摩洛哥电力能源一直比较紧缺，每年要花费几十亿美元从国外进口。努奥光热电站建成投产后，每年将输送清洁电能 12.3 亿千瓦时，能为全国提供近 50% 的电力，满足超过 100 万户家庭的用电需要，并且每年可以减少 76 万吨的碳排放量。剩余电力还能出口欧洲。由此，摩洛哥就能由电力能源进口国转变为出口国，实现能源独立。

摩洛哥工业基础相对薄弱，专业技术人员尤为缺乏，我们通过技术培训，为摩洛哥培养了大批专业技术人才，累计为当地提供约 1.4 万个就业岗位，并成功带动了我国国内 200 多家机电企业投产运行。太阳能光热发电是清洁、环保能源，与光伏发电相比具有输出连续、稳定的特点，可以弥补光伏发电的各项短板，是一项可能成为基础负荷电源的新兴能源应用技术，潜力巨大。努奥光热电站不仅是中国技术和中国装备迈向国际市场的代表性工程，也是中摩两国务实合作、互利共赢的典范。

2018 年是中摩建交 60 周年，我和妻子有幸一起参加了中国驻摩洛哥大使馆举办的庆祝两国建交 60 周年的活动。驻摩洛哥外交大使李立先生向 200 多位中摩各界精英人士着重介绍了努奥光热项目，表彰了山东电力建设第三工程有限公司在项目建设和中摩友好发展中做出的卓越贡献。"一带一路"建设不仅仅是伟大的倡议，它就真真切切地发生在我的身边。作为千千万万个在海外从事建设行业的劳动者中的普通一员，当看到宣传视频中习总书记和摩洛哥国王穆罕默德六世握手的那一刻，我不禁热泪盈眶。我们的企业走了出去，这一走就走到了大西洋沿岸，走到了全球最先进的项目中。

项目的顺利完成有赖于中摩两国不断深入的合作和发展，同时也是中摩两国以及其他国家的许多工程人共同奋斗的结果，在这期间我们必须克服各种各样的困难，比如技术和经验的不足。光热项目目前在全球还不是非常普及，与国内的火电和核电等相比有着较大的不同，掌握核心技术的主要是美国和西班牙。我们在工作中只能通过不断地摸索和研究，让学习与工作相结合，才能掌握各种新的技术知识。初到项目时，我也只是个参加工作一年多的"新兵蛋子"，没有出国工作的经验，不知道如何与国外的业主和分包商交流，从事施工管理行业对我来说是个非常大的挑战，只能加班加点地学习，积累经验。再者，国外的技术标准、质量标准和国内有很多不同。由于一切都是新的、未知的领域，我们之前积累的标准知识十分有限，因此，在施工过程中走了不少的弯路。比如光热发电设计的导热油系统，就要求所有与导热油系统相关的在防爆区域范围内的设备材料必须符合防爆标准，这在我们国内的常规项目中就考虑得很少，因此，工作前期我们也犯了不少错误，只能通过后期的努力及时补救。

三

我总感觉自己就像一枚小小的螺丝钉一样，平凡却也在实实在在地发挥着自己的作用。在万里之遥的摩洛哥我一待就是三年，亲人的不舍，朋友的不理解，个中滋味也许只有自己知道，酸甜苦辣也只能自己咽下。但是，我怎么也没想到，会有一个人愿意走进我这个糙汉子的生活，与我共尝人生百味。她就是我的妻子卡丽玛。人生有时就是如此，充满着戏剧性，时而平平淡淡，时而精彩浪漫。我的同事们到现在还经常拿我打趣，说我在电建人最不擅长的"找妻子领域"收获最多。的确，常年在外奔波驻守的电建男儿，没有亲朋好友的陪伴，没有丰富的业余文化生活，日日夜夜与不会说话的设备仪器为伴，更别说全身心地投入到解决个人问题的"事业"中去了。

我和妻子的相遇是一场意外，又仿佛是命中注定。那是一个晴朗的下午，我在办公室与来自印度的施工人员正讨论现场出现的问题。我们在人员和材料的配置上出现了很大的分歧，争论得不可开交、面红耳赤。这时一个摩洛哥姑娘突然走进办公室，用略带摩洛哥口音的英语和我打招呼。眼前的姑娘周身洋溢着青春的气息，温柔甜美的笑容，高挑曼妙的身姿，使木讷腼腆的我一时有些不知所措。我先是一愣，一改谈判时侃侃而谈的样子，本来就面红耳赤，现在脸更红了。

"你好，请问穆斯塔法在吗？"

"你好……不好意思……非常抱歉……他没在这里……等他回来了我告诉你……"

"好的，十分感谢。"

"能告诉我你的名字吗？"

"我叫卡丽玛，很高兴认识你。"

"我叫张乐，我也很高兴认识你。"

短短的几句话，却在我的心中埋下了爱情的种子。于是我鼓起勇气，在社交软件上加了她。起初几天她没有接受我的好友请求，我等得焦躁不安，后来她终于接受了。于是，每天工作之余和她聊天便成了我一天中最快乐的事。初到项目工作的她对很多事情都不熟悉，我会尽我所能帮助她。从朋友到恋人，在这个过程中，我们从来没有一起约会游玩过，也没有赠送过贵重的礼物，我们的爱情因为我工作的特殊性，并不轰轰烈烈，却也甜蜜浪漫。

卡丽玛曾经对我说过，"无论你到哪里我都跟着你"，这句话触动了我内心最柔软的地方。我这个经常在外工作奔波、天天和机器设备打交道的糙汉子，被她的温柔和真诚彻底打动。在她的世界里，爱情是如此美好而纯净，与任何外部条件毫无瓜葛；她始终坚信爱情的力量和美好，这样的爱情观和价值观与我的不谋而合。

爱情是美好的，需要彼此的支持和滋养。支持，不光是一起生活，更是一起为理想付出努力。摩洛哥男尊女卑的思想比较普遍。女性的工作机会和收入都少于男性，出门旅行住宿还要得到丈夫或者父亲的许可……这是生活在男女平等的社会中的我们所不能理解的。我深知她对这些不平等的事向来是嗤之以鼻的，她有自己的梦想，有自己想要为之奋斗的事业。于是我答应她全力支持她的工作，互相尊重包容，帮她实现她所有的梦想；带她去她梦想的迪士尼，带她游遍中国，游遍她想去

主人公张乐和
新婚妻子卡丽玛

的每一个地方。

经常会有人问她是什么让她下定决心嫁给我这个中国小伙儿，她总是微微一笑回答道："是爱情，是缘分，是幸运。"每每听到她这样说我都不禁动容。但是我知道，祖国的快速发展和在国际上地位的提高，也为我们的爱情打下了坚实的基础。千千万万在海外工作生活的同胞们向世界展现出了中国人的勤劳和智慧，勤奋、认真的工作态度，包容、专一的恋爱观，以及对妻子的尊重和支持，都是我们华夏男儿的优点。

卡丽玛来过中国两次，第一次是来中国过新年。我的爸爸妈妈对这个洋媳妇照顾得无微不至，她说她感受到了中国家庭的和睦，看到中国发达的建设成就，感受到热闹的新年气氛和丰富的文化。我带她游览北京故宫等名胜古迹，感受着中国悠久的历史和现代化的发展。第二次来中国，就在我的家乡举办了中式婚礼。她深刻感受到中国丰富的婚礼文化和亲朋好友对她的喜爱和祝福。我们去了上海、苏州和嘉兴等地旅行，她也实现了去迪斯尼的梦想，对中国文化有了更深层次的了解。

当然，两个不同生活环境和文化背景的人走到一起，不可避免地会遇到一些矛盾和障碍。例如，饮食习惯的不同，我是一个嗜辣如命的人，而她却点辣不沾；我喜欢素食，而摩洛哥的食物却以肉食居多；我们中国人吃饭用筷子而摩洛哥人却是用手……好在她是一个善于学习的人，不到一周便学会了使用筷子，我也习惯了用刀叉和手吃摩洛哥食物。我们时常一起做饭，中餐摩餐一起享用，其乐融融。

摩洛哥是一个非常美丽的国家，有着丰富的旅游资源，这里的美景让人流连忘返。摩洛哥人很朴实热情，即使是陌生人也会互相友好地打招呼问候。摩洛哥是一个开放包容的宗教国家，人们对信仰很虔诚的同时又善于接纳和学习其他的文化。卡丽玛说，中国的悠久历史和现代化发展是最让她敬佩和惊喜的，她学习到了很多中国的文化，学习到了中国人的勤劳、认真，学习到了中国人对父母长辈的谦卑和孝顺。夫妻生活中最重要的是互相尊重，尊重对方的生活习惯和文化习俗。我们一起过两国的节日，互相学习两国的文化，包括语言、美食、习俗等，无形之中，我们也成为了彼此国家的文化使者。

这是一片古老而神秘的土地，是"一带一路"的伟大倡议让像我这样的建设者走出国门来到这里，让这片土地焕发出不一样的生机。未来，中摩两国必将走上更加密切、友好的全方位合作之路。作为一对平凡的小夫妻，我们也会用自己的力量努力工作、好好生活，尽己所能为"一带一路"建设添砖加瓦。

张乐　1991 年生，河北张家口人，毕业于河北工程大学自动化专业，2015 年至今，就职于山东电力建设第三工程有限公司。2016 年 11 月至今，参加摩洛哥努奥光热电站二期 & 三期项目。

编导手记

纪录片入口

曹旭芳

　　主人公张乐和他的摩洛哥妻子当时正在筹办他们下个月的婚礼，我们计划前往婚纱店拍摄这对新人试穿婚纱的场景。我们事先与婚纱店老板讲好拍摄场地费用为 2000 迪拉姆（相当于人民币近 1400 元），守店的负责人想自己捞点外快突然提出要增加 500。很明显这是坐地起价，我当时就很气愤，据理力争，对方死活不同意。我一声令下："撤！不拍了……"三位摄影师就默契地收拾着摄影器材和灯光设备。看到我们不拍了，对方赶紧赔笑脸，同意按原先商定的价钱提供拍摄场地和婚纱。

　　放弃用三脚架，在中午最热、人最少的时段，假装成游客在街头若无其事地拍摄——面对摩洛哥政府的"禁拍"规定，这是我们能采用的唯一办法了。在摩洛哥办理拍摄许可证一般要两三个月，来摩洛哥之前，我们并没有了解到这里对拍摄的规定如此严格。而我们在这里只能待十几天，办理许可证根本来不及。那天我们正在拍摄，警察过来制止我们，经过一番争论，最终我们还是放弃了拍摄。在摩洛哥，遇到这种情况要么与警察交涉，无功而返，要么扛着机器拔腿就跑：这样的记者拍摄场面在国内是难得一见的。

　　来到异国他乡，首先要面对的大概就是饮食、气候等生活方面的问题了。摩洛哥是一个伊斯兰国家，99% 以上的居民信奉伊斯兰教，

情定撒哈拉　　**333**

在饮食方面多吃法餐，喜甜，每天有五次祷告。作为无辣不欢的"马栏山拍摄团"，我们实在是不能忍。好在有团队成员机智，当他从包里拿出"老干妈"和剁辣椒的一刹那，我们觉得他简直就是天使。想要适应在摩洛哥的生活，岂能少了"老干妈"！

我们拍摄的地点靠近撒哈拉大沙漠，这里的温度让从"长江上的火炉城市"赶来的我们都望而生畏——每天温度高达 40 摄氏度。到了这里，嘴唇干裂、流鼻血、感冒、发烧等来自身体的抗议都接踵而至。

摄影师杨子锐是个小胖子。他手中的相机、背包中的长短镜头加三脚架有 30 多斤重，背着这些行头走在烈日下，黑 T 恤上经常是白色汗渍斑斑点点。小胖子平常沉默寡言，一旦用镜头瞄准拍摄对象，脸上的神情立刻变得生动起来。拍摄张乐和同事抢修散热风机那段画面时，小胖子身背摄影包从窄窄的检修爬梯上一口气爬了 20 多米。爬到顶层平台时，腿直发软，但他稍事休息就又站起来快意地端起了相机。

摄影师潘芃负责航拍。他托运的行李中转时被落在了法国巴黎，十多天来穿着同一套衣服，只能晚上洗净晾干，白天穿着出门。摩洛哥禁止无人机入境，摄制组携带的两架无人机被扣在海关，我们只好在当地租借航拍设备。在摩洛哥航拍必须提前申请获得准许，等待的过程相当郁闷，在这期间芃哥便做起了灯光师兼搬运小工。

摄影师陈帅，在摄制组中年纪最长。在远离家乡的北非戈壁上，他像大哥哥一样呵护着弟弟妹妹。拍摄中，他和编导反复商量拍摄细节，与小胖子琢磨构图角度，为拍到最佳的画面不停地爬高、蹲低，摄影大师的派头杠杠的。

Nepal's Poems

and **Lands Afar**

尼泊尔的
诗与远方

曹端荣　Cao Duanrong

他们光着脚在尘土飞扬的泥土地上进行着并不专业的街舞表演，拥挤的地面因为他们的舞蹈而扬起了更多灰尘，在微弱的灯光下反射着微微光点，慢慢飘落到外套上、头发上、脸上……听着他们划破寂静夜空欢乐的歌唱声，我突然觉得自己不会生活。

一

　　2015 年 1 月的一个下午，那天的天气特别好，从窗外射进来的阳光给寒冷的冬天增添了许多温暖。那段时间我被抽调到公司人力资源部助勤，无意间听说公司在尼泊尔拿到了第一个海外项目，并且由我的"老"领导胡天然任项目经理。当时我只是很开心地想：真好，不知道谁有这么好的机会可以一起去历练。

　　2015 年 3 月，尼泊尔引水隧道项目经理部正式组建，公司开始从各个项目部门抽调员工到尼泊尔项目部。当时我已经回到北京项目部了，5 日上午 10 时，我接到胡总的电话，他问我愿不愿意去尼泊尔。说实话，我很想去，跟着去见识不一样的世界，跟着学习成长——胡总在北京项目期间就是我们这一届见习生的偶像。但因为从来没有去过尼泊尔，因为工作经验少，因为语言不通，因为喜马拉雅山脉南麓的尼泊尔贫穷落后，因为需要舍弃灯红酒绿、五彩缤纷的北京……我有些犹豫，这于我而言是一个很大的挑战。虽然我还完全没有做好去尼泊尔的准备，却实实在在地心动了。自己还这么年轻，为什么不去挑战一下自己，为什么不在自己最好的年纪做一些让自己余生都能回味的事情呢？于是我在网上百度了很长时间，查阅了很多资料，加深了对尼泊尔的初步认识，也更加坚定了自己想要去挑战自己的决心。

经过一天的思考，我最终下定决心，我要去尼泊尔，要参与城通公司第一个海外项目。我和女友商量说："公司有个尼泊尔项目，我想去。"她送给我三连问：

"是不是安全？"

"爸爸妈妈是否同意？"

"我怎么办？"

我回答，肯定是安全的，这还用说。我们是国企，国家肯定会保护我们的生命安全。至于父母那边，我会去做他们的工作，到时候你也帮忙说说。你毕业以后就和我一起去尼泊尔吧。

她又问："你想好没有？"

我说："我想好了，舍弃现在这么好的环境可能会很可惜，但是如果我没去的话，可能是一生的遗憾，会后悔一辈子；我去了，最多可能后悔五年。"

她说："你都决定了，还问我干啥？我只能支持你，如果爸妈那儿不同意，我背锅吧。"

当时只有远征的热情，只有跟着胡总"建功立业"的斗志，只有在喜马拉雅山南麓做一个有用的中国人的激情，并未考虑其他。

二

2015 年 4 月，我在离开成都两个月后，再次返回。来自不同项目部的十位兄弟姐妹因为尼泊尔项目聚集在成都，聚集在公司本部为尼泊尔项目专门开辟的临时办公场所里。为了能够更好地适应海外项目，项目部每天都组织我们学习一个小时的英语，就连快 50 岁的项目安全总监徐总都买了一本英语口语书。尽管徐总的发音常常让大家忍俊不禁，但这也变成了大家紧张提升英语听说读写能力学习会上的一剂调节气氛的良药。2015 年 4 月中旬，我们在成都临时办公场所待了近 20 天后，考虑到尼泊尔业主催促我们尽快进场开展工作，项目部决定派遣第一批小分队作为开路先锋率先开启"尼泊尔之旅"。然而，在出发前两天，也就是 2015 年 4 月 25 日，尼泊尔发生了 8.1 级大地震。父母、朋友纷纷打电话询问我们的安全。当得知我们目前还在成都待命时，他们都庆幸我们还没有去，也或委婉或直接地表达了劝我们反悔、不要去的意思。我的父母则说得更加直接和明白，明确表示不同意我去了。我自己心里这时也在犯嘀咕，8.1 级的大地震摧毁了尼泊尔人的家园，很多人在地震中丧生——尼泊尔真的还能去吗？由于项目所在地受地震影响较小，加之尼泊尔业主在地震后一个月再三催促我们尽快进场开展工作，作为一家以诚信履约为宗旨的有担当企业的员工，2015 年 6 月 10 日，我和另外五位同事毅然决然地踏上了尼泊尔的土地。

虽然我们已经做好了心理准备，做好了各项心理建设，但是当走出国航机舱的那一刻，看到尼泊尔特里布万国际机场的红墙时，我的心理落差还是很大。紧凑的行程不会给大家任何伤春悲秋的时间，下了飞机步行去海关办理签证后，紧接着就是拿行李、出机场、兑换尼泊尔卢比、打车……一切一切都和想象的不一样。只有当接我们的司机带着憨厚的笑容，双手合十向我们问好时，我们才感到那么一丝丝的安慰。

三

由于我们是公司第一批到达尼泊尔的，所以只能暂时住在酒店。头几天充满了新鲜感，但这些满满的新鲜感很快在加德满都漫天飞扬的尘土、被地震摧毁的建筑物、到处关门停业的商店、粒粒分明的大米、教一个菜做一周的尼泊尔厨师的厨艺之下给消磨得干干净净。

你以为挑战只有这些，不会再有更多的困难，太年轻！2015年9月，根据统一安排，我来到施工现场所在地——巴贝村。这个村子和周边的村子相比比较"富裕"，因为紧挨着一条繁忙的公路。这条公路是唯一的一条连接尼泊尔根杰市和苏尔凯特市的公路，也是前往加德满都的必经之路。公路上每天都有很多大巴车来来往往，巴贝村自然就被司机们选择为休息、吃饭的地方，从而带动了村里餐饮业的发展。然而，富裕只是相对的。我们来到巴贝村之后，租用了村里面一座比较"豪华"的酒店作为临时办公、住宿、吃饭的场所。这座酒店的房间里没有空调、没有厕所、没有浴室，每天只能供电6~10个小时。房间里有很多壁虎，偶尔可能会出现两三条蛇。房间的窗户开在过道里，没有阳光照射，很潮湿……酒店的老板每个月可以从我们这里获得一大笔租金，过着悠闲的日子。俗话说患难见真情，生活在艰难困苦的环境中，同事间的关系变得更加融洽。我们每天吃饭在一起，干活在一起，散步也在一起，有的连睡觉都在同一个房间。

四

罢工在尼泊尔是再平常不过的现象了，罢工是尼泊尔人民表达诉求的一种正常的方式和渠道。当尼泊尔人民对政府制定的政策或法律法规及其他事情不满时，就会罢工。在尼泊尔巴瑞巴贝引水隧道项目部工作的四年时间内，我们累计招聘过2000余名尼籍雇员，他们当中有最普通的劳工，也有精明的翻译人员。他们也组织过罢工，虽然据业主反馈，我们整个项目的罢工次数在全尼泊尔境内是最少的。他们的第一次罢工，也即我人生中经历的第一次罢工，至今让我记忆深刻。

这次罢工发生在 2016 年 5 月 24 日早晨，项目部自聘的部分劳工聚集在项目驻地大门外举行罢工，当时整个劳工队伍总人数大约 120 人，参加罢工的劳工有 80 余人。80 余号人乌泱泱地聚集在项目部大门口，嘴里不停地说着我们听不懂的尼泊尔语，部分劳工远远地坐在旁边观看着。为确保中方人员的人身财产安全，项目部立即启动应急预案，一边摸清劳工罢工的诉求，一边报警，叫来当地六名警察维持秩序。罢工的劳工提出六个条件：一是如遇下雨天不能干活，要给足全天的工资；二是每周六法定休息日若要上班须给两倍工资；三是平时加班要给两倍工资；四是请假必须无条件准假，且请假期间工资照发；五是给每位劳工建立记工卡，每日劳工签字；六是给劳工发放工资时必须事先清点好并装入信封内。与劳工代表谈判后，我们同意了部分条件，否定了其他不符合当时政策法律的要求。参加谈判的劳工代表表示接受我们的条件。大门外的劳工得知我们的回复后，纷纷表示不同意，起哄说不干了，要回家。经项目部领导讨论后，我方认为不能妥协，否则后患无穷，决定维持决议不变，对不想干的劳工予以清退。当天下午，要回家的劳工排队到项目部退还相应工具和劳保用品等。

　　25 日，想回家的劳工在领到工资后陆续离开。

　　26 日晨，剩余愿意继续干活的劳工在大门外集合准备上班，却遭到部分来自当地村子劳工的阻拦和威胁，扬言在没有达到罢工目的之前，谁为中国人干活就打谁，导致想干活的劳工不敢上工地。项目部领导研究后认为，决不能助长当地闹事村民的嚣张气焰，否则今后将会处处受当地村民牵制，我们必须展示中国人的勇气和力量，保护劳工，保卫项目。

　　在通知当地警方后，项目部向中国籍员工分发了木棒，护送劳工上工地。出发之前，项目部主要负责人向中国籍员工讲明了纪律，如遇当地村民阻挠，不得擅自动手，一切行动听从命令。同时交代驻场医务室的当地医生，做好抢救伤员的准备。中方员工手持木棒，带头走在劳工队伍的最前面，护送劳工上工地。当地闹事的村民眼见中国人团结一致的阵势，纷纷退缩，无人敢上前阻挠。事后，项目部走访了当地影响较大的党派负责人和知悉内情的劳工，彻底调查了带头闹事的村民，将其交给警方处置，并将带头闹事者列入黑名单，永不录用。

对于本次罢工，我们当中大多数人都是第一次经历，所幸最后我们用智慧和平地解决了，没有对项目部和劳工双方造成伤害。我也从这次罢工中深刻地意识到了劳工管理的重要性。那时候，劳工的数量仅仅才100余人，但在项目高产大干期间，劳工队伍规模将达到600余人。面对未来庞大的劳工队伍管理难题，我一直在探索中。

五

大家都说尼泊尔人的幸福指数很高，确实如此。一方面，尼泊尔国家贫穷落后，国民生活水平较低，民众大多数都是随遇而安，过着悠闲自在的生活。另一方面，尼泊尔节日众多，以"节日之邦"著称于世，几乎每隔几天就有一个节日，有时候一个节日接着一个节日，以至于在尼泊尔待得比较久的人都戏称："尼泊尔不是在过节，就是在准备过节。"因为总在过节，就总是很喜庆、很幸福的样子。尼泊尔的大多数节日源自对各种神灵的崇拜，任何一个来尼泊尔的旅游者都可以通过参加不同节日来感受尼泊尔的宗教文化和传统风俗。

在尼泊尔工作的四年时间里，我经历了大大小小很多的节日，其中最盛大的莫过于德赛节和灯节。德赛节是尼泊尔最盛大、时间最长的节日，犹如中国的春节。每年尼历六月（公历9—10月）开始，全国放假十多天，举国同庆，热闹非凡。"德赛"是"第十"的意思，这一节日据说与印度史诗《罗摩衍那》有关。德赛节期间有"设圣罐""取神花"等很多讲究，人们杀牲祭祀女神。节日第九天的夜晚被称为"德赛节之夜"，第十天则被称为"胜利的第十日"。在德赛节期间，尼泊尔人一般都不会工作，而是盛装打扮，和家人朋友载歌载舞享受节日带来的快乐。

灯节是在公历 10 月下旬或 11 月上旬举行，为期五天。灯节其实是由乌鸦节、狗节、吉祥天女节、兄弟姐妹节等组成，其中最重要的是兄弟姐妹节。在这一天兄弟姐妹相聚，并相互在额头上贴 tika（提卡，一般是用红色花瓣混着米面和成的糊），姐妹通常会赠与兄弟糖果之类的礼物，而兄弟则会回赠钱财。这一天，家里的兄弟都要前往姐妹的住所接受多种颜色的点红、花环和祝福，以增进兄妹间的感情。没有姐妹或姐妹不在身边的可请邻居的姐妹赐予祝福。独生子女则选择前往加德满

湿婆节欢乐的小吃摊

都市中心的王后水池，在那里拜神并接受祝福。

2015 年灯节期间，当时我们还在巴贝村租的"豪华"酒店内，当地雇员都回家去了。一天，紧挨着酒店的小餐厅送来了一盘油炸的糖果。虽然语言不通，但是看着那一盘满满的油炸果子和带着笑容的脸，我明白了，他们在和我们分享节日的快乐。小小的一个举动让漂流在外顶天立地的汉子们瞬间热泪盈眶，那天的场景至今还让我记忆犹新。为了表示我们的诚意和尊重，我们按照当地传统微弯腰、双手过肩接过果盘，而后双手合十表示感谢。进行完赠送礼仪，他们开始互相为彼此点提卡。我们在旁边看稀奇，却没有想到他们会过来拉着我们，也给我们点上了提卡，还准备了平时舍不得吃的大餐，邀请我们一起共度节日。晚上村里面的灯节表演队来到我们的办公室门前，虽然我们不懂他们的音乐与舞蹈，但欢笑声高潮迭起，是真高兴。

2016 年灯节，我的助理 Bimal 因为家远没有回家，他当时力邀我去观看他们跳舞。我虽喜欢猎奇，但自以为已经了解了他们的习俗，觉得并不会有什么新奇的东西，因而兴趣不大。但拗不过当地人的热情邀请，还是去了。他们光着脚在尘土飞扬的泥土地上进行着并不专业的街舞表演，拥挤的地面因为他们的舞蹈而扬起了更多灰尘，在微弱的灯光下反射着微微光点，慢慢飘落到外套上、头发上、脸上，让整个人都变得灰蒙蒙的。但周围观众们的喝彩声和欢呼声却很有节奏地伴随着舞蹈拍子越来越高，越来越紧凑。听着他们划破寂静夜空欢乐的歌唱声，我突然觉得自己不会生活。他们在经济基础上远远落后于我们，但是在精神生活上却甩开我们一大截。这也不禁让我感叹，快乐其实很简单，快乐就在我们的身边。

六

　　2017 年 9 月，项目施工的灵魂——双护盾隧道掘进机（英文简称"TBM"）进场。自 TBM 进场后，我们不断创造着奇迹，不断刷新着自己创造的历史。TBM 现场组装调试创全球同类型 TBM 最快纪录，并迅速完成了 TBM 试掘进，在 TBM 业内被称赞"该进度全球范围罕见"。TBM 单月掘进纪录屡创新高，被誉为"尼泊尔工程史上的奇迹"，并安全顺利穿越断裂带、挤压岩等高风险地层，隧道平均月进尺达到全球范围双护盾 TBM 领先水平。我们自己建造的管片生产线也从最开始的每日生产 20 块发展到 100 块，从不到 100 人的劳工队伍发展到多达 700 人。

　　从 2015 年 6 月 4 日下达开工令到 2019 年 4 月 16 日，不到四年的时间，一条长 12.2 公里的隧道顺利贯通，比计划工期提前了近一年，这也成为尼泊尔境内唯一一个按时完工的大型基建项目，赢得了尼泊尔

曹端荣在隧道
贯通仪式上

各级政府官员、中国驻尼泊尔大使馆的极力赞扬。

在举行贯通仪式的那天，尼泊尔时任总理奥利、尼泊尔其他重要官员、中国驻尼泊尔大使、经商处参赞等纷纷出席，还有几千名当地民众自发到现场共同见证这一伟大的时刻。奥利在贯通仪式上的致辞对隧道的顺利贯通给予了高度评价，他表示，项目的提前完成对尼泊尔的发展具有重要意义，所有民众应团结起来，努力推动国家向前发展。他还表示，这些成绩的取得离不开友好国家在技术、资金等方面的帮助。中国驻尼泊尔大使侯艳琪女士在致辞中称赞："中国企业又一次创造了奇迹，尼泊尔巴瑞巴贝引水隧道的顺利贯通，不仅是中国方案、中国技术的完美体现，更是'一带一路'倡议下实现共建共享的真实体现。"那一刻我的心中充满了自豪和骄傲。近四年的时间里，曾经的羊肠小道变成了七米宽的双向车道，周边的餐馆如雨后春笋般涌现，村民们买上了梦寐以求的摩托车，推掉土房盖上了砖房，学校的操场更为平坦宽敞，村民可以在自家的水井里打水了，我们刚来时种下的果树苗也开始结果了……我们用近四年的美好青春时光换来尼泊尔人民的幸福生活，这样的交换我一辈子都不会后悔。

〰〰〰

曹端荣　男，1990 年 7 月生，江西都昌人。2013 年 7 月毕业于华东交通大学人力资源管理专业。同年入职中国中铁二局集团有限公司，2015 年赴尼泊尔参加巴瑞巴贝引水隧道项目建设。

编导手记

纪录片入口

谢伦丁

★ 本纪录片主人公为曹端荣同事

    我们拍摄的工程，在离尼泊尔首都加德满都 400 多公里外的巴贝村。去往工地的路上，沿途无论是城镇还是乡村，到处都是可口可乐的广告，多到让我们诧异。因为从下飞机开始，就能直观地看到尼泊尔的落后，首都机场出站口连一个滚动的行李转盘都没有，为什么可口可乐这种现代文明的象征会无处不在？后来，当我们在村里接连拍摄几天后就明白了。

    在尼泊尔，离开首都就好像进入了另一个时代，没有高速公路，没有铁路，没有 4G，更别说 Wi-Fi 信号了。像我们这种得了手机病的现代文明人，不看电影不逛街没问题，但是一直跟外界断绝联系，就感觉像被现代社会抛弃了。差不多到了第三天，我们几个实在忍不住了，在下午拍摄完之后，决定去附近的村子里逛一下。结果，在村头的小卖部，我们看到了一样东西，让大家都喜出望外，那就是可乐。在中国，这是再平常不过的饮料，但在偏远落后物质匮乏的尼泊尔山村就很稀罕了，可乐的出现终于让我们感受到了一点点现代文明的气息。

    于是，每个人都欢天喜地地买了几瓶。买的时候，刚好旁边有巡逻的警察，看到他好奇地站在旁边，我们立即友好地递给他一瓶。他好一阵都不敢伸手接，收下后又连连道谢。

    为我们开车的当地司机说，在尼泊尔，对于普通老百姓来说，可乐是挺贵的饮料。别看它只卖人民币五元钱，但尼泊尔人均月收入就只有一千元人民币左右，平常吃一顿快餐，也就是人民币一两元钱的事。也就是说，要用两顿快餐的饭钱，才能买到一瓶可乐。

越来越多中国企业在尼泊尔人心中留下了很好的印象，大多数尼泊尔人对中国人都非常友好，无论在城市还是在乡村。我跟当地懂一点英文的司机、工人聊了很多，年轻人几乎一致地夸赞中国。

有一次，我们在村子里拍摄，想取一个典型的乡村镜头。我们连比带画地请一名妇女去摘爬上房顶的南瓜，结果她摘下来后，直接就往我们怀里送，原来她理解为我们想要她的南瓜了。

整个尼泊尔都是没有红绿灯的，我们想拍摄他们交警指挥交通的画面，便找了一个最繁华的十字路口，远远地开始吊拍。交警发现后，走过来跟我们讲话，我们以为会被禁止拍摄，没想到丝毫没有受阻。他们打过招呼后就去继续指挥交通了，好像什么事都没有发生。

愿每个人都拥有可以描述的青春

书稿终于可以付印了。

一种莫可名状的情绪紧紧包围着我，有费尽周折终于到头的释然，有历经打磨、书架上新的期待，有读别人的精彩而反观自己平淡的失落，还有些许青春已逝、然岁月可追的激越。

我是最先读到这些故事并且次数最多的人之一。原稿、修订稿、校对稿、清样，堆起来有二三十本书的高度了。好多次工作碰头会，我苦笑着对编辑团队的伙伴们说：他们的青春在丝路飞扬，我们的青春都埋葬在字里行间了。

青春是什么？这是一个永恒且没有标准答案的问题。说永恒，是生而为人我们都曾、或将历经；说没有标准答案，是每个人的青春都有自己的印痕，每个人的生命形态都不可复制。但这并不意味着对青春意义的探寻就变得虚无。相反，之所以策划这本书，初衷就是用普通人的故事为普通人描摹一组普通人的青春画像，希冀读者从这些平凡且真实的言说中获得对人生、青春的启示和思考。湖南广电的掌舵人、本书的主编张华立先生说："驱动爆款作品的底层逻辑一定是价值观，每一个作品的成功，归根到底都是价值观的胜利。《我的青春在丝路》的价值观，一言蔽之，就是：在路上，不迷茫。"这本书能不能成功，我不知道。然作为一个出版人，用普通人去影响普通人，用平实的叙事去感染人，这是我一直在挖掘和追寻的文本价值。

如何来描述青春？"永远年轻，永远热泪盈眶"，这是凯鲁亚克对青春最打动人的形容。而法国诗人兰波用一个美丽而富于想象的句子给出了一个具体的路径——"生活在别处"。这 27 个远离家园、奔赴异国他乡的青年，他们不一定都读过凯鲁亚克和兰波，然他们用自己的脚步对此作出了最好的诠释，并一直在路上。

在一个宏大的时代，一个普通生命的精彩或许只是一瞬间的烟花灿然，但这一瞬已经镌刻在他的记忆里。马尔克斯说过，"生命的真谛不是你活得有多精彩，而是你能否记住并描述它"。书中这些主人公无疑是幸运的，他们拥有被记住的青春，并且用自己的语言描述了它。他们每个人的故事，都是在写自己；他们，更多的人，汇聚成群，就是在书写时代。

他们能，你也可以。

愿每个人都拥有可以描述的青春！

邹　彬

策划人　责任编辑

2021 年 3 月